J. M. Coetzee

DER MEISTER VON PETERSBURG

Roman
Aus dem Englischen von
Wolfgang Krege

S. Fischer

2. Auflage Oktober 2003
Die Originalausgabe erschien 1994
unter dem Titel ›The Master of Petersburg‹
im Verlag Martin Secker & Warburg, London
© 1994 J. M. Coetzee
Für die deutsche Ausgabe:
© 1996 S. Fischer Verlag GmbH, Frankfurt am Main
Geamtherstellung: Clausen & Bosse, Leck
Printed in Germany
ISBN 3-10-010809-4

Inhalt

1

Petersburg

Oktober 1869. Eine Droschke fährt langsam eine Straße im Heumarkt-Bezirk von St. Petersburg entlang. Vor einem hohen Mietshaus zügelt der Kutscher sein Pferd.

Sein Fahrgast blickt zweifelnd auf das Gebäude. »Sind Sie sicher, daß es hier ist?« fragt er.

»Swetschnojer Straße 63 haben Sie gesagt.«

Der Fahrgast steigt aus. Er ist ein Mann in fortgeschrittenen mittleren Jahren, bärtig, mit krummem Rücken, hoher Stirn und dichten Augenbrauen, die seinem Gesicht einen Ausdruck nüchterner Selbstversunkenheit geben. Er trägt einen dunklen Anzug von etwas altmodischem Schnitt.

»Warten Sie auf mich«, sagt er dem Kutscher.

Hinter ihren zernarbten, abblätternden Fassaden wahren die älteren Häuser am Heumarkt noch etwas von ihrer früheren Vornehmheit, obwohl die meisten inzwischen zu Mietshäusern für Angestellte, Studenten und Arbeiter heruntergekommen sind. In den freien Räumen zwischen ihnen, manchmal an ihre Seitenwände gelehnt, sind wacklige hölzerne Bauten von zwei oder sogar drei Stockwerken errichtet worden, Behälter, die Verschläge und Kammern beherbergen, die Behausungen der Allerärmsten.

Nummer 63, eines der älteren Häuser, ist zu beiden Seiten von solchen Anbauten flankiert. Sogar über die Fassade zieht sich in halber Höhe ein Gerüst von Balken und Streben, die dem Haus ein umgürtetes Aussehen geben. In den Winkeln der Absteifung nisten Vögel, und ihr Kot befleckt die Fassade.

Ein paar Kinder, die an den Streben hochgeklettert sind, um von oben Steine in die Pfützen auf der Straße zu werfen, und nun herabspringen, um sich die Steine wiederzuholen, unterbrechen ihr Spiel, um den Fremden zu mustern. Die drei kleinsten sind Jungen; das vierte ist ein blondes Mädchen mit auffallend dunklen Augen, offenbar die Anführerin.

»Guten Tag!« ruft er. »Weiß einer von euch, wo Anna Sergejewna Kolenkina wohnt?«

Die Jungen geben keine Antwort und mustern ihn weiter, ohne ein Zeichen des Entgegenkommens. Aber das Mädchen läßt nach einem Augenblick die Steine fallen und sagt: »Kommen Sie mit!«

Der dritte Stock von Nummer 63 ist ein Wabennest miteinander verbundener Räume, ausgehend vom obersten Treppenabsatz. Er folgt dem Mädchen einen dunklen, hakenförmig gekrümmten Flur entlang, in dem es nach Kohl und gekochtem Rindfleisch riecht, an einem offenen Waschraum vorüber bis zu einer graugestrichenen Tür, die das Mädchen aufdrückt.

Sie stehen in einem langen, niedrigen Zimmer, das nur durch ein einziges Fenster in Kopfhöhe erhellt wird. Das Licht wird noch dämmriger durch einen schweren, dunklen Behang an der längsten Wand. Eine Frau, in Schwarz gekleidet, steht auf und kommt ihm entgegen. Sie ist Mitte Dreißig und hat dieselben dunklen Augen und gewölbten Brauen wie das Kind, aber ihr Haar ist schwarz.

»Verzeihen Sie, daß ich unangemeldet komme«, sagt er. »Ich heiße…« Er zögert. »Ich glaube, mein Sohn hat bei Ihnen gewohnt.«

Aus seinem Koffer nimmt er einen Gegenstand und wickelt ihn aus der weißen Serviette, in die er eingehüllt ist. Es ist das Bild eines Jungen, eine Daguerreotypie in versilbertem Rahmen. »Sie erkennen ihn vielleicht«, sagt er. Er läßt sie das Bild nicht in die Hand nehmen.

»Das ist Pawel Alexandrowitsch«, flüstert das Kind.

»Ja, er hat bei uns gewohnt«, sagt die Frau. »Es tut mir sehr leid.« Verlegene Stille tritt ein. »Er hat hier seit April zur Untermiete gewohnt«, fährt sie fort. »Sein Zimmer ist noch so, wie er es verlassen hat, mit allen seinen Sachen, bis auf einige, die die Polizei mitgenommen hat. Wollen Sie es sehen?«

»Ja«, sagt er mit heiserer Stimme. »Wenn noch Miete rückständig ist, übernehme ich sie natürlich.«

Das Zimmer seines Sohnes, obwohl eigentlich nur ein von der übrigen Wohnung abgeteilter Verschlag, hat eine eigene Tür zur Treppe hinaus und ein Fenster zur Straße. Das Bett ist säuberlich gemacht; außerdem stehen da noch eine Kommode, ein Tischchen mit einer Lampe und ein Stuhl. Am Fußende des Betts steht ein Koffer mit den eingeprägten Initialen P. A. I. Er erkennt ihn: er selbst hat ihn Pawel geschenkt.

Er geht ans Fenster und blickt hinaus. Auf der Straße wartet immer noch die Droschke. »Tust du mir einen Gefallen?« fragt er das Mädchen. »Sagst du dem Kutscher, er kann jetzt abfahren, und bezahlst ihn?«

Das Kind nimmt das Geld, das er ihm gibt, und geht.

»Ich wäre jetzt gern eine Weile allein, wenn Sie nichts dagegen haben«, sagt er zu der Frau.

Als sie hinausgegangen ist, schlägt er als erstes die Bettdecke zurück. Die Laken sind frisch. Er kniet sich hin und steckt die Nase ins Kopfkissen; aber es riecht nur nach Seife und Sonne. Er zieht die Schubfächer der Kommode auf. Sie sind leergeräumt.

Er hebt den Koffer aufs Bett. Zuoberst liegt ein weißer Baumwollanzug, ordentlich zusammengefaltet. Er drückt die Stirn hinein. Es riecht ein wenig nach seinem Sohn. Er zieht den Geruch tief ein, immer wieder. Er denkt: sein Geist; jetzt dringt er in mich ein.

Er rückt den Stuhl ans Fenster, setzt sich und schaut hinaus. Es dämmert schon und wird bald dunkel. Die Straße ist leer. Die Zeit vergeht; seine Gedanken regen sich nicht. *Grübeln,* denkt er – so nennt man das. So mit schwerem Kopf, so mit schweren Lidern: Blei setzt sich ab in der Seele.

Die Frau, Anna Sergejewna, und ihre Tochter sitzen einander am Tisch beim Abendessen gegenüber, die Lampe zwischen sich. Sie verstummen, als er eintritt.

»Sie wissen, wer ich bin?« sagt er.

Sie blickt ihn fest an und wartet.

»Ich meine, Sie wissen, daß ich nicht Issajew bin?«

»Ja, wissen wir. Wir kennen Pawels Geschichte.«

»Lassen Sie sich bei Ihrer Mahlzeit nicht stören! Haben Sie was dagegen, wenn ich den Koffer einstweilen da lasse? Ich bezahle Ihnen die Miete bis Ende des Monats. Oder besser, auch für November. Ich würde das Zimmer gern behalten, wenn Sie es noch niemand anderem versprochen haben.«

Er gibt ihr das Geld, zwanzig Rubel.

»Es stört Sie doch nicht, wenn ich nachmittags ab und zu herkomme? Ist tagsüber jemand zu Hause?«

Sie zögert. Sie wechselt einen Blick mit ihrer Tochter. Schon hat sie Hintergedanken, befürchtet er. Besser, er nähme den Koffer mit und käme nie wieder; dann wäre die Geschichte mit dem toten Untermieter erledigt, und das Zimmer wäre frei. Sie will diesen Trauernden, der nur Düsternis um sich verbreitet, nicht in der Wohnung haben. Aber es ist zu spät, denn er hat ihr das Geld gegeben, und sie hat es genommen.

»Matrjoscha ist nachmittags zu Hause«, sagt sie ruhig. »Ich gebe Ihnen einen Schlüssel. Darf ich Sie bitten, Ihren separaten Eingang zu benutzen? Die Tür zwischen diesem Zimmer und dem Gastzimmer läßt sich nicht abschließen, aber wir benutzen sie gewöhnlich nicht.«

»Entschuldigen Sie! Das war mir nicht klar.« Matrjona.

Eine Stunde lang läuft er im Heumarkt-Viertel herum, wo er sich auskennt; dann geht er über die Kokuschkin-Brücke wieder zu dem Gasthaus, wo er früher am Tag ein Zimmer genommen hat, unter dem Namen Issajew.

Er ist nicht hungrig. Voll angekleidet legt er sich hin, faltet die Arme über der Brust und versucht zu schlafen. Aber seine Gedanken wandern zurück in die Swetschnojer Straße 63, in das Zimmer, wo sein Sohn gewohnt hat. Die Vorhänge sind nicht zugezogen. Mondschein fällt auf das Bett. Da steht er an der Tür, kaum atmend, den Blick fest auf den Stuhl in der Ecke gerichtet; er wartet darauf, daß die Dunkelheit dichter wird, daß sie sich in eine andere Art Dunkelheit verwandelt, das Dunkel einer Erscheinung. Stumm bildet er mit den Lippen den Namen seines Sohnes, dreimal, viermal.

Er versucht, einen Bann zu legen. Aber über wen, über ein Gespenst oder über sich selbst? Er denkt an Orpheus, wie er Schritt für Schritt zurückkehrt, wie er den Namen der Toten flüstert, ihr zuredet, um sie aus dem Bauch der Hölle herauszulocken; und die Frau im Sterbekleid mit den blinden, toten Augen, wie sie ihm nachkommt, die schlaffen Hände vorstreckend wie eine Schlafwandlerin. Keine Flöte, keine Leier, nur das Wort, dieses eine Wort, wieder und wieder. Wenn der Tod alle andern Bande zerschneidet, bleibt noch der Name. Das macht die Taufe: die Vereinigung einer Seele mit einem Namen, dem Namen, den sie in alle Ewigkeit tragen wird. Kaum atmend, bildet er mit den Lippen wieder den Namen: *Pawel.*

Ihm wird schwindlig. »Ich muß jetzt gehn«, flüstert er oder glaubt er zu flüstern; »ich komme wieder.«

Ich komme wieder: Dasselbe Versprechen hat er dem Jungen gegeben, als er ihn am ersten Tag zur Schule brachte. *Du wirst nicht im Stich gelassen.* Und dann hat er ihn im Stich gelassen.

Er ist am Einschlafen. Er stellt sich vor, daß er einen tiefen Wasserfall hinunter in einen Teich fällt; er überläßt sich ganz dem Fall.

2

Der Friedhof

Sie treffen sich an der Fähre. Als er die Blumen sieht, die Matrjona mitbringt, ärgert er sich. Sie sind klein, weiß und ärmlich. Ob Pawel eine Lieblingsblume hat, weiß er nicht, aber das mindeste, was er verdient, sind Rosen, egal was sie im Oktober kosten mögen, Rosen, scharlachrot wie Blut.

»Ich dachte mir, wir könnten sie einpflanzen«, sagt die Frau, seine Gedanken erratend. »Ich hab' eine Schaufel mitgebracht. Hornklee, er blüht spät.« Und nun sieht er, daß die Wurzeln in ein feuchtes Tuch eingeschlagen sind.

Sie nehmen das kleine Fährboot zur Jelagin-Insel, wo er seit Jahren nicht mehr gewesen ist. Bis auf zwei alte Frauen in Schwarz sind sie die einzigen Fahrgäste. Der Tag ist kalt und neblig. Als sie näher kommen, beginnt ein grauer, ausgemergelter Hund am Landungssteg auf und ab zu trotten, geflissentlich heulend. Der Fährmann holt mit einem Bootshaken aus; der Hund zieht sich in sichere Entfernung zurück. Hundeinsel, denkt er, ob sie wohl rudelweise hier unter den Bäumen herumstreunen und abwarten, daß die Trauernden fortgehen, ehe sie zu wühlen anfangen?

Anna Sergejewna, die in seiner Vorstellung immer noch *die Wirtin* ist, fragt im Pförtnerhäuschen nach dem Weg, während er draußen wartet. Dann gehen sie durch die Alleen zwischen den Toten. Ihm sind die Tränen gekommen. *Muß das jetzt sein?* denkt er, wütend auf sich selbst. Und doch haben die Tränen ihr Gutes – ein schonender Schleier zwischen ihm und der Welt.

»Hier, Mama!« ruft Matrjona.

Sie stehen vor einem Erdhaufen von vielen. In jedem steckt ein Lattenkreuz mit angehefetem Nummernschild. Er versucht diese eine Nummer, *seine* Nummer, aus der Wahrnehmung auszusperren, aber schon hat er die Siebenen und die Vieren gesehen und denkt: Ich kann nie wieder auf die Sieben setzen.

Jetzt ist der Augenblick, in dem er auf das Grab niederfallen sollte. Aber es geschieht zu plötzlich; warum gerade dieses Stückchen Erde? Es ist ihm zu fremd, er kann im Herzen kein Gefühl dafür entdecken. Er mißtraut auch der Kette gleichgültiger Hände, durch welche die Glieder seines Sohnes inzwischen gegangen sein müssen, während er, ahnungslos wie ein Schaf, noch in Dresden war. Von dem Jungen, der in seiner Erinnerung noch lebendig ist, bis zu dem Namen auf dem Totenschein und der Nummer an dem Kreuz: mit dieser Schicksalsverkettung kann er sich noch nicht abfinden. *Provisorisch*, denkt er, es gibt keine endgültigen Zahlen, alle sind nur provisorisch; sonst wäre das Spiel ja zu Ende. Nach einer Weile wird sich das Rad wieder drehen, die Zahlen setzen sich in Bewegung, und alles wird wieder gut.

Der Grabhügel hat etwa das Volumen und sogar die Form eines liegenden menschlichen Körpers. Es ist ja auch nicht mehr und nicht weniger als diejenige Menge frischen Erdreichs, die eine Holzkiste mit einem großen jungen Mann darin verdrängt. Der Gedanke hat etwas Unerträgliches, darum schiebt er ihn von sich weg. Statt dessen kommen ihm bittere Erinnerungen an all das, was er in Dresden die ganze Zeit über getan hat, während hier in Petersburg das Geschäft der Aufbewahrung, Numerierung, Einsargung, des Transports und des Begrabens seinen vorschriftsmäßigen Gang nahm. Warum hatte in Dresden nicht ein Hauch von einer Vorahnung in der Luft gelegen? Müssen denn Massen umkommen, ehe die Himmel erbeben?

Unter den Bildern, die ihm nun wieder durch den Kopf gehen, ist eines, in dem er sich selbst sieht, wie er sich in seiner Wohnung in der Lärchenstraße vor dem Spiegel den Bart stutzt. Die Messinghähne über dem Waschbecken schimmern; das Gesicht im Spiegel, ganz versunken in seine Beschäftigung, ist das Gesicht eines Fremden aus der Vergangenheit. Da war ich schon alt, denkt er. Das Urteil war schon gesprochen, und der Brief, der es mir verkündigte, war unterwegs und ging von Hand zu Hand, nur wußte ich es noch nicht. *Das Glück deines Lebens ist vorüber*: so lautete das Urteil.

Die Wirtin hat begonnen zu Füßen des Grabhügels ein kleines Loch auszuscharren. »Bitte«, sagt er mit einer Handbewegung, und sie tritt beiseite.

Er knöpft sich den Mantel auf, dann die Jacke, kniet sich hin, dann beugt er sich ungeschickt vor, bis er flach auf dem Grab liegt, die Arme über den Kopf gebreitet. Er weint ungehemmt, die Nase läuft ihm. Er reibt das Gesicht in dem feuchten Boden, drückt es hinein.

Als er wieder aufsteht, klebt Erde in seinem Bart, im Haar und an den Augenbrauen. Das Mädchen, das er nicht beachtet hat, starrt ihn verwundert an. Er wischt sich das Gesicht ab, schnaubt sich die Nase, knöpft sich die Sachen zu. Was für eine jüdische Vorstellung! denkt er. Aber soll sie's nur sehen! Soll sie mal sehen, daß man nicht aus Stein ist! Soll sie mal sehen, daß es keine Schranken gibt!

Etwas blitzt ihm aus den Augen, gegen sie hin; verwirrt wendet sie sich ab und drängt sich an ihre Mutter. Husch, ins Körbchen! Eine furchtbare Bosheit gegen alles Lebendige will aus ihm heraus, vor allem gegen lebendige Kinder. Wäre in diesem Augenblick ein Neugeborenes da, er würde es der Mutter aus den Armen reißen und es gegen einen Stein schmettern. Herodes, denkt er; jetzt verstehe ich den Herodes! Schluß mit aller Fortpflanzung!

Er kehrt den beiden den Rücken und geht davon. Bald hat er den neueren Teil des Friedhofs verlassen und streift zwischen den älteren Grabsteinen herum, zwischen den schon lange Toten.

Als er zum Grab zurückkommt, ist der Hornklee eingepflanzt. »Wer soll sich darum kümmern?« fragt er verdrossen.

Die Frau zuckt die Achseln. Die Frage muß nicht sie beantworten. Es ist seine Sache, er müßte nun sagen: Ich werde jeden Tag herkommen, um das Grab zu pflegen, oder: Gott wird sich drum kümmern, oder aber: Niemand wird sich drum kümmern, die Pflanzen werden eingehen, und sollen sie doch eingehen!

Die kleinen weißen Blüten schaukeln munter im Wind.

Er packt die Frau am Arm. »Er ist nicht hier, er ist nicht tot«, sagt er mit flatternder Stimme.

»Nein, natürlich ist er nicht tot, Fjodor Michailowitsch.« Sie ist ganz sachlich, sie beruhigt ihn. Mehr noch: in diesem Augenblick ist sie mütterlich, nicht nur gegen ihre Tochter, auch gegen Pawel.

Sie hat kleine Hände mit schmalen, etwas kindlichen Fingern, aber eine dralle Figur. Verrückt: er würde gern den Kopf an ihre Brust legen und ihre Finger über sein Haar streichen fühlen.

Die Unschuld der Hände, wie sie sich immer wieder erneuert! Er erinnert sich: eine Hand, die ihn berührt, eine intime Berührung im Dunkeln. Aber wessen Hand? Hände kommen ans Tageslicht wie Tiere, ohne Scham, ohne Erinnerung.

»Ich muß mir die Nummer notieren«, sagt er, ihrem Blick ausweichend.

»Ich habe die Nummer.«

Woher kommt nur dieses Verlangen? Es ist drängend, hitzig: Er möchte diese Frau jetzt beim Arm nehmen, sie hinter das Pförtnerhäuschen zerren, ihr den Rock hochstreifen und in sie eindringen.

Er denkt an Gäste bei einer Trauerfeier, wie sie über die Speisen und Getränke herfallen. Eine Art Triumph liegt darin, eine Herausforderung, die man dem Tod ins Gesicht schleudert: Uns hast du noch nicht!

Sie stehen wieder am Landesteg. Der graue Hund macht sich vorsichtig an sie heran. Matrjona will ihn streicheln, aber ihre

Mutter hält sie davon ab. Mit dem Hund stimmt etwas nicht; er hat eine offene, bös aussehende Wunde über dem Rücken, vom Schwanzansatz ausgehend. Er winselt immerzu oder setzt sich plötzlich auf die Hinterbeine und rückt der Wunde mit den Zähnen zuleibe.

Morgen komme ich wieder, verspricht er. Dann komm' ich allein, und wir können miteinander reden, du und ich. In dem Gedanken ans Wiederkommen, ans Übersetzen mit der Fähre, an die Suche nach dem Grab seines Sohnes und das Alleinsein mit ihm in diesem Nebel liegt ein leises Versprechen von Abenteuern.

3

Pawel

Er sitzt im Zimmer seines Sohnes, den weißen Anzug auf dem Schoß, verhalten atmend; er läßt seine Gedanken in die Irre gehen, versucht, einen Geist zu beschwören, der diese Umgebung doch gewiß noch nicht verlassen haben kann.

Zeit vergeht. Durch die dünne Trennwand zum Nebenzimmer hört er die gedämpften Stimmen von Mutter und Tochter und die Geräusche beim Tischdecken. Er legt den Anzug beiseite und klopft an die Tür. Die Stimmen kommen abrupt zum Schweigen. Er tritt ein. »Ich gehe gleich«, sagt er.

»Sie sehen, wir sind gerade beim Abendessen. Sie dürfen gern mitessen.«

Was es zu essen gibt, ist einfach: Suppe, Salzkartoffeln mit Butter.

»Wie hat sich das ergeben, daß mein Sohn bei Ihnen wohnte?« fragt er bei einer Gelegenheit. Noch immer sagt er geflissentlich *mein Sohn*: wenn er den Namen aussprräche, würde ihn das Zittern überkommen.

Sie zögert, und er versteht, warum. Sie könnte sagen: Er war ein netter junger Mann, wir mochten ihn. Aber *war* ist das Hindernis, der Stolperstein. Solange sie nicht weiß, wie sie dieses Wort in seiner Nacktheit umgehen kann, wird sie ihm nichts dazu sagen.

»Ein früherer Mieter hatte ihn empfohlen«, sagt sie schließlich. Und dabei läßt sie es bewenden.

Sie kommt ihm trocken vor, trocken wie ein Schmetterlingsflügel. Als ob zwischen ihrer Haut und dem Unterrock, zwischen ihrer Haut und den schwarzen Strümpfen, die sie sicherlich trägt, eine Schicht feiner weißer Asche läge, so daß ihre Kleider, wenn man sie an den Schultern aufknöpfte, ohne jede weitere Nachhilfe zu Boden gleiten würden.

Er würde sie gerne nackt sehen, diese Frau in der späten Blüte der Jugend.

Daß sie geradezu eine gebildete Frau wäre, kann man nicht sagen; aber wo wäre eine, die ein schöneres Russisch spräche? Wie ein Vögelchen flattert die Zunge in ihrem Mund: das weiche Gefieder, die sanften Flügelschläge.

An der Tochter findet er nichts von der sanften Trockenheit der Mutter. An ihr ist im Gegenteil etwas Flüssiges, etwas von einem jungen Reh, zutraulich und doch nervös, wenn es den Hals reckt, um an der Hand des Fremden zu schnüffeln, sprungbereit zur Flucht. Wie kann diese dunkelhaarige Frau eine so blonde Tochter geboren haben? Aber die Merkmale sind alle da: die kleinen, fast unterentwickelten Finger; die dunklen Augen, strahlend wie auf byzantinischen Heiligenbildern; die feine Wölbung der Stirn; sogar die ein wenig verdrossene Miene.

Seltsam, wie ein Gesicht beim Kind die vollkommene Form annehmen kann, während es bei der Mutter nur wie ein Abbild wirkt!

Das Mädchen hebt für einen Moment die Augen, begegnet seinem musternden Blick und wendet sich verwirrt ab. Eine zornige Regung kommt in ihm auf. Er möchte sie beim Arm packen und schütteln. Sieh mich an, Kind! möchte er sagen: Sieh mich an und lerne draus!

Das Messer fällt ihm zu Boden. Erleichtert bückt er sich danach. Ihm ist, als wäre ihm die Haut vom Gesicht abgezogen worden, als müßte er den beiden gegen seinen Willen eine scheußliche, blutige Maske vorhalten.

Nun sagt die Frau noch etwas. »Matrjona und Pawel Alexandrowitsch waren gute Freunde«, sagt sie, bestimmt und bedächtig. Und zu ihrer Tochter: »Er hat dir Stunden gegeben, nicht wahr?«

»Er hat mich in Französisch und Deutsch unterrichtet. Meistens Französisch.«

Matrjona: nicht der richtige Name für sie. Ein Altweibername, der Name für eine kleine Alte mit einem Gesicht wie eine Backpflaume.

»Ich würde Ihnen gern etwas von ihm geben«, sagt er. »Zur Erinnerung an ihn.«

Wieder hebt das Mädchen verdutzt die Augen; sie beäugt ihn, wie ein Hund einen Fremden beäugt, fast ohne zu hören, was er sagt. Was ist da los? Und gleich weiß er die Antwort: Sie kann sich nicht vorstellen, daß ich Pawels Vater bin. Sie versucht Pawel in mir zu sehen, und sie kann es nicht. Und dann denkt er: Für sie ist Pawel noch nicht tot. Irgendwo in ihr lebt er noch, er atmet, mit dem warmen, reinen Atem der Jugend. All die Schwärze an mir dagegen, diese Bärtigkeit, diese Knochigkeit, das muß für sie so abstoßend sein wie der Sensenmann persönlich. Der Tod mit seinen knochigen Hüften und den daumenlangen Zähnen, und wie seine Fußknöchel klappern beim Gehen!

Er hat keine Lust, über seinen Sohn zu reden. Zu hören, wie man über ihn redet, das wohl, aber nicht selber zu reden. Rechnerisch ist dies der zehnte Tag, seit Pawel tot ist. Mit jedem Tag, der vergeht, werden Erinnerungen an ihn, die vielleicht noch wie Herbstblätter in der Luft schweben, in den Schlamm getreten oder vom Wind erfaßt und hinaufgetragen ins blendende Himmelslicht. Nur er will diese Erinnerungen sammeln und bewahren. Alle anderen halten sich an die Geschäftsordnung: erst trauern, dann vergessen. Wenn wir nicht vergessen können, sagen sie, wird die Welt bald nur noch eine riesige Bibliothek sein. Aber schon der Gedanke, daß man Pawel vergessen könnte, macht ihn wütend und gefährlich wie einen grimmigen alten Stier.

Er möchte Geschichten hören. Und wie durch ein Wunder

scheint das Mädchen gerade eine erzählen zu wollen. »Pawel Alexandrowitsch« – sie blickt zu ihrer Mutter hin, um sich zu vergewissern, daß sie den Totennamen aussprechen darf – »hat gesagt, er würde nur noch ein Weilchen in Petersburg bleiben, und dann wollte er nach Frankreich.«

Sie hält inne. Ungeduldig wartet er darauf, daß sie fortfährt.

»Warum wollte er nach Frankreich?« fragt sie, nun an ihn allein gewendet. »Was ist denn da, in Frankreich?«

Frankreich? »Er wollte nicht nach Frankreich, er wollte fort aus Rußland«, antwortet er. »Wenn man jung ist, hat man mit allem, was um einen ist, keine Geduld. Man hat keine Geduld mit seinem Mutterland, weil einem das Mutterland alt und schal vorkommt. Man wünscht sich neue Ausblicke, neue Ideen. In Frankreich, Deutschland oder England glaubt man die Zukunft zu finden, die man im eigenen Land, weil es zu öd ist, nicht sehen kann.«

Das Mädchen zieht die Stirn kraus. Er sagt *Frankreich* und *Mutterland*, aber sie hört etwas anderes heraus, das hinter seinen Worten steckt: Bitterkeit.

»Mein Sohn hatte eine sehr lückenhafte Bildung«, sagt er, nun nicht mehr zu dem Mädchen, sondern zu der Mutter. »Ich mußte ihn immer wieder auf eine andere Schule bringen. Der Grund war einfach, daß er morgens nicht aus dem Bett kam. Nichts konnte ihn wecken. Ich rede vielleicht zuviel davon. Aber man kann nun mal keine Universität besuchen, wenn man nicht zur Schule geht.«

Was redet er bloß für ein Zeug, und zu einer solchen Zeit! Trotzdem, zu der Tochter gewandt, nörgelt er weiter. »Auf sein Französisch war überhaupt kein Verlaß – wirst du gemerkt haben. Vielleicht wollte er deshalb nach Frankreich – um besser Französisch zu lernen.«

»Er hat immer viel gelesen«, sagt die Mutter. »Manchmal hat die Lampe in seinem Zimmer die ganze Nacht durch gebrannt.« Ihre Stimme bleibt leise, gleichmäßig. »Uns hat es nicht gestört.

Er war immer sehr rücksichtsvoll. Wir hatten Pawel Alexandrowitsch sehr gern – nicht wahr?« Sie schenkt dem Kind ein Lächeln, das ihm wie eine Liebkosung vorkommt.

War. Sie hat es über die Lippen gebracht.

Sie runzelt die Stirn. »Was ich noch nicht verstehe...«

Verlegenes Schweigen. Er tut nichts, um es weniger lastend zu machen. Im Gegenteil, etwas sträubt sich in ihm, wie die Nakkenhaare einer Wölfin, die ihr Junges beschützt. Hütet euch! denkt er: Wagt es nur, ein Wort gegen ihn zu sagen! Ich bin ihm Mutter und Vater, ich bin ihm alles und noch mehr! Ihm ist, als möchte er aufstehen und etwas herausbrüllen. Aber was? Und wer ist der Feind, dem er trotzt?

Aus tiefster Kehle bricht ein Laut aus ihm hervor, den er nicht mehr unterdrücken kann, ein Stöhnen. Er bedeckt sein Gesicht mit den Händen; Tränen laufen ihm über die Finger.

Er hört, wie die Frau vom Tisch aufsteht. Er wartet, daß sich das Kind auch zurückzieht, aber es bleibt sitzen.

Nach einer Weile wischt er sich die Augen trocken und schnaubt sich die Nase. »Es tut mir leid!« flüstert er dem Kind zu, das immer noch dasitzt, den Kopf über den leeren Teller gebeugt.

Er geht in Pawels Zimmer und macht die Tür hinter sich zu. Tut mir leid? Nein, die Wahrheit ist, es tut ihm nicht leid. Überhaupt nicht: Er hat eine Wut auf jeden, der noch lebt, während sein Kind tot ist. Eine Wut vor allem auf dieses Mädchen; allein schon wegen ihrer Sanftmut würde er ihr am liebsten jedes Glied einzeln ausreißen.

Er legt sich aufs Bett, die Arme fest vor der Brust gekreuzt, schnell atmend, um den Dämon auszustoßen, der von ihm Besitz ergreifen will. Er weiß, daß er einem aufgebahrten Leichnam zum Verwechseln ähnlich sieht und daß der Dämon, wie er es nennt, vielleicht nur seine eigene flügelschlagende Seele ist. Aber am Leben zu sein bereitet ihm im Augenblick eine Art Ekel. Er möchte tot sein. Besser noch ausgelöscht, vernichtet.

Was das Leben auf der anderen Seite angeht, darein setzt er kein Vertrauen. Er rechnet damit, die Ewigkeit an einem Flußufer zu verbringen, unter Scharen von anderen toten Seelen, die alle auf ein Fährboot warten, das niemals kommt. Die Luft wird naß und kalt sein, das schwarze Wasser wird ans Ufer schwappen, die Kleider werden ihm am Leib verfaulen und vor die Füße fallen, seinen Sohn wird er nie wiedersehen.

An seinen kalten, vor der Brust verschränkten Fingern zählt er noch mal die Tage ab. Zehn. So wie jetzt ist einem nach zehn Tagen zumute.

Verse könnten seinen Sohn vielleicht zurückholen. Er hat eine Ahnung von dem Gedicht, das dazu nötig wäre, eine Ahnung von seiner Melodie. Aber er ist kein Dichter: mehr so was wie ein Hund, der mal hier, mal da nach einem verlorenen Knochen scharrt.

Er wartet, bis der Lichtschein unter der Tür erloschen ist; dann verläßt er leise die Wohnung und geht wieder zum Gasthaus.

In der Nacht hat er einen Traum. Er schwimmt unter Wasser. Das Licht ist blau und trüb. Mit eleganten Bewegungen gleitet er leicht dahin. Den Hut scheint er verloren zu haben, aber in seinem schwarzen Anzug fühlt er sich wie eine Schildkröte, eine große alte Schildkröte in ihrem Element. Über ihm ist ein Gekräusel von Bewegung, aber hier unten am Grund ist das Wasser still. Er schwimmt durch Büschel von Wasserpflanzen; schlaffe Wassergrasfinger streifen seine Flossen, wenn es denn Flossen sind.

Er weiß, wonach er sucht. Beim Schwimmen öffnet er ab und zu den Mund und stößt, wie er meint, einen Schrei oder Ruf aus. Bei jedem Schrei oder Ruf dringt ihm Wasser in den Mund; jede Silbe wird von einer Silbe Wasser verdrängt. Er wird immer schwerer und plumper, bis sein Brustbein den schlammigen Grund des Flußbettes streift.

Pawel liegt auf dem Rücken. Seine Augen sind geschlossen. Sein Haar, das in der Strömung weht, ist weich wie das Haar eines Säuglings.

Aus seinem Schildkrötenhals stößt er einen letzten Schrei aus, der ihm eher wie ein Bellen vorkommt, und taucht zu dem Jungen hinab. Er möchte sein Gesicht küssen, aber als er es mit seinen harten Lippen berührt, ist er nicht sicher, ob er nicht hineinbeißt.

Dies ist der Moment, in dem er erwacht.

Nach alter Gewohnheit verbringt er den Vormittag an dem kleinen Schreibtisch in seinem Zimmer. Als die Zimmerfrau zum Saubermachen hereinkommt, winkt er sie hinaus. Doch er schreibt kein Wort. Nicht daß er gelähmt wäre: Sein Herz schlägt gleichmäßig, er ist bei klarem Verstand. Jederzeit könnte er die Feder zur Hand nehmen und Buchstaben zu Papier bringen. Aber was er schriebe, befürchtet er, wäre das Werk eines Irren – Seite um Seite voll unbezähmbarer Gemeinheit und Obszönität. Er stellt sich vor, wie der Irrsinn durch die Schlagader seines rechten Arms in die Fingerspitzen und die Feder fließt, und von da aufs Papier. Es läuft ganz von selbst; nicht ein einziges Mal braucht er die Feder einzutunken. Was da aufs Papier fließt, ist weder Blut noch Tinte, sondern eine schwarze Säure, mit einem unangenehmen grünlichen Schimmer, wenn das Licht schräg darauf fällt. Sie trocknet nicht auf der Seite; würde man mit dem Finger darüber streichen, könnte man spüren, daß sie flüssig und elektrisch zugleich wäre. Eine Schrift, die sogar Blinde lesen könnten.

Am Nachmittag geht er wieder in die Swetschnojer Straße, in Pawels Zimmer. Er schließt die Tür zur Wohnung und lehnt einen Stuhl dagegen. Dann breitet er den weißen Anzug auf dem Bett aus. Im Tageslicht kann er sehen, wie schmuddelig die Ärmel sind. Er steckt die Nase unter die Achseln und hat einen deutlichen Geruchseindruck: nicht von einem Kind, sondern von einem Mann wie ihm selbst, einem Erwachsenen. Immer wieder zieht er diesen Geruch ein. Nach wie vielen Zügen wird er verschwinden? Hätte der Anzug in einer Glasvitrine eingeschlossen gelegen, wäre der Geruch dann auch erhalten worden?

Er legt den eigenen Anzug ab und zieht den weißen an. Obwohl ihm die Jacke etwas weit und die Hose zu lang ist, kommt er sich darin nicht wie ein Clown vor.

Er legt sich aufs Bett und kreuzt die Arme. Es ist eine theatralische Pose, aber er ist bereit, sich von seinem Instinkt leiten zu lassen, wohin auch immer. Zugleich traut er seinem Instinkt nicht über den Weg.

Im Geist sieht er Petersburg vor sich, wie es flach und weit hingestreckt unter den erbarmungslosen Gestirnen liegt. Auf einer Schriftrolle, die sich über den Himmel zieht, steht ein Wort in hebräischer Schrift. Er kann es nicht lesen, weiß aber, es ist ein Verdammungsurteil, ein Fluch.

Hinter seinem Sohn hat sich ein Tor geschlossen, ein Tor mit siebenfachen eisernen Banden. Dieses Tor zu öffnen ist ihm auferlegt.

Gedanken, Gefühle, Gesichte? Traut er ihnen denn? Sie kommen aus tiefstem Herzen; doch es gibt nicht mehr Grund, dem Herzen zu trauen als der Vernunft.

Ich bin auf dem Rückzug von irgendwo hier nach irgendwo da, denkt er; was wird von mir übrigbleiben, wenn der Rückzug vollendet ist?

Er stellt sich vor, er kehrte zurück ins Ei – oder zumindest in etwas Glattes, Kühles, Graues. Vielleicht ist es nicht nur ein Ei, vielleicht ist es die Seele, vielleicht sieht die Seele aus wie ein Ei.

Unterm Bett raschelt etwas. Eine Maus, die ihren Geschäften nachgeht? Ihm ist es egal. Er dreht sich um, zieht sich die weiße Jacke über den Kopf und inhaliert.

Seit er die Nachricht vom Tod seines Sohnes erhalten hat, ist etwas aus ihm abgeflossen – seine Festigkeit, denkt er. Wer tot ist, bin ich, denkt er; oder vielmehr, ich bin zwar gestorben, aber mein Tod ist ausgeblieben. Er hat das Gefühl, daß sein Körper stark und straff ist und nicht so bald von selbst hinfällig wird. Seine Brust ist wie ein Faß mit festen Dauben. Sein Herz wird noch lange schlagen. Trotzdem, aus menschlicher Lebenszeit ist er nun herausgerissen. Die Strömung, die ihn trägt, bewegt sich noch fort, hat noch eine Richtung, sogar ein Ziel, aber dieses Ziel heißt nicht mehr Leben. Ein totes Gewässer trägt ihn, ein erstorbener Strom.

Er schläft ein. Als er aufwacht, ist es dunkel, und die ganze Welt ist still. Er entzündet ein Streichholz, versucht, den Kopf wieder klar zu bekommen. Nach Mitternacht. Wo ist er denn gewesen?

Er kriecht unter die Bettdecke, schläft sporadisch. Am Morgen, als er vermieft und zerzaust in den Waschraum geht, kommt ihm Anna Sergejewna entgegen. Das Haar in ein Kopftuch eingeschlagen und die Füße in großen Stiefeln, sieht sie aus wie das erstbeste Marktweib. Sie schaut ihn erstaunt an. »Ich bin eingeschlafen, ich war sehr müde«, erklärt er ihr. Aber das ist es nicht, was sie wundert. Es ist der weiße Anzug, den er immer noch trägt.

»Wenn Sie nichts dagegen haben, bleibe ich hier in Pawels Zimmer, bis ich abreise«, fährt er fort. »Es ist nur für ein paar Tage.«

»Das können wir jetzt nicht besprechen, ich bin in Eile«, antwortet sie. Offenbar paßt es ihr gar nicht. Und sie gibt auch kein Zeichen der Einwilligung. Aber er hat ja bezahlt, und sie kann ihn überhaupt nicht hindern.

Den ganzen Vormittag über sitzt er an dem Tisch im Zimmer seines Sohnes, den Kopf in die Hände gestützt. Er kann nicht mal so tun, als würde er schreiben. Seine Gedanken eilen zu Pawel im Augenblick seines Todes. Was er nicht ertragen kann, ist die Vorstellung, daß Pawel im letzten Sekundenbruchteil seines Sturzes gewußt haben muß, daß ihn nichts mehr retten konnte, daß er schon tot war. Er möchte glauben, daß Pawel vor dieser

Gewißheit, die schrecklicher ist als die Vernichtung selbst, durch das Halsüberkopf des Sturzes bewahrt worden ist, durch die Fähigkeit des Bewußtseins, sich selbst zu narkotisieren, zum Schutz vor allem, das zu ungeheuerlich ist, um es zu ertragen. Von ganzem Herzen möchte er dies glauben. Gleichzeitig weiß er, daß er es glauben möchte, um sich selbst gegen das Wissen zu narkotisieren, daß Pawel im Fallen alles gewußt hat.

In einem Moment wie diesem kann er Pawel nicht von sich selbst unterscheiden. Sie sind ein und derselbe; und dieser eine ist nicht mehr und nicht weniger als ein Gedanke, den Pawel in ihm denkt und den er in Pawel denkt. Der Gedanke hält Pawel am Leben, hält ihn im Fallen in der Schwebe.

Gerade aus dem Wissen heraus, daß er tot ist, will er seinen Sohn beschützen. Solange ich lebe, denkt er, möchte ich der Wissende sein. Welche Willensanstrengung es auch immer erfordern mag, das denkende Lebewesen, das durch die Luft stürzt, möchte ich sein!

Am Tisch sitzend, mit geschlossenen Augen und geballten Fäusten hält er das Wissen um den Tod von Pawel fern. Er denkt sich, er wäre der Triton an der Piazza Barberini in Rom, der eine Muschel an die Lippen hält, aus der ein gleichmäßiger, kristallener Strahl hervorschießt. Tag und Nacht haucht er dem Wasser Leben ein. Die Sehnen an seinem Hals, in Bronze erstarrt, spannen sich in der Anstrengung.

4

Der weiße Anzug

Inzwischen ist November, und der erste Schnee fällt. Der Himmel ist voller Sumpfvögel auf dem Zug nach Süden.

Er hat sich in Pawels Zimmer niedergelassen, und nach wenigen Tagen schon wird er im Haus nicht mehr als Fremder betrachtet. Die Kinder spielen weiter und glotzen ihn nicht mehr an, wenn er vorüberkommt; allerdings senken sie immer noch die Stimmen. Sie wissen nun, wer er ist. Er ist das Unglück, er ist der Vater des Unglücks.

Jeden Tag sagt er sich, du mußt noch mal zur Jelagin-Insel, zum Grab. Aber er fährt nicht hin.

Er schreibt an seine Frau in Dresden. Seine Briefe sind beruhigend, aber ohne Herzlichkeit.

Die Vormittage verbringt er im Zimmer: Vormittage der nackten Leere, denen er allmählich eine tückische, tödliche Lust abgewinnt. Nachmittags läuft er durch die Straßen, unter Vermeidung der Gegend um die Meschtschanskaja-Straße und den Wosnessenski-Prospekt, wo ihn jemand erkennen könnte. Etwa für eine Stunde kehrt er in eine Teestube ein, immer dieselbe.

In Dresden las er meistens die russischen Zeitungen. Aber nun hat er kein Interesse mehr an der Welt draußen. Seine Welt hat sich verengt; er trägt sie in seiner Brust.

Aus Rücksicht gegen Anna Sergejewna kehrt er nicht vor Anbruch der Dunkelheit in die Wohnung zurück. Bis sie zum Abendessen ruft, bleibt er still in dem Zimmer, das nun seines und auch wieder nicht seines ist.

Er sitzt auf dem Bett, den weißen Anzug auf dem Schoß. Niemand kann ihn sehen. Nichts hat sich geändert. Ganz körperlich, wie einen Strick, spürt er den Liebesstrang, der von seinem Herzen bis zu dem seines Sohnes reicht. Er spürt, wie sich der Strick um sein Herz legt und es zusammenpreßt. Er stöhnt laut auf. »Ja!« flüstert er. Er stimmt dem Schmerz zu; er langt hin und zieht den Strick noch etwas fester.

Die Tür hinter ihm geht auf. Er erschrickt und wendet sich um, verkrümmt und häßlich, mit Tränen in den Augen, den Anzug in den Händen zu einem Knäuel gedrückt.

»Möchten Sie jetzt zum Essen kommen?« fragt das Mädchen.

»Danke, aber heute abend möchte ich lieber allein bleiben.«

Später kommt sie noch einmal. »Möchten Sie Tee? Ich kann Ihnen welchen bringen.«

Sie bringt eine Teekanne mit Zuckernapf und Tasse herein, alles feierlich auf einem Tablett aufgebaut.

»Ist das Pawel Alexandrowitschs Anzug?«

Er legt den Anzug beiseite und nickt.

Sie bleibt auf Armeslänge entfernt stehen und sieht ihm zu, während er trinkt. Wieder packt ihn der Anblick der feinen, geschwungenen Linie von der Schläfe zum Backenknochen, die dunklen glänzenden Augen, die dunklen Brauen, das strohblonde Haar. Gefühle brodeln auf, widersprüchlich, wie wenn zwei Wellen gegeneinander branden: der Wunsch, sie zu beschützen, und der Wunsch, auf sie einzuschlagen, weil sie am Leben ist.

Gut, daß ich mich verkrieche, denkt er. So wie ich jetzt bin, tauge ich nicht für den Umgang mit Menschen.

Er wartet darauf, daß sie etwas sagt. Sie soll reden. Es ist unverschämt viel verlangt von einem Kind, aber er verlangt es trotzdem. Er hebt den Blick zu ihr auf. Nichts ist verhüllt; es kann nur Selbstentblößung sein, wie er sie ansieht.

Für einen Moment erwidert sie den Blick. Dann wendet sie die Augen ab, weicht unschlüssig zurück, macht einen seltsamen, linkischen Knicks und verläßt fluchtartig das Zimmer.

Schon während dies sich abspielt, ist ihm klar, daß er die Szene nicht vergessen wird und sie vielleicht sogar eines Tages mal in ein Buch einarbeiten könnte. Eine gewisse Beschämung überkommt ihn, aber sie ist nur oberflächlich und geht bald vorüber. Zuerst in dem, was er schreibt, und nun auch in seinem Leben scheint die Scham ihre Kraft verloren zu haben; an ihre Stelle ist eine offene und amoralische Passivität getreten, die vor keinem Extrem zurückschreckt. Es ist, wie wenn er aus dem Augenwinkel Wolken mit furchtbarer Geschwindigkeit gegen sich heraufziehen sähe, Gewitterwolken. Was ihnen im Wege steht, werden sie hinwegfegen. Mit Entsetzen, aber auch voll Erregung wartet er darauf, daß das Unwetter losbricht.

Als es nach seiner Uhr elf ist, geht er ohne anzuklopfen aus seinem Zimmer in die Wohnung hinüber. Der Vorhang vor dem Alkoven, wo Matrjona und ihre Mutter schlafen, ist zugezogen, aber Anna Sergejewna ist noch auf; beim Lampenschein sitzt sie am Tisch und näht. Er durchquert das Zimmer und setzt sich ihr gegenüber.

Ihre Finger sind flink, ihre Bewegungen entschlossen. In Sibirien hat er auch nähen gelernt, notgedrungen, aber so flott und elegant kann er es nicht. In seinen Fingern ist die Nadel eine Kuriosität, ein Pfeil aus Liliput.

»Das Licht ist doch viel zu schlecht für solche Feinarbeit«, murmelt er.

Sie neigt den Kopf, als wollte sie sagen: Ich höre Ihnen zu, aber auch: Was denken Sie denn, was ich da machen soll?

»Ist Matrjona Ihr einziges Kind?«

Sie blickt ihm direkt ins Gesicht. Er mag das Direkte an ihr. Er mag ihre Augen, die alles andere als sanft sind.

»Sie hatte einen Bruder, aber er ist sehr jung gestorben.«

»Also kennen Sie das.«

»Nein, das kenn' ich nicht.«

Wie sie das wohl meint? Daß der Tod eines Säuglings leichter zu ertragen ist? Sie erklärt es nicht.

»Wenn Sie erlauben, werde ich Ihnen eine bessere Lampe kaufen. Es wäre doch schade, wenn Sie sich so früh schon die Augen verderben.«

Sie neigt den Kopf, als wollte sie sagen: Nett, daß Sie daran denken, aber fühlen Sie sich an Ihr Versprechen nicht gebunden.

So früh schon: wie *er* das wohl gemeint hat?

Er weiß seit einiger Zeit, daß er gar nicht erst zu versuchen braucht, die Worte aufzuhalten, die ihm einmal auf die Zunge kommen. »Mich hungert danach, über meinen Sohn zu reden«, sagt er, »aber noch mehr hungert mich danach, andere über ihn reden zu hören.«

»Er war ein ausgezeichneter junger Mann«, sagt sie bereitwillig. »Es tut mir leid, daß wir ihn nur so kurze Zeit gekannt haben.« Dann, als ob sie begreift, daß dies noch nicht genügt: »Er hat Matrjona vor dem Schlafengehen immer vorgelesen. Den ganzen Tag hat sie sich darauf gefreut. Es war eine echte Neigung zwischen ihnen.«

»Was haben sie denn gelesen?«

»Ich erinnere mich an den *Goldenen Hahn* und an Krylow. Ein paar französische Gedichte hat er ihr auch beigebracht. Ein oder zwei kann sie immer noch.«

»Es ist gut, daß Sie Bücher im Hause haben.« Er deutet auf ein Regal mit zwanzig bis dreißig Bänden. »Gut für ein Kind, das heranwächst, meine ich.«

»Mein Mann war Drucker. Er hat in einer Druckerei gearbeitet. Er hat viel gelesen, zur Erholung. Das da sind nur ein paar von seinen Büchern. Manchmal quoll die Wohnung über von Büchern, als er noch lebte. Für alle hatten wir gar keinen Platz.« Sie zögert. »Wir haben auch ein Buch von Ihnen. *Arme Leute*. Es war ein Lieblingsbuch meines Mannes.«

Stille tritt ein. Die Lampe beginnt zu flackern. Sie schraubt sie herunter und legt ihr Nähzeug beiseite. Die entfernteren Ecken des Zimmers versinken in Schatten.

»Ich mußte Pawel Alexandrowitsch bitten, abends keine

Freunde mit auf sein Zimmer zu bringen«, sagt sie. »Heute tut es mir leid. Aber einmal haben wir nicht schlafen können, weil sie bis spät in die Nacht geredet und getrunken haben. Er hatte ein paar ziemlich ungehobelte Freunde.«

»Ja, in der Auswahl seiner Freunde war er demokratisch. Er konnte mit gewöhnlichen Menschen über die Dinge reden, die ihnen am Herzen liegen. Gewöhnliche Menschen haben einen Hunger nach Ideen. Er hat nie von oben herab mit ihnen geredet.«

»Mit Matrjoscha hat er auch nicht von oben herab geredet.«

Das Licht wird trüber, der Docht beginnt zu blaken. Wortbalsam, denkt er, auf die wunden Stellen gestrichen. Aber will ich denn geheilt werden?

»Er war ein ernsthafter Mensch, trotz seiner Jugend«, drängt er weiter. »Er hat sich über Rußland Gedanken gemacht, über unsere Lebensbedingungen hier. Er hat sich um Dinge gekümmert, die für einfache Menschen wichtig sind.«

Eine lange Pause tritt ein. Tribut, denkt er, ich zolle ihm Tribut, wenn auch noch so flau und verspätet, und versuche auch von ihr einen Tribut zu erpressen. Und warum nicht!

»Ich habe mich über etwas gewundert, das Sie neulich sagten«, sagt sie nachdenklich. »Warum haben Sie mir das erzählt, wie Pawel morgens immer verschlafen hat?«

»Warum? Weil er, so belanglos das heute auch scheinen mag, damit sein Leben verpfuscht hat. Weil er morgens verschlafen hat, mußte ich ihn von der Schule nehmen, von einer Schule nach der andern. Darum hat er sich nie immatrikuliert. So ist es gekommen, daß er sich am Ende hier in Petersburg am Rande von Studentenzirkeln bewegt hat, wo er nichts zu suchen hatte, wo er eigentlich gar nicht hingehörte. Es war nicht nur Trägheit. Nichts konnte ihn wecken – Rütteln, Anbrüllen, Drohungen oder Bitten. Es war, als ob man einen Bären aus dem Winterschlaf wecken wollte.«

»Das kann ich verstehen. Manche Kinder können sich nie an

die Schule gewöhnen. Aber ich meinte etwas anderes. Verzeihen Sie, wenn ich das sage, aber was mir aufgefallen ist, als Sie davon erzählten, war der Zorn, den Sie anscheinend immer noch auf ihn hatten.«

»Natürlich hatte ich einen Zorn! Seine Mutter, müssen Sie bedenken, ist gestorben, als er fünfzehn war. Es war nicht leicht, ihn allein großzuziehen. Ich hatte Besseres zu tun, als einen Jungen seines Alters zum Aufstehen zu überreden. Hätte Pawel wie andere auch seinen Schulabschluß gemacht, wäre dies alles nicht passiert.«

»Dies alles?«

Er schwenkt ärgerlich den Arm, als ob er die Wohnung, ganz Petersburg und auch den dunklen Baldachin der Nacht, der über ihnen hängt, damit abfertigen möchte.

Sie betrachtet ihn mit einem ruhigen, beharrlichen Blick; und unter diesem Blick wird ihm erst klar, was er gesagt hat. Ein Zittern befällt ihn, das von seiner rechten Hand ausgeht. Er steht auf und läuft mit großen Schritten im Zimmer auf und ab, die Hände auf dem Rücken verklammert. Etwas kommt auf ihn zu, etwas, dessen Namen er nicht wissen möchte. Er versucht zu sprechen, aber seine Stimme klingt wie erstickt. Du benimmst dich wie eine Romanfigur, denkt er. Aber auch die Selbstverspottung hilft nicht. Seine Schultern beben. Lautlos beginnt er zu weinen.

In einem Roman würde die Frau seinen Schmerz nun mit einer Aufwallung von Mitleid beantworten. Diese Frau tut nichts dergleichen. Sie sitzt in dem flackernden, schwachen Lichtschein am Tisch, das Gesicht abgewendet, ihr Nähzeug auf dem Schoß. Es ist spät, niemand sieht ihnen zu, das Kind schläft.

Verdammtes Herz! sagt er sich. Verdammte Gefühligkeit! Auf das Herz und wie dir im Herzen zumute ist, darauf kommt es nicht an, sondern, daß er tot ist und wie dem toten Jungen zumute ist!

In diesem Augenblick hat er eine Vision, wie sie deutlicher

nicht sein könnte: er sieht Pawel vor sich, der ihn belächelt, wegen seiner Grämlichkeit, seiner Tränen, wegen seines theatra-
lischen Getues, aber auch wegen dessen, was hinter dem Theater
steckt. Er belächelt ihn nicht spöttisch, sondern freundlich und
verzeihend. *Er weiß Bescheid!* denkt er; *er weiß Bescheid, und es stört
ihn nicht!* Eine Woge der Dankbarkeit, Liebe und Freude durch-
flutet ihn. *Jetzt bekomme ich sicher einen Anfall,* denkt er auch noch,
aber es kümmert ihn nicht. Er hält die Tränen nicht mehr
zurück, tastet sich wieder zum Tisch durch, begräbt den Kopf
unter den Armen und schluchzt ein ums andere Mal laut und
schmerzlich.

Niemand streicht ihm übers Haar, niemand murmelt ihm ein
Wort des Trostes ins Ohr. Aber als er schließlich den Kopf hebt
und nach seinem Taschentuch sucht, steht Matrjona vor ihm und
beobachtet ihn angespannt. Sie hat ein weißes Nachthemd an;
das Haar, ausgebürstet, liegt ihr um die Schultern. Er kann nicht
umhin, die ersten Schwellungen der Brüste zu bemerken. Er versucht zu lächeln, aber ihre Miene ändert sich nicht. *Sie weiß auch
Bescheid,* denkt er. Sie weiß, was falsch und was echt ist; oder sie
glaubt es zu erkennen, wenn sie nur tief genug in ihn hinein-
blickt.

Er faßt sich wieder. Durch die letzten Tränen hindurch verschränkt sein Blick sich mit dem ihrigen. In diesem Moment
streift etwas zwischen ihnen hindurch, vor dem er zurückzuckt
wie vor einem rotglühenden Eisen. Dann legt sich der Arm ihrer
Mutter um sie, ein Wort wird ihr zugeflüstert, und sie geht wieder zu Bett.

5

Maximow

»Guten Morgen! Ich komme« (er ist selbst erstaunt über die Festigkeit seiner Stimme), »um ein paar Sachen abzuholen, die meinem Sohn gehören. Mein Sohn hat im letzten Monat einen Unfall gehabt, und die Polizei hat bestimmte Dinge in Verwahrung genommen.«

Er faltet die Empfangsbestätigung auseinander und reicht sie durch den Schalter. Je nachdem, ob Pawel vor oder nach Mitternacht den Geist aufgegeben hat, trägt sie das Datum seines Todestags oder des darauf folgenden Tages; sie nennt einfach »Briefe und andere Papiere«.

Der Wachtmeister betrachtet das Dokument unentschlossen. »12. Oktober. Das ist noch keinen Monat her. Der Fall wird noch nicht erledigt sein.«

»Wie lange wird es dauern, bis er erledigt wird?«

»Kann zwei Monate dauern oder auch drei, kann auch ein Jahr dauern. Das kommt auf die Umstände an.«

»Umstände gibt es hier nicht. Es hatte nichts mit einem Verbrechen zu tun.«

Das Papier auf Armeslänge von sich weghaltend, geht der Wachtmeister aus dem Zimmer. Als er zurückkommt, ist seine Miene merklich verdrossener. »Sie sind Herr – – –?«

»Issajew. Der Vater.«

»Ja, Herr Issajew. Wenn Sie bitte Platz nehmen wollen... Sie kommen bald dran.«

Sein Mut sinkt. Er hatte gehofft, Pawels Papiere einfach ausgehändigt zu bekommen und dann gehen zu können. Was er sich jetzt am wenigsten leisten kann, ist, die Aufmerksamkeit der Polizei auf sich zu lenken.

»Lange kann ich nicht warten«, sagt er spitz.

»Ja, ich bin sicher, der zuständige Ermittler wird bald für Sie Zeit haben. Nehmen Sie nur Platz und machen Sie sich's bequem.«

Er blickt auf seine Uhr, setzt sich auf die Bank und schaut mit gespielter Ungeduld umher. Es ist früh am Tag; nur noch eine Person außer ihm sitzt im Vorzimmer, ein junger Mann in fleckigem Anstreicherkittel. Er sitzt kerzengerade und scheint zu schlafen, die Augen zu, das Kinn herabhängend, und aus seiner Kehle kommt ein leises Rasseln.

Issajew. Die Verwirrung in ihm hat sich nicht gelegt. Soll er die Sache mit dem Namen nicht lieber gleich aufklären, bevor er deswegen Scherereien bekommt? Aber wie kann er das erklären? »Herr Wachtmeister, da ist ein kleiner Fehler passiert. Die Angelegenheit ist doch ein wenig anders, als es scheint. In gewissem Sinne bin ich nicht Issajew. Der Issajew, dessen Namen ich Ihnen genannt habe – wofür ich meine Gründe habe, die ich hier und jetzt nicht zu erläutern brauche, die aber vollkommen in Ordnung sind –, ist seit einigen Jahren tot. Dennoch, ich habe Pawel Issajew als meinen Sohn aufgezogen und liebe ihn wie mein eigen Fleisch und Blut. Insofern tragen wir den gleichen Namen – oder sollten ihn tragen. Diese wenigen Papiere, die er hinterlassen hat, sind für mich sehr wertvoll. Und darum bin ich jetzt hier.« Was aber, wenn er unaufgefordert dieses Eingeständnis machte, und die Polizisten hätten von all dem noch gar nichts geahnt? Vielleicht sind sie eben im Begriff, ihm die Papiere zu geben, und werden nun erst stutzig. »Aha! Was ist denn da los? Steckt da vielleicht noch mehr dahinter, als man denken sollte?«

Als er so dasitzt und sich zwischen Eingeständnis und Fortsetzung des Schwindels nicht entscheiden kann, die Uhr aus der Tasche zieht und mit ärgerlichen Blicken bedenkt, um sich wie ein ungeduldiger Geschäftsmann zu geben, dem man in dieser stickigen Amtsstube, wo ein Ofen in der Ecke brennt, seine Zeit stiehlt, hat er das Vorgefühl eines Anfalls, und im gleichen Atemzug erkennt er, daß ein Anfall hier ein Trick wäre, und zwar ein höchst kindischer Trick, um sich aus einer Patsche zu helfen; wobei sich von irgendwoher seitlich noch der Schatten einer Erinnerung einmischt: Hier bist du doch schon mal gewesen, in ebendiesem Vorzimmer oder in einem ähnlichen, und hast einen Anfall gehabt oder bist ohnmächtig geworden! Aber wie kommt es, daß er den Vorfall nur so trüb im Gedächtnis hat? Und was hat diese Erinnerung mit dem Geruch von frischer Malerfarbe zu tun?

»Das reicht mir!«

Sein Ausruf hallt durch das Zimmer. Der dösende Anstreicher fährt zusammen; der Wachtmeister am Schalter blickt überrascht auf. Er gibt sich Mühe, seine Verwirrung nicht deutlich werden zu lassen. »Ich meine, ich kann nicht länger warten«, sagt er mit normaler Stimme. »Ich habe eine Verabredung. Wie ich schon sagte.«

Er ist schon aufgestanden und hat den Mantel angezogen, als ihn der Beamte zurückruft. »Der Herr Justizrat Maximow erwartet Sie jetzt.«

In dem Bürozimmer, in das er nun geführt wird, gibt es keine Sitzbank. Abgesehen von einem großen Kunstledersofa ist es mit irgendwelchen Amtsmöbeln ausgestattet. Justizrat Maximow, der mit Pawels Fall betraute Ermittler, kahlköpfig, pummelig wie eine Bauersfrau, bittet ihn mit viel Getue, es sich bequem zu machen; dann schlägt er den dicken Ordner auf, der vor ihm auf dem Tisch liegt, und liest darin ausführlich, vor sich hin murmelnd und von Zeit zu Zeit den Kopf schüttelnd. »Traurige Geschichte... traurige Geschichte...«

Schließlich blickt er wieder auf. »Mein aufrichtigstes Beileid, Herr Issajew.«

Issajew! Jetzt muß er sich entscheiden.

»Danke. Ich wollte darum bitten, daß man mir die Papiere meines Sohnes zurückgibt. Ich weiß, daß der Fall noch nicht erledigt ist, aber ich verstehe nicht, wie private Papiere für Ihre Behörde von irgendeinem Interesse sein können oder von irgendeiner Bedeutung für – für ihr Verfahren.«

»Ja, natürlich, natürlich! Ganz genau, private Papiere. Aber sagen Sie mir: Wenn Sie von Papieren sprechen, was meinen Sie damit genaugenommen? Woraus bestehen diese Papiere?«

Die Augen des Mannes haben einen wäßrigen Schimmer; die Wimpern sind bleich wie die einer Katze.

»Wie kann ich das sagen? Sie wurden aus dem Zimmer meines Sohnes mitgenommen, ich habe sie noch nicht gesehen. Briefe, Papiere...«

»Sie haben sie noch nicht gesehen, glauben aber, daß sie für uns nicht von Interesse sein können. Ich kann Sie verstehen. Ich kann verstehen, daß ein Vater die Papiere seines Sohnes für eine persönliche Angelegenheit hält, oder zumindest für eine Familienangelegenheit. Ja, gewiß. Dennoch, es ist nun mal eine Untersuchung im Gange – eine reine Formalität vielleicht, aber vom Gesetz geboten, und darum kann man sie nicht mit einer Handbewegung wegwischen, und die Papiere sind zu dieser Untersuchung erforderlich. Also...«

Er legt die Fingerspitzen aneinander, senkt den Kopf und scheint in tiefes Nachsinnen zu versinken. Als er wieder aufblickt, lächelt er nicht mehr, sondern hat nun eine Miene der äußersten Entschlossenheit aufgesetzt. »Ich glaube«, sagt er, »ja, ich glaube, ich weiß eine Lösung, die beide Seiten zufriedenstellt. Weil die Untersuchung noch nicht abgeschlossen ist – sie ist kaum eingeleitet –, kann ich Ihnen die Papiere nicht zurückgeben. Aber ich werde Ihnen gestatten, sie einzusehen. Denn ich gebe zu, es wäre unbillig, höchst unbillig, sie in einem so tragischen Augenblick unter Verschluß zu nehmen und sie der Familie vorzuenthalten.«

Mit einer plötzlichen, aufreizenden Bewegung, wie ein Kartenspieler, der seinen Trumpf ausspielt, zieht er ein einzelnes Blatt aus dem Ordner und legt es vor ihn hin.

Es ist eine Liste von Namen, russischen Namen in lateinischer Schrift, alle mit dem Buchstaben A beginnend.

»Da muß ein Irrtum vorliegen. Das ist nicht die Handschrift meines Sohnes.«

»Nicht die Handschrift Ihres Sohnes? Hmm.« Maximow nimmt das Blatt wieder an sich und betrachtet es eingehend. »Haben Sie denn eine Ahnung, wessen Handschrift es sein könnte, Herr Issajew?«

»Ich kenne diese Handschrift nicht, aber es ist nicht die meines Sohnes.«

Unter den letzten Blättern der Akte sucht Maximow ein weiteres heraus und schiebt es über den Tisch. »Und das hier?«

Er braucht es nicht erst zu lesen. Wie dumm! denkt er. Ein leichter Schwindel befällt ihn. Seine Stimme scheint von weit her zu kommen. »Das ist ein Brief von mir selbst. Ich heiße nicht Issajew. Ich habe den Namen nur angenommen –«

Maximow schwenkt die Hand, wie um eine Fliege zu verscheuchen, wischt seine Worte weg, damit das Schweigen Platz bekommt; er aber überwindet den Schwindelanfall und vervollständigt seine Erklärung.

»Ich habe den Namen angenommen, um die Dinge nicht noch komplizierter zu machen – aus keinem anderen Grund. Pawel Alexandrowitsch Issajew ist mein Stiefsohn, das einzige Kind meiner verstorbenen Frau. Aber für mich ist er wie mein eigener Sohn. Er hat außer mir niemanden auf der Welt.«

Maximow nimmt ihm den Brief wieder aus der Hand und studiert ihn noch mal. Es ist der letzte Brief, den er aus Dresden geschrieben hat, ein Brief mit Vorhaltungen, weil Pawel zuviel Geld ausgibt. Beschämend, dabeizusitzen, während ein Fremder das liest! Beschämend, so was geschrieben zu haben! Aber wie soll man wissen, *wie soll man wissen*, welcher Tag der letzte sein wird?

»›In Liebe, dein Vater Fjodor Michailowitsch Dostojewskij‹«, murmelt der Beamte und blickt von dem Brief auf. »Also, um das klarzustellen, Sie sind gar nicht Issajew, Sie sind Dostojewskij?«

»Ja. Ich habe Sie getäuscht, ein dummer Fehler, den ich bedaure, aber harmlos.«

»Ich verstehe. Dennoch, Sie kommen hierher und geben vor – aber müssen wir so ein häßliches Wort dafür benutzen? Na, nehmen wir's mal, sozusagen in Gänsefüßchen, weil wir kein besseres haben – geben also vor, der Vater des verstorbenen Pawel Alexandrowitsch Issajew zu sein und stellen Antrag auf Rückgabe seines Besitzes, obwohl Sie tatsächlich jemand anderes sind. Das sieht nicht gut aus, wie?«

»Es war ein Fehler, wie schon gesagt, den ich nun tief bereue. Aber der Verstorbene *ist* mein Sohn, und ich bin sein Vormund und auch von Amts wegen dazu eingesetzt.«

»Hm. Ich sehe hier, er war einundzwanzig, ging zur Zeit seines Ablebens schon auf die zweiundzwanzig zu. Strenggenommen war also die Vormundschaft erloschen. Mit einundzwanzig ist ein Mann doch sein eigener Herr, oder nicht? Ein freier Mann, von Rechts wegen.«

Erst diese Spöttelei bringt ihn schließlich in Bewegung. Er steht auf. »Ich bin nicht hergekommen, um mit Fremden über meinen Sohn zu reden«, sagt er, die Stimme erhebend. »Wenn Sie darauf bestehen, die Papiere zu behalten, dann sagen Sie es nur geradeheraus, und ich werde andere Schritte unternehmen.«

»Darauf bestehen, die Papiere zu behalten? Natürlich will ich das nicht! Bitte, mein Lieber, bleiben Sie doch sitzen! Natürlich nicht! Im Gegenteil, es wäre mir sehr lieb, wenn Sie sich die Papiere ansehen würden, in Ihrem Interesse und in unserem. Für die Hinweise, die Sie uns geben könnten, wären wir Ihnen sehr dankbar, zutiefst dankbar. Nehmen wir zunächst mal dieses hier.« Er legt einen Stoß von einem halben Dutzend beidseitig beschriebener Blätter vor ihn hin, die vollständige Namensliste, von der er schon die erste Seite mit den A-Namen gesehen hat. »Also nicht die Handschrift Ihres Sohnes, sagten Sie?«

»Nein.«

»Nein, soviel wissen wir. Aber wessen Handschrift ist es dann? Keine Ahnung?«

»Ich kenne sie nicht.«

»Es ist die Handschrift einer jungen Frau, die sich zur Zeit im Ausland aufhält. Ihr Name tut nichts zur Sache, obwohl ich glaube, Sie wären erstaunt, wenn ich ihn nennen würde. Sie ist die Freundin und Gefährtin eines Mannes namens Netschajew, Sergej Gennadijewitsch Netschajew. Ist Ihnen der Name bekannt?«

»Ich kenne Netschajew nicht persönlich, und ich bezweifle sehr, daß mein Sohn ihn gekannt hat. Netschajew ist ein Verschwörer und Aufrührer, dessen Absichten ich von ganzem Herzen verabscheue.«

»Sie kennen ihn nicht persönlich, sagen Sie. Aber Sie haben Kontakt mit ihm gehabt?«

»Nein, ich habe keinen Kontakt mit ihm gehabt. Ich habe einmal in der Schweiz eine öffentliche Versammlung besucht, in Genf, und da haben viele Leute geredet, unter ihnen auch Netschajew. Er und ich haben uns im gleichen Raum befunden – das ist meine ganze Bekanntschaft mit ihm.«

»Und wann war das?«

»Im Herbst 1867. Es war eine Veranstaltung der Liga für Frieden und Freiheit, wie der Verein sich nannte. Ich fand nichts Unerlaubtes daran, als russischer Patriot dort hinzugehen, um zu hören, was von allen Seiten über Rußland gesagt wurde. Daß ich diesen jungen Mann reden gehört habe, bedeutet nicht, daß ich hinter ihm stünde. Im Gegenteil, ich wiederhole es, ich lehne alles ab, wofür er eintritt, und das habe ich schon viele Male gesagt, öffentlich und auch privat.«

»Und das Wohl des Volkes, lehnen Sie das auch ab? Tritt Netschajew nicht für das Wohl des Volkes ein? Kämpft er nicht dafür?«

»Ich verstehe den Sinn dieser Fragen nicht. Netschajew tritt zunächst und vor allem für den gewaltsamen Umsturz aller Institutionen der Gesellschaft ein, im Namen eines Prinzips der Gleichheit – gleiches Glück für alle oder, wenn das nicht sein kann, dann eben gleiches Elend für alle. Dies ist ein Prinzip, das er gar nicht erst zu begründen versucht. Es scheint sogar, daß er Begründungen allgemein als Zeitvergeudung ansieht, als nutzlose Vernünftelei. Bitte versuchen Sie nicht, mich mit Netschajew in Verbindung zu bringen!«

»Na schön, Ihre Zurechtweisung lasse ich mir gefallen. Allerdings, möchte ich hinzufügen, ich bin überrascht – so strenge Prinzipien hätte ich bei Ihnen nicht erwartet. Aber zur Sache. Auf dieser Liste, die Sie vor sich sehen – kennen Sie manche von diesen Namen?«

»Ein paar kenne ich. Eine Handvoll.«

»Es ist eine Liste von Personen, die umgebracht werden sollen, sobald das Zeichen gegeben wird, und zwar im Namen der Volksrache, einer Geheimorganisation, die Netschajew ins Leben gerufen hat, wie Sie wissen. Die Morde sollen einen allgemeinen Aufstand in Gang setzen und zum Umsturz des Staates führen. Wenn Sie bis zum Ende blättern, finden Sie dort einen Anhang, in dem ganze Kategorien von Menschen genannt werden, die alsbald, unmittelbar nach dem Umsturz, summarisch zu exekutieren sind. Dazu gehören alle höheren Justizbeamten sowie alle Offiziere der Polizei und Geheimpolizei vom Hauptmannsrang aufwärts. Diese Liste fand sich bei den Papieren Ihres Sohnes.«

Nachdem er diese Auskunft gegeben hat, kantet Maximow seinen Stuhl ein wenig rückwärts und lächelt liebenswürdig.

»Und heißt das, daß mein Sohn ein Mörder ist?«

»Natürlich nicht! Wie könnte er, solange niemand ermordet

worden ist? Was wir hier haben, ist sozusagen nur ein Entwurf, ein spekulatives Projekt. Meine Meinung – meine Meinung als Privatperson – ist im Grunde, daß dies eine Liste ist, wie sie ein junger Mann, der gegen die Gesellschaft einiges auf dem Herzen hat, im Laufe eines Nachmittags ausbrüten könnte, vielleicht um sich vor einer sehr jungen Frau wichtig zu machen, der er die Liste diktiert – um mit seiner Macht über Leben und Tod zu prahlen, einer vollkommen illusorischen Macht. Trotzdem, Morde, Planung von Mordtaten und Drohungen gegen Amtspersonen – das sind Dinge, die man ernst nehmen muß, meinen Sie nicht?«

»Sehr ernst. Ihre Pflicht ist klar, Sie brauchen meinen Rat nicht. Wenn Netschajew in sein Heimatland zurückkehrt, müssen Sie ihn sofort verhaften. Aber mit meinem Sohn, was können Sie da tun? Ihn auch verhaften?«

»Haha! Auf einen Scherz können Sie nicht verzichten, Fjodor Michailowitsch! Nein, selbst wenn wir wollten, könnten wir ihn nicht verhaften, denn er ist ja nun an einem besseren Ort. Aber er hat Dinge hinterlassen. Er hat Papiere hinterlassen, mehr Papiere, als ein Verschwörer hinterlassen sollte, wenn er etwas auf sich hält. Und auch einige Fragen hat er uns hinterlassen. Zum Beispiel: Warum hat er sich das Leben genommen? Das möchte ich Sie fragen: Was denken *Sie*, warum er sich das Leben genommen hat?«

Das Zimmer dreht sich ihm vor den Augen. Das Gesicht des Ermittlungsbeamten schwebt darin wie ein großer rosa Luftballon.

»Er hat sich nicht das Leben genommen«, flüstert er. »Sie wissen nichts von ihm.«

»Natürlich nicht! Was Ihr Stiefsohn für ein Mensch war und was er im Leben durchgemacht hat, davon habe ich nicht die leiseste Ahnung, und ich behaupte auch gar nicht, es begriffen zu haben. Eines werde ich aber hoffentlich doch begreifen können, soweit es sich sachlich ermitteln läßt, nämlich, was ihn in den

Tod getrieben hat. Wurde er zum Beispiel bedroht? Hat einer seiner Komplizen gedroht, ihn zu verraten? Und hat die Angst vor den Folgen ihn so tief erschreckt, daß er sich das Leben nahm? Oder hat er sich vielleicht überhaupt nicht selbst umgebracht? Es wäre ja möglich, daß er aus Gründen, die wir noch nicht kennen, für einen Verräter an der Volksrache gehalten und auf diese besonders abscheuliche Weise ermordet worden ist? Das sind nur einige von den Fragen, die mir durch den Kopf gehen. Und darum habe ich diese gute Gelegenheit benutzt, um mit Ihnen zu sprechen, Fjodor Michailowitsch. Denn wenn Sie ihn nicht kennen, Sie, sein Stiefvater und, in Abwesenheit der leiblichen Eltern, so lange Zeit sein Beschützer, wer sollte ihn dann kennen?

Und dann ist da noch eine Frage: das Trinken. War er schon lange ein starker Trinker, oder ist er es erst kürzlich geworden, vielleicht wegen der Belastungen seines Verschwörerdaseins?«

»Ich verstehe nicht. Warum reden wir vom Trinken?«

»Weil er in seiner Todesnacht sehr viel getrunken hatte. Wußten Sie das nicht?«

Er schüttelt sprachlos den Kopf.

»Es gibt offenbar vieles, das Sie nicht wissen, Fjodor Michailowitsch. Hören Sie, ich möchte offen mit Ihnen reden. Sobald ich erfuhr, daß Sie gekommen waren, um die Papiere Ihres Stiefsohns zurückzufordern, womit Sie sich sozusagen in die Höhle des Löwen gewagt haben, war ich mir sicher oder nahezu sicher, daß Sie nichts Böses ahnten. Denn hätten Sie von einer Verbindung zwischen Ihrem Stiefsohn und Netschajews Verbrecherbande etwas gewußt, wären Sie gewiß nicht hierhergekommen. Oder zumindest hätten Sie dann von vornherein klargemacht, daß es Ihnen nur um Ihren eigenen Briefwechsel mit Ihrem Stiefsohn ging und um nichts anderes. Können Sie mir folgen?«

»Ja –«

»Und weil Sie die Briefe, die Ihr Stiefsohn Ihnen geschrieben hat, ja schon besitzen, hieße das, Sie wollten nur die Briefe, die Sie selbst an ihn geschrieben haben. Aber warum –«

»Briefe, ja, und alles andere, was von privatem Charakter ist. Was kann es für einen Sinn haben, daß Sie ihm jetzt noch nachstellen?«

»Ja, was wohl! ... Tragisch... Aber um auf die Papiere zurückzukommen: Sie benutzen den Ausdruck ›von privatem Charakter‹. Mir scheint, daß man unter den heutigen Umständen nicht mehr so leicht sagen kann, was ›von privatem Charakter‹ ist. Natürlich müssen wir die Würde des Verstorbenen respektieren; wir müssen Rechte schützen, die Ihr Stiefsohn selbst nicht mehr verteidigen kann, in diesem Falle das Recht auf ein gewisses Maß an Rücksicht auf die Privatsphäre. Die Aussicht, daß nach unserem Tode ein Fremder kommt und unsere Habseligkeiten durchschnüffelt, Schubladen öffnet, Siegel bricht, intime Briefe durchliest – gewiß, dies wäre wohl für jeden von uns eine unerfreuliche Vorstellung. Andererseits wäre es uns in bestimmten Fällen vielleicht sogar lieber, wenn ein uneigennütziger Fremder diese peinliche, aber notwendige Aufgabe erfüllte. Wäre uns denn wohl bei dem Gedanken, unsere intimeren Angelegenheiten könnten zu einer Zeit, wenn sich die Gefühle noch nicht beruhigt haben, vor einer ahnungslosen Gattin, Tochter oder Schwester offengelegt werden? Da ist es in mancher Hinsicht doch besser, dies geschieht vor einem Fremden, vor jemand, der keinen Anstoß nehmen kann, weil wir ihm nichts bedeuten, und der außerdem von Berufs wegen gegen alles Anstößige abgehärtet ist.

Doch natürlich ist das alles gewissermaßen müßiges Gerede, denn letztlich werden solche Angelegenheiten durch das Gesetz geregelt, nämlich das Erbrecht: die Erben kommen in Besitz der privaten Papiere und alles übrigen Nachlasses. Und im Falle, daß jemand stirbt, ohne einen Erben benannt zu haben, wird nach den Gesichtspunkten der Blutsverwandtschaft entschieden, was entschieden werden muß.

Briefe zwischen Familienangehörigen, darin sind wir uns einig, sind private Papiere und mit der gebührenden Diskretion zu behandeln. Mitteilungen aus dem Ausland hingegen, Mitteilungen aufrührerischen Inhalts – Listen von Personen, die zu ermorden sind, zum Beispiel – sind offensichtlich keine privaten Papiere. Aber hier nun, hier haben wir einen merkwürdigen Fall.«

Er blättert etwas in der Akte durch und trommelt in aufreizender Weise mit den Fingernägeln auf die Tischplatte. »Hier haben wir einen merkwürdigen Fall, einen *merkwürdigen* Fall«, wiederholt er murmelnd. »Eine Erzählung«, gibt er abrupt bekannt. »Was sollen wir zu einer Geschichte sagen, einer Erzählung, einem Erzeugnis der Phantasie? Ist eine Erzählung eine Privatangelegenheit? Was würden Sie sagen?«

»Ja, ganz und gar privat, Privatsache des Verfassers, solange sie nicht veröffentlicht ist.«

Maximow wirft ihm einen skeptischen Blick zu, dann schiebt er ihm über den Tisch, was er vor sich hatte. Es ist ein Schulheft mit liniierten Seiten. Er erkennt sofort die schräge Handschrift, mit den schleppenden Strichen und Schleifen. Eine Waisenhandschrift, denkt er; ich muß erst noch lernen, sie zu mögen. Er legt schützend eine Hand über die Seite.

»Lesen Sie!« sagt sein Widersacher leise.

Er versucht es, kann sich aber nicht konzentrieren; je mehr er sich bemüht, desto weniger sieht er etwas anderes als Einzelzüge der Handschrift. Seine Augen sind auch von Tränen getrübt; er wischt mit dem Ärmel drüber, damit sie nicht herabkullern und die Seite beklecksen. »Weglose Schneewüsten«, liest er und möchte das Klischee korrigieren. Es ist etwas über einen Mann unter freiem Himmel, etwas über die Kälte. Er schüttelt den Kopf und klappt das Heft zu.

Maximow langt herüber und nimmt es ihm sachte ab. Er blättert, bis er gefunden hat, was er sucht, und schiebt es ihm wieder zurück. »Lesen Sie mal diesen Teil«, sagt er, »nur ein, zwei Seiten! Der Held ist ein junger Mann, der wegen hochverräterischer Verschwörung verurteilt und nach Sibirien geschickt worden ist. Er entkommt aus dem Gefängnis und schlägt sich bis zum Haus eines Grundbesitzers durch, wo er von der Küchenmagd, einem Bauernmädchen, versteckt und verpflegt wird. Die beiden sind jung, romantische Gefühle entstehen, und so weiter. Eines Abends versucht der Grundbesitzer, der als ein roher Lüstling geschildert wird, dem Mädchen seine Gunst aufzuzwingen. Diese Passage, meine ich, sollten Sie lesen.«

Er schüttelt noch einmal den Kopf.

Maximow nimmt das Heft wieder an sich. »Der junge Mann erträgt die Szene nicht mehr; er kommt aus seinem Versteck hervor und greift ein.« Maximow beginnt vorzulesen. »›Karamzin‹ – so heißt der Grundbesitzer – ›wandte sich zu ihm um und zischte: »Wer sind Sie? Was tun Sie hier?« Dann sah er die zerlumpte graue Uniform und die abgebrochene Fußkette. »Aha, einer von denen!« rief er aus. »Sie werden wir gleich haben!« Er machte kehrt und wollte hinauswatscheln.‹ So steht das hier, »hinauswatscheln«, sehr hübsch! Der Grundbesitzer wird als ein mopsgesichtiger Rüpel mit haarigen Ohren und kurzen, dicken Beinen geschildert. Alter und Häßlichkeit, nach junger Mädchenschönheit grapschend – kein Wunder, daß unser junger Held empört ist! Er greift nach einem Beil, das neben dem Ofen liegt. ›Mit aller Kraft, die ihm zu Gebote stand, schon während der Tat erschauernd, ließ er das Beil auf des Mannes bleichen Schädel niedersausen. Karamzins Knie brachen unter ihm ein. Laut ächzend wie ein Tier, fiel er flach auf den blankgescheuerten Küchenboden, die Arme weit ausgebreitet, die Finger zuckend, dann erschlaffend. Sergej‹ – so heißt unser Held – ›stand da wie gelähmt, das blutige Beil in der Hand, und konnte nicht glauben, was er getan hatte. Marfa aber‹ – das ist die Heldin – ›mit einer Geistesgegenwart, die er ihr nicht zugetraut hätte, hob einen feuchten Lappen auf und schob ihn dem Toten unter den Kopf, damit das Blut sich nicht ausbreitete.‹ Eine hübsche realistische Note, finden Sie nicht?

Der Rest der Geschichte ist nur schemenhaft ausgeführt – ich will es nicht weiter vorlesen. Vielleicht hat sich bei unserem jungen Schriftsteller die Inspiration verflüchtigt, nachdem der schändliche Karamzin einmal weggeputzt war. Sergej und Marfa schleppen die Leiche weg und werfen sie in einen nicht mehr benutzten Brunnen. Dann machen sie sich gemeinsam auf und gehen in die Nacht hinaus, »voller Entschlossenheit« – so lautet der Ausdruck. Wohin sie zu fliehen gedenken, ist nicht deutlich. Aber, um ein letztes Detail noch zu erwähnen, Sergej läßt die Mordwaffe nicht zurück. Nein, die nimmt er mit. Wozu, fragt ihn Marfa. Ich zitiere seine Antwort: ›Weil es die Waffe des russischen Volkes ist, das Mittel zu unserer Verteidigung und zu unserer Rache.‹ Die blutige Axt, die Volksrache – klarer kann eine Anspielung doch nicht sein, oder?«

Er starrt Maximow ungläubig an. »Ich glaube, ich höre nicht recht«, flüstert er. »Haben Sie wirklich vor, dies als belastendes Material gegen meinen Sohn zu verwenden – eine erfundene Geschichte, ein Erzeugnis der Phantasie, im stillen Kämmerlein niedergeschrieben?«

»O nein, Fjodor Michailowitsch, Sie mißverstehen mich!« Maximow lehnt sich jäh auf seinem Stuhl zurück und schüttelt den Kopf, scheinbar bekümmert. »Es kann keine Rede davon sein, daß wir Ihrem Stiefsohn weiter nachstellen wollten (wie Sie es ausgedrückt haben). Sein Fall ist erledigt, in dem Sinne, auf den es vor allem ankommt. Ich habe Ihnen dieses Phantasieerzeugnis, wie Sie es zu nennen belieben, nur vorgelesen, um Ihnen deutlich zu machen, wie tief er unter den Einfluß der Netschajewisten geraten war, die ja schon wer weiß wie viele von unseren aufbrausenden und leicht beeindruckbaren jungen Leuten verführt haben, besonders hier in Petersburg, viele davon auch noch aus guter Familie. Eine Epidemie geradezu, der Netschajewismus! Eine Epidemie, würde ich sagen, oder vielleicht auch bloß eine Mode.«

»Das ist keine Mode. Den Netschajewismus, wie Sie das nennen, hat es in Rußland schon immer gegeben, wenn auch unter anderen Namen. Der Netschajewismus ist so russisch wie das

Straßenräubertum. Aber ich bin nicht gekommen, um mit Ihnen über die Netschajewisten zu diskutieren. Ich bin aus einem ganz schlichten Grund gekommen – um die Papiere meines Sohnes abzuholen. Kann ich sie nun haben? Wenn nicht, kann ich dann gehen?«

»Sie können gehen, es steht Ihnen frei, zu gehen. Sie sind im Ausland gewesen und unter falschem Namen nach Rußland zurückgekehrt. Ich werde Sie nicht nach Ihrem Paß fragen. Es steht Ihnen frei, zu gehen. Wenn Ihre Gläubiger erfahren, daß Sie in Petersburg sind, steht es denen natürlich auch frei, alle Schritte zu unternehmen, die sie für richtig halten. Das geht mich nichts an, das ist eine Sache zwischen Ihnen und Ihren Gläubigern. Ich wiederhole, es steht Ihnen frei, dieses Büro zu verlassen. Aber ich muß Sie warnen, ich kann Ihnen nicht geradezu behilflich sein, Ihr Inkognito aufrechtzuerhalten. Ich nehme an, das werden Sie verstehen.«

»Nichts interessiert mich im Augenblick weniger als Geld. Wenn man mich wegen alter Schulden behelligen will, dann meinetwegen.«

»Sie sind jetzt verzweifelt, weil Sie einen Angehörigen verloren haben, darum nehmen Sie diese Haltung ein. Ich verstehe Sie vollkommen. Aber vergessen Sie nicht, Sie haben Frau und Kind, die auf Sie angewiesen sind. Schon um derentwillen können Sie es sich nicht leisten, das Schicksal seinen Lauf nehmen zu lassen. Was diese Papiere angeht, die Sie zurückfordern, so muß ich zu meinem Bedauern sagen, nein, sie können Ihnen noch nicht ausgehändigt werden. Sie sind erforderlich für die polizeilichen Ermittlungen in einer Sache, bei der Ihr Sohn mit den Netschajewisten in Verbindung stand.«

»Meinetwegen. Aber darf ich, bevor ich gehe, anders als es meine Absicht war, noch eines über diese Netschajewisten sagen? Denn immerhin habe ich Netschajew schon persönlich gehört und gesehen, was mehr ist – korrigieren Sie mich, wenn ich mich irre –, als Sie von sich sagen können.«

Maximow legt fragend den Kopf zurück. »Bitte, fangen Sie an!«

»Netschajew ist kein Fall für die Polizei. Letzten Endes ist Netschajew überhaupt kein Fall für irgendeine Behörde, zumindest nicht für eine der weltlichen Obrigkeit.«

»Reden Sie weiter.«

»Sie können vielleicht Sergej Netschajew aufspüren und ins Gefängnis stecken, aber das bedeutet dann nicht, daß der Netschajewismus ausgemerzt wäre.«

»Vollkommen richtig, ich stimme Ihnen zu. Der Netschajewismus ist eine Idee, die in unserem Land umgeht; Netschajew selbst ist nur ihre Verkörperung. Der Netschajewismus wird sich erst austilgen lassen, wenn andere Zeiten kommen. Unsere Ziele müssen daher bescheidener und praktischer sein: der Ausbreitung dieser Idee entgegenzuwirken und zu verhindern, daß sie, wo sie bereits Boden gefaßt hat, Taten nach sich zieht.«

»Sie mißverstehen mich noch immer. Der Netschajewismus ist keine Idee. Er spottet aller Ideen, er steht außerhalb aller Ideen. Der Netschajewismus ist ein Geist, und Netschajew selbst ist nicht dessen Verkörperung, sondern sein Wirt, der von dem Geist Besessene.«

Maximows Miene ist undurchdringlich. Er versucht es noch einmal.

»Als ich Sergej Netschajew in Genf gesehen habe, erschien er mir gleich als ein mürrischer, unsympathischer, intellektuell bedeutungsloser, ganz gewöhnlicher junger Mann. Ich glaube nicht, daß mein erster Eindruck falsch war. Ausgerechnet in dieses an sich belanglose Gefäß ist nun aber ein Geist eingedrungen. Auch an dem Geist ist nichts Bemerkenswertes. Es ist ein stupider, rachsüchtiger und mörderischer Geist. Warum er sich gerade diesen jungen Mann zum Wirt genommen hat? Ich weiß es nicht. Vielleicht weil er ihn bequem findet; weil er bei ihm leicht ein- und ausgehen kann. Aber nur weil der Geist in ihm wohnt, hat Netschajew Anhänger. Sie hängen dem Geist an, nicht der Person.«

»Und welchen Namen trägt dieser Geist, Fjodor Michailowitsch?«

Er versucht Sergej Netschajew vor sein inneres Auge zu bekommen, aber alles, was er sieht, ist ein Ochsenkopf mit glasigen Augen und heraushängender Zunge, der Schädel vom Beil des Metzgers gespalten. Ein Schwarm Fliegen umschwirrt ihn. Ein Name fällt ihm ein, und im gleichen Moment spricht er ihn aus: »Baal.«

»Interessant. Wohl eine Metapher und nicht vollkommen klar, aber doch bedenkenswert. Baal. Ich muß mich jedoch fragen, wie praktisch es wohl ist, von Geistern und Geisterbesessenheit zu sprechen. Ist es auch nur praktisch, von Ideen zu sprechen, die im Land umgingen, als ob die Ideen Arme und Beine hätten? Können solche Wörter uns bei unseren Bemühungen unterstützen? Können sie Rußland helfen? Sie sagen, wir sollten Netschajew nicht einsperren, weil er von einem Dämon besessen sei (wollen wir es nicht lieber einen Dämon nennen – *Geist* deutet in eine falsche Richtung, würde ich meinen?). Was *sollen* wir denn in diesem Falle tun? Schließlich sind wir ja kein kontemplativer Orden, sondern der ermittelnde Arm des Gesetzes.«

Schweigen tritt ein.

»Ich möchte nichts von dem, was Sie sagen, beiseite schieben«, nimmt Maximow den Faden wieder auf. »Sie sind ein Mann von Begabung, ein Mann mit besonderen Einsichten, wie ich schon wußte, bevor ich Sie kennenlernte. Und diese kindlichen Verschwörer sind in der Tat nicht zu vergleichen mit ihren Vorgängern. Sie denken, sie sind unsterblich. Insofern ist es tatsächlich, als kämpften wir gegen Dämonen. Und unversöhnlich sind sie auch. Das Übelwollen gegen uns, gegen unsere Generation, liegt ihnen sozusagen im Blut. Es ist ihnen angeboren. Man hat's nicht leicht, wenn man Vater ist, nicht wahr? Ich habe selbst Kinder, aber zum Glück nur Töchter. Söhne möchte ich

lieber nicht haben, heutzutage. Aber hat nicht auch Ihr Vater
schon... hatten Sie nicht gewisse Unannehmlichkeiten mit Ihrem Vater, oder erinnere ich mich da falsch?«

Hinter den weißen Augenwimpern vor wirft ihm Maximow
einen kurzen, scharfen Blick zu, dann redet er ohne abzuwarten
weiter.

»Darum frage ich mich am Ende, ob das Netschajew-Phänomen ganz so sehr, wie Sie zu sagen scheinen, eine Verirrung des
Geistes ist. Vielleicht ist es schließlich doch nur die alte Geschichte zwischen Vätern und Söhnen, wie wir sie schon immer
gehabt haben, vielleicht nur tödlicher in dieser Generation, un-
nachsichtiger. In diesem Fall wäre das Klügste vielleicht das Ein-
fachste: sich zu verschanzen und sie zu überdauern – abzuwarten,
bis sie erwachsen werden. Schließlich haben wir auch die Dekabristen und die 49er überstanden. Die Dekabristen sind nun alte
Männer, soweit sie noch am Leben sind; ich bin sicher, daß alle
Dämonen, von denen sie einst besessen gewesen sein mögen,
schon vor Jahren die Flucht ergriffen haben. Und was Petraschewski und seine Freunde angeht, was meinen Sie zu denen?
Waren Petraschewski und seine Freunde von Dämonen gepackt?«

Petraschewski! Warum kommt er jetzt auf Petraschewski zu
sprechen?

»Ich bin nicht Ihrer Meinung. Das Netschajew-Phänomen,
wie Sie es nennen, hat seine eigene Farbe. Netschajew ist ein
Mann des Blutvergießens. Die Männer, denen Sie die Ehre der
Erwähnung antun, waren Idealisten. Sie sind gescheitert, weil
sie, was zu ihren Gunsten gesagt werden muß, nicht intrigant
genug und mit Sicherheit nicht blutdürstig waren. Petraschewski – weil Sie ihn genannt haben – hat von Anfang an
immer jene Art von Jesuitentum beklagt, dem der Zweck die
Mittel heiligt. Netschajew ist ein Jesuit, ein weltlicher Jesuit, der
sich ganz offen zu der Lehre bekennt, wonach der Zweck es
rechtfertigt, wenn er die Energien seiner Anhänger auf das zy-
nischste mißbraucht.«

»Dann ist mir etwas entgangen. Erklären Sie mir's doch noch mal: Warum werden Träumer, Dichter, intelligente junge Männer wie Ihr Stiefsohn von Banditen wie Netschajew angezogen? Denn müßte man laut Ihrer Darstellung nicht sagen, daß Netschajew nur ein Bandit mit ein paar Brocken Halbbildung ist?«

»Ich weiß nicht. Vielleicht, weil in jungen Menschen etwas steckt, das noch nicht eingeschlafen ist, etwas, das der Geist in Netschajew anrufen kann. Vielleicht steckt es auch in uns allen: etwas, wovon wir meinen, daß es seit Jahrhunderten tot sei, das aber nur geschlummert hat. Noch einmal, ich weiß es nicht. Ich bin außerstande, die Verbindung zwischen meinem Sohn und Netschajew zu erklären. Davon zu hören überrascht mich. Ich bin nur gekommen, um Pawels Papiere zu holen, die mir in einer Hinsicht wertvoll sind, die Sie nicht verstehen können. Ich will nur die Papiere, sonst nichts. Ich frage Sie noch einmal: Werden Sie sie mir zurückgeben? Für Sie sind sie nutzlos. Sie werden Ihnen nichts darüber sagen, warum intelligente junge Männer unter den Einfluß von Übeltätern geraten. Und *Ihnen* werden sie am allerwenigsten sagen, weil Sie nicht lesen können. Die ganze Zeit, als Sie die Geschichte vorlasen – soviel darf ich wohl sagen –, habe ich bemerkt, wie Sie auf die schützende Distanz bedacht waren, wie Sie sich hinter Spott verschanzten, als ob Sie befürchteten, die Worte könnten Ihnen vom Papier an die Gurgel springen.«

Irgend etwas hat sich, während er spricht, in ihm entzündet, und er ist froh darüber. Er beugt sich vor und packt die Armlehnen seines Stuhls.

»Was erschreckt Sie so sehr, Herr Justizrat? Wenn Sie das über diesen Karamsin oder Karamsow oder wie er nun heißt lesen, wenn ihm der Schädel aufgehackt wird wie ein Ei, was ist dann die Wahrheit: Leiden Sie mit ihm, oder stehen Sie insgeheim hinter dem Arm, der das Beil schwingt, und jubeln? Sie mögen nicht antworten? Dann will ich es Ihnen sagen: Lesen heißt der Arm sein und das Beil *und* der Schädel; Lesen heißt sich dreingeben und nicht Distanz wahren und spötteln. Wenn ich Sie fragte, warum Sie Netschajew jagen, würden Sie sicherlich sagen, sie wollten ihn vor Gericht bringen, zu einem ordentlichen Prozeß mit Staatsanwalt, Strafverteidiger und so weiter, damit er für den Rest seines Lebens in eine saubere, gutbeleuchtete Zelle gesperrt werden kann. Aber wenn Sie in sich hineinblicken: ist das der wahre Grund? Wollen Sie ihm in Wirklichkeit nicht den Kopf abhacken und mit den Füßen in seinem Blut herumtrampeln?«

Er lehnt sich zurück, rot angelaufen.

»Sie sind ein sehr gescheiter Mann, Fjodor Michailowitsch. Aber Sie sprechen vom Lesen, als ob man dazu von Dämonen besessen sein müßte. An einem solchen Maßstab gemessen, bin ich in der Tat leider ein sehr schlechter Leser, stumpfsinnig und phantasielos. Aber ich frage mich, ob Sie in diesem Augenblick nicht im Fieber reden. Wenn Sie sich im Spiegel sehen könnten, würden Sie sicher verstehen, was ich meine. Außerdem, wir haben nun ein langes Gespräch gehabt, interessant, aber lang, und ich habe noch etliche andere Dinge zu erledigen.«

»Und ich sage Ihnen, die Papiere, die Sie so eifersüchtig zurückhalten, könnten ebensogut in aramäischer Sprache geschrieben sein, so wenig werden Sie Ihnen nützen. Geben Sie sie mir heraus!«

Maximow schmunzelt. »Sie liefern mir die stärksten, wohlgemeintesten Gründe, Ihrem Wunsch stattzugeben, Fjodor Michailowitsch, nämlich daß in Ihrer jetzigen Verfassung der Geist Netschajews Sie vom Papier anspringen und vollständig von Ihnen Besitz ergreifen könnte. Aber im Ernst: Sie sagen, Sie könnten lesen. Wären Sie bei einer späteren Gelegenheit bereit, diese Papiere für mich zu lesen, alle diese Netschajew-Papiere, von denen dies hier nur ein Aktenordner unter vielen ist?«

»Ich soll sie für Sie lesen?«

»Ja, sie mir vorlesen.«

»Warum?«

»Weil Sie sagen, ich könnte nicht lesen. Machen Sie mir vor, wie man sie lesen muß! Bringen Sie mir's bei. Erklären Sie mir diese Ideen, die keine Ideen sind.«

Zum ersten Mal, seit er in Dresden das Telegramm bekommen hat, lacht er: Er spürt, wie die starren Linien um seine Wangen sich auflösen. Es ist ein rauhes, unfrohes Lachen. »Ich habe immer gehört«, sagt er, »die Polizisten seien die Augen und Ohren der Gesellschaft. Und nun kommen Sie und wollen, daß ich Ihnen dabei helfe! Nein, ich kann die Sachen nicht für Sie lesen.«

Maximow nickt, die Hände im Schoß gefaltet, die Augen geschlossen, mehr denn je wie ein Buddha aussehend, alterslos und geschlechtslos. »Danke«, murmelt er. »Nun müssen Sie gehen.«

Er kommt in ein Vorzimmer voller Leute. Wie lange ist er bei Maximow gewesen? Eine Stunde? Oder länger? Die Bank ist voll, Leute lehnen sich an die Wände, auch auf den Fluren stehen welche, wo es beklemmend nach frischer Malerfarbe riecht. Alle Gespräche brechen ab; ohne Sympathie richten sich die Blicke auf ihn. So viele, die hier um Gerechtigkeit nachsuchen, und jeder hat seine Geschichte zu erzählen!

Es ist fast Mittag. Die Vorstellung, jetzt wieder auf sein Zimmer zu gehen, ist ihm unerträglich. Er geht die Sadowaja-Straße entlang, in östlicher Richtung. Der Himmel ist grau und niedrig, ein kalter Wind weht; der Boden hat eisglatte Stellen. Ein trüber Tag, ein Tag, an dem man mit gesenktem Kopf herumläuft. Und doch kann er nicht umhin, die Augen zwischen den Vorübergehenden vom einen zum andern schweifen zu lassen, auf der Suche nach den Bewegungen der Schultern, nach dem wippenden Gang, wie er sie von seinem verlorenen Sohn kennt. An seinem Gang wird er ihn erkennen: zuerst am Gang, dann an der Figur.

Er versucht sich Pawels Gesicht zu vergegenwärtigen. Aber das Gesicht, das statt dessen vor ihm auftaucht, mit erstaunlicher Lebhaftigkeit, ist das eines jungen Mannes mit dichten Augenbrauen und spärlichem Bart, mit schmalem, straffem Mund, das Gesicht des jungen Mannes, der vor zwei Jahren auf diesem Friedenskongreß hinter Bakunin auf der Bühne saß. Seine Haut ist gefleckt von Narben, die sich in der Kälte fahl abzeichnen. »Geh weg!« sagt er, um das Bild zu verscheuchen. Aber es bleibt da. »Pawel!« flüstert er, vergeblich bemüht, seinen Sohn zu beschwören.

6

Anna Sergejewna

In dem Laden ist er noch nie gewesen. Er ist kleiner, als er gedacht hatte, dunkles und niedriges Souterrain, bis zur halben Höhe unter dem Straßenniveau. JAKOWLEW, KOLONIAL-WAREN, steht auf dem Türschild. Eine Glocke schlägt an, als er die Tür aufmacht. Es dauert ein Weilchen, bis die Augen sich an die Dunkelheit gewöhnt haben.

Er ist im Moment der einzige Kunde. Hinter dem Ladentisch steht ein alter Mann in einer schmutzig weißen Schürze. Er tut so, als sehe er sich die ausgelegten Waren an: offene Säcke mit Buchweizen, Mehl, getrockneten Bohnen, Pferdefutter. Dann tritt er an den Ladentisch. »Zucker bitte!« sagt er.

»Was?« sagt der Alte, sich räuspernd. Hinter seiner Brille wirken die Augen wie kleine Knöpfe.

»Ich möchte Zucker.«

Sie taucht aus einem verhangenen Durchgang an der Rückseite des Ladens auf. Wenn sie überrascht ist, ihn hier zu sehen, so läßt sie es sich nicht anmerken. »Ich bediene den Kunden, Awram Davidowitsch«, sagt sie ruhig, und der Alte tritt beiseite.

»Ich wollte etwas Zucker«, wiederholt er.

»Zucker?« Auf ihren Lippen ist die Andeutung eines Lächelns.

»Für fünf Kopeken.«

Flink rollt sie ein Blatt Papier zu einem Trichter, biegt die Spitze um, schaufelt weißen Zucker hinein, wiegt und faltet die Tüte. Geschickte Hände!

»Ich komme gerade von der Polizei. Ich wollte, daß man mir Pawels Papiere zurückgibt.«

»Ja?«

»Es gibt Komplikationen, die ich nicht vorausgesehen habe.«

»Sie bekommen sie schon noch. Das braucht Zeit. Alles braucht seine Zeit.«

Ohne daß er einen Grund dazu hätte, hört er aus ihrer Bemerkung eine zweite Bedeutung heraus. Wenn der alte Mann nicht hinter ihr herumstände, würde er über den Tisch hinweg ihre Hand ergreifen.

»Das macht?« sagt er.

»Das macht fünf Kopeken.«

Als er ihr die Tüte abnimmt, läßt er seine Finger an ihre Finger streifen. »Sie haben mir den Tag leichter gemacht«, flüstert er, so leise, daß vielleicht nicht mal sie selbst es hören kann. Dann verbeugt er sich, vor ihr und vor Awram Davidowitsch.

Bildet er sich's nur ein, oder hat er diesen Mann in Mantel und Mütze aus Schaffell schon mal gesehen, der drüben auf der anderen Straßenseite herumlungert und den Arbeitern beim Abladen von Bausteinen zugeschaut hat, sich jetzt aber umdreht und wie er selbst in Richtung auf die Swetschnojer Straße geht?

Und auch noch Zucker! Warum nur hat er ausgerechnet Zucker verlangt?

Er schreibt eine Nachricht an Apollon Nikolajewitsch Maikow. »Ich bin in Petersburg und habe das Grab besucht. Ich danke Ihnen für Ihre Mühe um dies alles. Dank auch für die vielen Freundlichkeiten, die Sie P. im Laufe der Jahre erwiesen haben. Ich stehe ewig in Ihrer Schuld.« Er unterschreibt mit *D*.

Es wäre leicht, eine unauffällige Verabredung zu treffen. Aber er will seinen alten Freund nicht kompromittieren. Maikow, großzügig wie immer, wird es verstehen, sagt er sich: Ich bin in Trauer, und wer in Trauer ist, meidet die Geselligkeit.

Das mag als Entschuldigung ausreichen, aber es ist eine Lüge.

Er ist nicht in Trauer. Er hat seinem Sohn nicht Lebewohl gesagt, er hat seinen Sohn noch nicht aufgegeben. Im Gegenteil, er will seinen Sohn ins Leben zurückholen.

An seine Frau schreibt er: »Er ist noch in seinem Zimmer. Er ängstigt sich. Sein Recht, in dieser Welt zu bleiben, hat er eingebüßt, doch die nächste Welt ist kalt, so kalt wie die Räume zwischen den Sternen, und ohne Willkommensgruß.« Sobald er den Brief beendet hat, zerreißt er ihn. Es ist Unsinn; es ist auch Verrat all dessen, was ihn mit seinem Sohn noch verbindet.

Sein Sohn ist in ihm, ein toter Säugling, in einer Eisenkiste unter der gefrorenen Erde. Er weiß nicht, wie er das Kind wieder aufwecken soll, oder, was auf dasselbe hinausläuft, ihm mangelt der Wille dazu. Er ist gelähmt. Obwohl er doch nun die Straßen entlanggeht, findet er, er sei gelähmt. Jede Bewegung seiner Hände geschieht mit der Langsamkeit, mit der sich ein Erfrorener bewegt. Er hat keinen Willen; oder vielmehr, all sein Wille ist zu einem Block erstarrt, zu einem Stein, der ihn mit seinem ganzen toten Gewicht in Stille und Schweigen hinabzieht.

Er weiß, was Trauer ist. Dies ist keine Trauer. Dies ist der Tod, der Tod, der schon vor der Zeit kommt, nicht um ihn zu überwältigen und zu verschlingen, sondern einfach um bei ihm zu sein. Er ist wie ein Hund, der sich bei ihm zu Hause fühlt, ein großer grauer Hund, blind und taub, dumm und nicht zu vertreiben. Wenn er schläft, schläft auch der Hund; wenn er erwacht, erwacht der Hund; wenn er aus dem Haus geht, trottet der Hund hinterdrein.

Träg, aber beharrlich heften sich seine Gedanken an Anna Sergejewna. Wenn er an sie denkt, denkt er an flinke Finger, die Münzen zählen. Münzen, Nadelstiche – wofür steht das?

Er erinnert sich an eine junge Bäuerin am Tor des St. Annenklosters in Twer. Sie saß da mit einem toten Säugling an der Brust und wies achselzuckend die Leute ab, die ihr den kleinen Leichnam wegnehmen wollten; dabei lächelt sie selig – wahrhaftig wie die heilige Anna.

Erinnerungen, dünn wie Rauchfäden. Ein Schilfzaun, irgendwo hinterm Mond, grau und brüchig, und eine fadendünne Gestalt, die zwischen den Halmen durchschlüpft, schwerelos, die Gestalt eines Jungen in Weiß. Ein Dörfchen im Steppenland, mit einem Bach, zwei, drei Bäumen und einer Kuh, die eine Glocke um den Hals trägt; Rauch, der zum Himmel aufschliert. Toter Winkel, Ende der Welt. Ein Junge, der sich durchs Schilf fädelt, hin und her in angehaltener Metamorphose, wie im Fegefeuer.

Visionen, rasch und flüchtig auftauchend und wieder verschwindend. Er hat sich nicht in der Gewalt. Bedächtig schiebt er Papier und Feder ans entfernte Ende des Tisches und legt den Kopf auf die Hände. Wenn ich schon ohnmächtig werde, denkt er, dann lieber auf meinem Posten.

Noch eine Erscheinung. Eine Gestalt an einem Brunnen, eine Schale an die Lippen setzend: ein Reisender kurz vor dem Aufbruch, die Augen über den Rand des Gefäßes schon ins Anderswo blickend. Ein leichter Druck von Hand gegen Hand. Zärtliche Berührung. »Lebwohl, alter Freund!« Und fort ist er.

Warum hetzt er durch dies leere Land hinter dem Gerücht von einem Gespenst her, hinter dem Gespenst eines Gerüchts?

Weil ich er bin. Weil er ich ist. Da ist etwas, das ich greifen möchte: der Moment vor dem Erlöschen, wenn das Blut noch kreist, das Herz noch schlägt. Das Herz, der treue Ochse, der das Mühlrad immer noch dreht, der kaum einen verwunderten Blick für die Axt übrig hat, die gegen ihn erhoben wird, der den Schlag empfängt, in den Knien einbricht und verendet. Nicht das Vergessen, sondern der Moment vor dem Vergessen, wenn ich keuchend am Rand des Brunnens zu dir aufsteige und wir uns ein letztes Mal ansehen, mit dem Wissen, wir leben noch, wir haben dieses, unser einziges Leben gemeinsam. Alles, wonach ich noch greifen kann: der Moment dieses Blicks, Gruß und Abschied in einem, ohne alles Streiten und Bitten: »Grüß dich, alter Freund! Lebwohl, alter Freund!« Trockenen Auges, die Tränen sind zu Kristallen geworden.

Ich halte deinen Kopf zwischen den Händen. Ich küsse deine Stirn. Ich küsse deine Lippen.

Die Regel heißt: ein Blick, nur einer; kein Blick zurück. Aber ich blicke zurück.

Du stehst am Brunnenrand, den Wind im Haar, nicht Seele, sondern veredelter Leib, zum ersten, zweiten, dritten, vierten, fünften Grad seiner Essenz erhoben; du blickst mich an mit kristallenen Augen, lächelst mit goldenen Lippen.

Für immer blicke ich zurück. Für immer bin ich versunken in deinen Blick. Ein Feld von kristallenen Punkten, die tanzen und blinken, und ich bin einer von ihnen. Sterne am Himmel, Feuer auf der Ebene, die ihnen antworten. Zwei Reiche, die einander Signale senden.

Er schläft am Tisch ein und verschläft den Rest des Nachmittags. Vor dem Abendessen klopft Matrjona an die Tür, doch er wird nicht wach. Sie essen ohne ihn.

Viel später, als das Kind schon zu Bett gegangen ist, tritt er ins Zimmer, zum Ausgehen angekleidet, Anna Sergejewna, die mit dem Rücken zu ihm sitzt, dreht sich um. »Wollen Sie ausgehen?« sagt sie. »Möchten Sie nicht vorher eine Tasse Tee trinken?«

Eine gewisse Nervosität ist ihr anzumerken. Aber ihre Hand, mit der sie ihm die Tasse reicht, ist ruhig.

Sie bietet ihm keinen Platz an. Schweigend steht er vor ihr und trinkt seinen Tee.

Er möchte etwas sagen, befürchtet aber, es nicht herauszubringen oder womöglich gar schon wieder vor ihr die Fassung zu verlieren. Er hat sich nicht in der Gewalt.

Er stellt die leere Tasse ab und legt ihr eine Hand auf die Schulter. »Nein«, sagt sie, schüttelt den Kopf und schiebt seine Hand weg, »so geht das bei mir nicht.«

Ihr Haar ist mit einer schweren Emaillespange zurückgesteckt. Er löst die Spange und legt sie auf den Tisch. Nun sträubt sie sich nicht mehr, sondern schüttelt ihr Haar, bis es lose herabhängt.

»Alles andere folgt, ich versprech' es«, sagt er. Sein Alter ist ihm bewußt; aus seiner Stimme hört er nichts von dem erotischen Unterton heraus, auf den einstmals manche Frauen reagierten. Statt dessen hört er etwas, dem er lieber keinen Namen geben möchte. Wie ein zersprungenes Instrument, eine Stimme nach dem zweiten Stimmbruch. »Alles«, wiederholt er.

Sie erforscht sein Gesicht mit einem Ernst und einer Entschlossenheit, die nicht zu verkennen sind. Dann legt sie ihr Nähzeug beiseite. An seinen Händen vorüberschlüpfend, verschwindet sie hinter dem Vorhang des Alkovens.

Er wartet, in Ungewißheit. Nichts geschieht. Er geht ihr nach und schlägt den Vorhang auf.

Matrjona schläft fest, mit offenem Mund, das helle Haar wie ein Heiligenschein auf dem Kissen ausgebreitet. Anna Sergejewna hat ihr Kleid halb aufgeknöpft. Mit einer Handbewegung und einem strengen Blick, der trotzdem ein wenig Belustigung verrät, scheucht sie ihn hinaus.

Er setzt sich hin und wartet. Sie kommt heraus, im Nachthemd, barfuß. Die Adern an ihren Füßen treten blau hervor. Keine junge Frau mehr; kein Unschuldslamm, das sich ihm da ergibt. Doch als er sie bei den Händen faßt, sind ihre Hände kalt und zitternd. Sie sieht ihm nicht in die Augen. »Fjodor Michailowitsch«, flüstert sie, »ich möchte, daß Sie wissen, daß ich so was noch nie gemacht habe.«

Um den Hals trägt sie ein silbernes Kettchen. Mit einem Finger verfolgt er die Kette abwärts bis zu dem kleinen Kruzifix. Er hebt ihr das Kruzifix an die Lippen. Sie küßt es innig und ohne Zögern. Aber als er sie küssen will, dreht sie den Kopf weg. »Nicht jetzt!« flüstert sie.

Sie verbringen die Nacht zusammen im Zimmer seines Sohnes. Was zwischen ihnen geschieht, geschieht von Anfang bis Ende im Dunkeln. Im Akt erstaunt ihn vor allem die Hitze ihres Körpers. Es ist, als ob sie von innen heraus glühte. Das erregt ihn heftig, und ihn erregt auch der Gedanke an das Kind, das nebenan schläft, während sie hier so wüste, gefährliche Dinge tun.

Er schläft ein. Irgendwann mitten in der Nacht wacht er auf, und sie liegt immer noch neben ihm in dem schmalen Bett. Obwohl er schon erschöpft ist, versucht er sie noch einmal zu entzünden. Sie reagiert nicht; als er sie zwingt, liegt sie ihm wie ein Stück Holz in den Armen.

Bei diesem Treiben ist nichts, was er als Lust oder auch nur Empfindung bezeichnen könnte. Es ist, als ob sie sich durch ein Laken hindurch vereinten, das graue, zerfetzte Laken seiner Trauer. Gleich nach dem Höhepunkt taucht er wieder in den Schlaf wie in einen See. Als er sinkt, kommt Pawel ihm aus der Tiefe entgegen. Das Gesicht seines Sohnes ist verzerrt vor Verzweiflung: seine Lungen bersten, er weiß, er muß sterben, er weiß, er hat nichts mehr zu hoffen, er ruft nach seinem Vater, weil es das Letzte ist, was er noch tun kann, das Letzte von der Welt. Der Ruf wird ein erstickter Wortschwall. Dies ist nun die Vision in ihrer ganzen Abscheulichkeit, die aus dem Strudel der Dunkelheit auf ihn losstürmt, in die er einsinkt, im Körper der Frau.

Als er wieder erwacht, ist es hell. Die Wohnung ist leer.

Den Tag verbringt er in fiebriger Ungeduld. Wenn er an Anna Sergejewna denkt, bebt er vor Verlangen wie ein junger Mann. Doch was ihn gepackt hält, ist nicht die den Hals zuschnürende Verliebtheit, die er vor zwanzig Jahren kannte. Vielmehr fühlt er sich wie ein Blatt oder ein Samenkorn unter dem Zugriff einer alles mit sich reißenden Gewalt, ein geflügelter Keim, eingesogen in die höchsten Luftströme und taumelnd über die Ozeane dahingetragen.

Beim Abendessen ist Anna Sergejewna beherrscht und distanziert, widmet alle Aufmerksamkeit ihrer Tochter und hört mit unermüdlichem Interesse deren weitschweifiger Erzählung von ihrem Schultag zu. Wenn sie nicht umhinkann, ihn anzusprechen, ist sie höflich, doch kühl. Ihre Kühle entflammt ihn nur um so mehr. Kann es sein, daß seine begierigen, verstohlenen Blicke nach Brust, Lippen und Armen der Mutter dem Kind völlig entgehen?

Er wartet in seinem Zimmer auf die Stille, die bedeutet, daß Matrjona schlafen gegangen ist. Statt dessen geht um neun Uhr nebenan das Licht aus. Er wartet noch eine halbe Stunde, und noch eine. Dann schleicht er sich auf Strümpfen hinaus, eine Kerze mit der Hand abschirmend. Die Kerze läßt große Schatten durchs Zimmer hüpfen. Er stellt sie auf den Boden und geht zum Alkoven hinüber.

Im trüben Licht erkennt er Anna Sergejewna auf der hinteren Seite des Bettes, mit dem Rücken zu ihm, die Arme anmutig über den Kopf gereckt wie eine Tänzerin, das dunkle Haar aufgelöst. Auf der vorderen Seite liegt Matrjona, zusammengerollt, den Daumen im Mund, den einen Arm lose um ihre Mutter. Sein erster Eindruck ist, daß sie wach liegt und ihn beobachtet, ihre Mutter behütet; doch als er sich über sie beugt, geht ihr Atem ruhig und gleichmäßig.

Er flüstert: »Anna!« Sie rührt sich nicht.

Er kehrt in sein Zimmer zurück und versucht ruhig zu bleiben. Es gibt vortreffliche Gründe, sagt er sich, warum sie heute nacht vielleicht lieber für sich bleibt. Aber inzwischen ist er für Selbstbeschwichtigung nicht mehr zugänglich.

Zum zweiten Mal schleicht er auf Zehenspitzen durchs Zimmer. Die beiden haben sich nicht gerührt. Wieder ist es ihm nicht geheuer: ob ihn Matrjona wohl beobachtet? Er beugt sich tiefer über sie.

Er hat sich nicht getäuscht: Er blickt in ihre starr offenen Augen. Ein Frösteln durchläuft ihn. Sie schläft mit offenen Augen, sagt er sich. Aber es stimmt nicht. Sie ist wach und ist es die ganze Zeit gewesen; den Daumen im Mund, hat sie jede seiner Bewegungen mit unerbittlicher Aufmerksamkeit verfolgt. Als er ihr mit angehaltenem Atem ins Gesicht späht, scheinen ihre Mundwinkel sich leicht nach oben zu biegen, wie wenn eine Fledermaus siegesbewußt grinst. Auch der locker über die Mutter gestreckte Arm ist wie ein Flügel.

Sie verbringen noch eine Nacht zusammen, dann ist Schluß. Spät und ohne Vorankündigung kommt sie in sein Zimmer. Wieder taucht er durch sie in die Dunkelheit und in das Wasser ein, wo sein Sohn zwischen den anderen Ertrunkenen dahintreibt. »Hab keine Angst«, möchte er flüstern, »ich bleibe bei dir, ich will die Bitternis mit dir teilen.«

Als er erwacht, liegt er ausgestreckt über ihr, die Lippen an ihrem Ohr.

»Weißt du, wo ich eben gewesen bin?« flüstert er.

Sie windet sich unter ihm hervor.

»Weißt du, wohin du mich gebracht hast?« flüstert er.

Es drängt ihn, vor ihr den jungen Burschen herauszukehren, ihr einen vorzuführen, der in der Blüte seiner Kraft ist, mit seinen blitzenden Augen, dem klargeschnittenen Kinn und dem hübschen Mund. Er würde ihn gern wieder in den weißen Anzug kleiden, würde gern die klare, tiefe Stimme aus seiner Brust hören lassen. »Sieh nur, welch ein Schatz aus der Welt verschwunden ist!« möchte er rufen: »Sieh nur, was wir verloren haben!«

Sie hat ihm den Rücken gekehrt. Seine Hand streicht drängend über ihren langen weißen Schenkel, auf und nieder. Sie wehrt ihn ab. »Ich muß gehen«, sagt sie und steht auf.

In der folgenden Nacht kommt sie nicht, sondern bleibt bei ihrer Tochter. Er schreibt ihr einen Brief und legt ihn auf den Tisch. Als er am Morgen aufsteht, ist die Wohnung leer, und der Brief liegt immer noch da, ungeöffnet.

Er geht in den Laden. Sie steht hinter dem Tisch; doch sobald sie ihn sieht, huscht sie ins Hinterzimmer und überläßt es dem alten Jakowlew, ihn zu bedienen.

Am Abend erwartet er sie auf der Straße wie ein Wegelagerer und verfolgt sie nach Hause. Im Toreingang holt er sie ein.

»Warum gehen Sie mir aus dem Weg?«

»Ich gehe Ihnen nicht aus dem Weg.«

Er packt sie beim Arm. Es ist dunkel, sie trägt einen Korb, sie kann sich nicht freimachen. Er drängt sich an sie und atmet den

Walnußduft ihres Haares ein. Er will sie küssen, aber sie wendet sich ab, und seine Lippen streifen ihr Ohr. Nichts an ihr erwidert den Druck seines Körpers. Ungnade, denkt er; so fällt man in Ungnade.

Er tritt beiseite, aber auf der Treppe holt er sie wieder ein. »Nur ein Wort noch«, sagt er: »Warum?«

Sie sieht ihn an. »Ist das denn nicht klar? Muß ich das erst sagen?«

»Was ist klar? Nichts ist klar.«

»Es ging Ihnen elend. Sie haben drum gebettelt.«

Er weicht zurück. »Das ist nicht die Wahrheit.«

»Sie waren in Not. Daran ist nichts, dessen man sich schämen müßte. Aber nun ist es vorbei. Es tut Ihnen nicht gut, wenn es so weitergeht, und mir tut es auch nicht gut, wenn ich mich dazu benutzen lasse.«

»Benutzen? Ich benutze Sie nicht. Nichts läge mir ferner!«

»Sie benutzen mich, um an jemand anderen heranzukommen. Seien Sie nicht beleidigt! Ich erkläre Ihnen, wie mir zumute ist; ich mache Ihnen keine Vorwürfe. Aber ich möchte mich da nicht noch weiter hineinziehen lassen. Sie haben doch selbst eine Frau. Sie sollten warten, bis Sie wieder bei ihr sind.«

Sie haben doch selbst eine Frau. Warum zieht sie seine Frau da hinein? *Meine Frau ist zu jung!* – das würde er jetzt gern sagen – *zu jung für mich, so wie ich heute bin.* Aber wie kann er das sagen?

Doch was sie sagt, stimmt, mehr noch, als sie weiß. Wenn er nach Dresden zurückgekehrt ist, wird die Frau, die er dann umarmt, verändert sein, wird sie durchwirkt werden mit einer Spur dessen, was er von dieser feinfühligen, sinnlich talentierten Witwe mitbringt. Über seine Frau wird er dann diese Frau erreichen, ebenso wie er über diese Frau – wen erreicht?

Hat er sich verraten, weiß sie, was er denkt? Zornrot schüttelt sie plötzlich seine Hand von ihrem Ärmel ab, steigt die Treppe hinauf und läßt ihn stehen.

Er folgt ihr, schließt sich in sein Zimmer ein und versucht sich zu beruhigen. Sein Herzklopfen wird langsamer. *Pawel!* flüstert er immer wieder. Das Wort ist seine Zauberformel. Aber was unweigerlich damit heraufbeschworen wird, ist nicht Pawels Gestalt, sondern die des anderen, Netschajews.

Er kann es nicht mehr leugnen: zwischen ihm und dem toten Jungen öffnet sich eine Kluft. Er ist wütend auf Pawel, wütend über seine Abtrünnigkeit. Daß Pawel sich vielleicht in radikale Zirkel hat hineinziehen lassen, überrascht ihn nicht; auch nicht, daß er in seinen Briefen kein Wort davon geschrieben hat. Aber Netschajew – das ist doch etwas anderes! Netschajew ist kein studentischer Hitzkopf, kein Nihilist aus jugendlichem Überschwang. Er ist der Mongole, der in der russischen Seele zurückgeblieben ist, nachdem sich der größte aller Nihilisten in Asiens Wüsten verzogen hat. Und ausgerechnet Pawel gehört zum Fußvolk in dieser Armee!

Er entsinnt sich einer Broschüre mit dem Titel »Revolutionärer Katechismus«, die in Genf unter Bakunins Namen verbreitet wurde, aber dem Geist und sogar den Formulierungen nach von Netschajew sein soll. »Der Revolutionär«, fing der Text an, »ist ein Verdammter. Er hat keine Interessen, keine Gefühle oder Bindungen, nicht einmal einen Namen. Alles in ihm geht auf in der einen und einzigen Leidenschaft: der Revolution. Im tiefsten Grunde seines Daseins hat er alle Verbindungen mit der bürgerlichen Ordnung, mit Recht und Moral abgebrochen. In der Gesellschaft existiert er nur fort, um sie zu zerstören.« Und später: »Er erwartet keinerlei Gnade. Jeden Tag ist er bereit zu sterben.«

Er ist bereit zu sterben, er erwartet keine Gnade: leicht gesagt, aber welches Kind könnte den Sinn dieser Worte voll erfassen? Pawel nicht, vielleicht nicht mal Netschajew, dieser ungeliebte und lieblose junge Mann.

Eine Erinnerung an Netschajew selbst kommt ihm wieder: wie er allein in einer Ecke der Empfangshalle in Genf stand, wild um sich blickend, irgendwas in sich hineinschlingend. Er schüttelt den Kopf, versucht die Vorstellung zu verscheuchen. »Pawel! Pawel!« ruft er flüsternd nach dem Abwesenden.

Es klopft an die Tür. Matrjonas Stimme: »Abendessen!«

Bei Tisch gibt er sich Mühe, nett zu sein. Morgen ist Sonntag; er schlägt einen Ausflug zur Petrowski-Insel vor, wo am Nachmittag Jahrmarkt sein soll, auch mit einer Kapelle. Matrjona möchte unbedingt hin; zu seiner Überraschung ist Anna Sergejewna einverstanden.

Er verabredet mit ihnen, daß er sie nach der Kirche abholt. Am Morgen, als er sich aufmacht, stolpert er über etwas, das in dem dunklen Hauseingang liegt: ein Landstreicher, der da schläft, eine muffige alte Decke über sich gezogen. Er flucht. Der Mann wimmert leise und setzt sich auf.

Er kommt zur St. Gregorskirche, ehe der Gottesdienst vorüber ist. Als er im Portikus wartet, taucht derselbe Landstreicher auf, ein triefäugiger, übelriechender Bursche. Er spricht ihn an: »Verfolgen Sie mich?« fragt er ihn.

Obwohl keine Handbreit von ihm entfernt, tut der Landstreicher, als hörte und sähe er ihn nicht. Wütend wiederholt er seine Frage. Die Kirchgänger, die nun herauskommen, mustern die beiden mit neugierigen Blicken.

Der Mann macht sich seitwärts davon. Einen halben Häuserblock weiter hält er an, lehnt sich an eine Mauer und simuliert ein Gähnen. Er trägt keine Handschuhe; die zu einem Knäuel zusammengerollte Decke dient ihm als Muff.

Anna Sergejewna und ihre Tochter kommen heraus. Es ist ein weiter Weg bis zum Park, den Wosnessenski-Prospekt entlang und über ein Stück der Basilius-Insel. Noch bevor sie den Park erreichen, weiß er, daß er einen Fehler gemacht hat, einen dummen Fehler. Der Musikpavillon ist leer, auf den Feldern um den Schlittschuhläuferteich sind nur lärmende Möwen.

Er entschuldigt sich bei Anna Sergejewna. »Wir haben noch viel Zeit, es ist noch nicht mal Mittag«, antwortet sie munter. »Gehen wir spazieren?«

Ihre gute Laune überrascht ihn; noch mehr überrascht es ihn, als sie seinen Arm nimmt. Sie gehen über die Felder, Matrjona auf der anderen Seite neben ihrer Mutter. Eine Familie, denkt er; nur ein vierter fehlt noch, und wir wären vollständig. Anna Sergejewna, als ob sie seine Gedanken lesen könnte, drückt seinen Arm.

Sie kommen an einer Herde Schafe vorüber, die zusammengedrängt in einem Rohrgestrüpp stehen. Matrjona nähert sich ihnen mit einer Handvoll Gras; sie laufen auseinander und verstreuen sich. Ein Bauernjunge mit einem Stock kommt aus dem Gestrüpp und schaut sie böse an. Einen Augenblick sieht es so aus, als ob er sie beschimpfen will. Dann überlegt der Junge es sich anders, und Matrjona rennt zu ihnen zurück.

Von der Bewegung hat sie rote Wangen bekommen. Sie wird mal eine Schönheit, denkt er, eine Herzensbrecherin.

Er fragt sich, was seine Frau wohl von all dem hielte. Bisher hatten seine Eskapaden immer Gewissensbisse im Gefolge, und auf die Gewissensbisse wiederum folgte ein gewaltiger Drang zu beichten. Diese Geständnisse, in üppig gewundenem Ausdruck, doch in den Einzelheiten unbestimmt, haben seine Frau verwirrt und erzürnt und ihrer Ehe mehr geschadet als die Treulosigkeiten selbst.

Aber in diesem Falle nun hat er kein Schuldgefühl. Im Gegenteil, er hat ein unwiderstehliches Gefühl, das Richtige zu tun. Er fragt sich zwar, was sich hinter soviel Selbstgerechtigkeit wohl verbirgt, will es aber nicht wirklich wissen. Für den Augenblick spürt er etwas wie Freude im Herzen. *Verzeih mir, Pawel!* flüstert er sich selbst zu. Aber auch das meint er wieder nicht ganz ernst.

Wenn ich doch nur mein Leben noch mal von vorn anfangen könnte, denkt er; wenn ich doch nur jung wäre! Und vielleicht auch: Wenn ich doch nur dieses Leben für mich verwenden könnte, diese Jugend, die Pawel weggeworfen hat!

Und was ist mit der Frau an seiner Seite? Bedauert sie die Regung, aus der sie sich ihm hingegeben hat? Wäre das nicht geschehen, könnte er bei diesem Ausflug anfangen, sie zu umwerben, wie es sich gehört. Denn das ist es doch, was eine Frau immer will: umworben, umschmeichelt, überredet, verführt werden! Selbst wenn sie kapituliert, möchte sie sich nicht offen ergeben, sondern in einer köstlichen Gefühlsverwirrung sich sträubend, doch ohne Widerstand. Sie fällt, aber sie fällt nicht unwiderruflich. Nein: fallen und von dem Fall wieder erstehen, neugeschaffen, jungfräulich, bereit, sich von neuem bestürmen zu lassen und abermals zu fallen. Ein Spiel mit dem Tod, ein Spiel mit der Wiederauferstehung.

Was würde sie tun, wenn sie wüßte, was er denkt? Sich entrüstet davonmachen? Und wäre auch dies ein Teil ihres Spieles?

Er wirft ihr einen verstohlenen Blick zu, und im gleichen Moment wird ihm eines klar: *Diese Frau könnte ich lieben.* Mehr noch als den Sog ihres Körpers spürt er etwas, das er nur als Verwandtschaft bezeichnen kann. Sie ist von gleicher Art wie er, aus der gleichen Generation. Und ganz plötzlich ordnet sich alles nach Generationen: Pawel, Matrjona und seine junge Frau Anna Grigorjewna auf der einen Seite, er und Anna Sergejewna auf der anderen. Hier die Kinder, dort diejenigen, die keine Kinder mehr sind, die alt genug sind, um beim Liebesakt den ersten Vorgeschmack des Todes zu bemerken. Daher die Dringlichkeit in jener Nacht, daher die Hitze. In seinen Armen ist sie wie Jeanne d'Arc in den Flammen: Der Geist ringt mit seinen Banden, während der Leib sich in der Glut verzehrt. Ein Kampf mit der Zeit. Etwas, das ein Kind nie verstehen würde.

»Pawel hat erzählt, Sie waren in Sibirien.«

Ihre Worte reißen ihn aus seinen Träumen.

»Zehn Jahre lang. Dort habe ich Pawels Mutter kennengelernt. In Semipalatinsk. Ihr Mann war dort beim Zoll. Er starb, als Pawel sieben war. Sie ist auch gestorben, vor ein paar Jahren – Pawel wird es Ihnen erzählt haben.«

»Und dann haben Sie wieder geheiratet.«

»Ja. Was hatte Pawel darüber zu sagen?«

»Nur daß Ihre Frau noch jung ist.«

»Meine Frau ist etwa im gleichen Alter wie Pawel. Eine Zeit-lang haben wir zu dritt zusammengelebt, in einer Wohnung in der Meschtschanskaja-Straße. Es war keine glückliche Zeit für Pawel. Er verspürte eine gewisse Rivalität meiner Frau gegen-über. Als ich ihm sagte, daß wir uns verlobt hatten, ist er sogar zu ihr gegangen und hat sie in vollem Ernst gewarnt: Ich sei zu alt für sie. Nachher hat er von sich immer als von dem *Waisenjungen* gesprochen: ›Der Waisenjunge möchte noch eine Scheibe Brot‹, ›der Waisenjunge hat kein Geld‹ und so weiter. Wir nahmen es als Scherz, aber es war keiner. Das gab viel Streit im Haus.«

»Kann ich mir vorstellen. Aber man kann ihn doch verstehen. Er muß das Gefühl gehabt haben, Sie zu verlieren.«

»Wie hätte er mich verlieren können? Von dem Tag an, als ich sein Vater geworden war, habe ich ihn nicht einmal im Stich gelassen. Und lasse ich ihn jetzt vielleicht im Stich?«

»Gewiß nicht, Fjodor Michailowitsch. Aber Kinder haben ihre Besitzansprüche. Sie machen Eifersuchtsphasen durch wie wir alle. Und wenn wir eifersüchtig sind, legen wir uns die Dinge gegen uns selbst zurecht. Wir steigern uns in Gefühle hinein, wir machen uns selbst Angst.«

Ihre Worte, wie ein Prisma, müssen nur leicht in der Perspek-tive verschoben werden, um einen ganz anderen Sinn zu erge-ben. Ist das ihre Absicht?

Er wirft Matrjona einen Blick zu. Sie trägt neue Stiefel, mit flauschigem Schaffell gesäumt. Sie stampft mit den Absätzen ins feuchte Gras und hinterläßt eine Spur scharfgerandeter Ab-drücke. Vor Konzentration zieht sie die Stirn kraus.

»Er sagte, Sie hätten ihn Botschaften überbringen lassen.«

Ein Schmerzensstich durchzuckt ihn. Also daran hat Pawel sich erinnert!

»Ja, das stimmt. In dem Jahr, bevor wir heirateten, an ihrem Namenstag habe ich ihn gebeten, ihr ein Geschenk von mir zu überbringen. Es war ein Fehler, den ich nachher bereut habe, tief bereut. Er war unentschuldbar. Ich hatte nicht nachgedacht. War dies das Schlimmste?«

»Das Schlimmste?«

»Hat Pawel Ihnen Dinge erzählt, die schlimmer waren als dies? Ich wüßte es gern, damit ich, wenn ich um Verzeihung bitte, weiß, wessen ich mich schuldig gemacht habe.«

Sie blickt ihn befremdet an. »Das ist keine redliche Frage. Fjodor Michailowitsch. Pawel hatte Zeiten, in denen er sich einsam fühlte. Er hat geredet, ich habe zugehört. Geschichten kamen aus ihm heraus, nicht immer erfreuliche. Aber vielleicht war das gut so. Wenn er das Vergangene einmal an den Tag gebracht hatte, vielleicht konnte er dann aufhören, darüber zu brüten.«

»Matrjona!« Er wendet sich an das Kind. »Hat Pawel zu dir etwas davon gesagt –«

Aber Anna Sergejewna unterbricht ihn. »Ich bin sicher, daß er nichts gesagt hat«, sagt sie. Dann wendet sie sich zu ihm hin, leise, aber sehr zornig: »So etwas können Sie doch ein Kind nicht fragen!«

Auf dem kahlen Feld bleiben sie stehen und blicken sich an. Matrjona blickt weg, mit finsterer Miene, die Lippen fest zusammengepreßt; Anna Sergejewna ist wütend.

»Es wird kalt«, sagt sie. »Sollen wir umkehren?«

7

Matrjona

Er begleitet sie nicht nach Hause, sondern geht zum Abendessen in ein Gasthaus. In einem Hinterzimmer dort ist ein Kartenspiel im Gange. Er sieht eine Weile zu und trinkt etwas, spielt aber nicht mit. Es wird spät, ehe er in die verdunkelte Wohnung, in das leere Zimmer zurückkehrt.

Einsam und allein gestattet er sich eine im Grunde nicht unangenehme sehnsüchtig-schmerzliche Erinnerung an Dresden und die behagliche Regelmäßigkeit seines Lebens dort, an der Seite einer Frau, die eifersüchtig darüber wacht, daß er ungestört bleibt, und die den ganzen Tageslauf der Familie nach seinen Gewohnheiten einrichtet.

Hier in Nummer 63 ist er nicht zu Hause und wird es nie sein. Nicht nur, daß er zu einem ganz flüchtigen Besuch hergekommen ist, mit Gründen für ein längeres Verweilen, die ihm selbst ebenso dunkel sind wie den anderen, sondern er spürt auch die Last des beengten Zusammenlebens mit einer Frau von unvorhersehbaren Launen und mit einem Kind, dem seine körperliche Anwesenheit nur allzu leicht lästig werden könnte. In Matrjonas Gesellschaft wird ihm überdeutlich, daß seine Kleider einen muffigen Geruch angenommen haben, daß seine Haut spröd und schuppig ist, daß seine Zahnprothese beim Sprechen hörbar klappert. Auch seine Hämorrhoiden bereiten ihm endlose Beschwerlichkeiten. Die eiserne Konstitution, die ihm über Sibirien hinweggeholfen hat, wird allmählich brüchig; und der Anblick solchen Verfalls muß um so widerlicher für ein Kind sein, das selbst von penibler Reinlichkeit ist und in dessen Augen er die Stelle eines Wesens von göttergleicher Kraft und Schönheit eingenommen hat. Wenn Matrjonas Spielkameraden sie nach dem Besucher fragen, der doch nur zu einem Begräbnis gekommen ist, nun aber immer noch nicht seine Sachen packen und wieder abreisen will, was wird sie dann wohl antworten?

Sie haben drum gebettelt: Wenn er an Anna Sergejewnas Worte denkt, zuckt er zusammen. Daß er die ganze Zeit ein Gegenstand ihres Mitleids gewesen sein soll! Er läßt sich auf die Knie nieder, legt die Stirn gegen das Bett und versucht sich zur Jelagin-Insel und zu Pawel in seinem kühlen Grab durchzufinden. Pawel zumindest wird sich nicht gegen ihn kehren. Auf Pawel kann er sich verlassen, auf Pawel und Pawels eisige Liebe.

Der Vater, ein blasses Abbild des Sohnes. Wie kann er von einer Frau, die den Sohn im Glanz seiner Jugend gesehen hat, erwarten, daß sie den Vater mit Wohlgefallen betrachtet.

Er denkt an die Worte eines Mitgefangenen in Sibirien: »Warum gibt man uns das Alter, Brüder? Damit wir wieder klein werden können, klein genug, um durch ein Nadelöhr zu kriechen.« Bauernweisheit.

Er kniet und kniet, aber Pawel kommt nicht. Seufzend kriecht er endlich ins Bett.

Er erwacht voll Staunen. Obwohl es noch dunkel ist, fühlt er sich, wie wenn er für sieben Nächte genug geschlafen hätte. Er ist frisch und unbändig stark; sogar die Gehirnzellen scheinen reingewaschen zu sein. Er kann kaum an sich halten. Er ist wie ein Kind zu Ostern, voll glühender Ungeduld, daß alle im Hause wach werden, damit er sich mit ihnen freuen kann. Er möchte die Frau wecken, er möchte, daß sie beide zusammen durch die Wohnung tanzen. »Christ ist erstanden!« möchte er rufen und sie antworten hören: »Christ ist erstanden!« Dann tanzen sie im Kreis herum, schlagen die buntbemalten Eier zusammen, und auch Matrjoscha stolpert glücklich und mit verschlafenen Augen im Nachthemd zwischen ihren Beinen herum; und auch der

Geist des Vierten ist da, windet sich ungeschickt zwischen ihnen durch, tapsig und lächelnd: die Kinder beisammen, neugeboren, vom Grab erstanden. Und über der Stadt bricht der Morgen an, und auf den Höfen begrüßen die Hähne krähend den neuen Tag.

Freude bricht an wie der Morgen. Aber nur für einen Moment. Nicht nur, daß nun Wolken über diesen neuen, strahlenden Himmel heraufziehen. Es ist, als ob im gleichen Moment, in dem die Sonne in ihrer Pracht emporsteigt, noch eine zweite Sonne erscheint, eine Schattensonne, eine Gegensonne, die ihr vors Gesicht gleitet. Das Wort *Omen* mit all seiner dunklen, unheilverkündenden Schwere zieht ihm durch den Sinn. Die Morgensonne ist nicht um ihrer selbst willen da, sondern nur, um die Verfinsterung zu erleiden; Freude erstrahlt nur, um zu zeigen, wie es sein wird, wenn alle Freude zunichte wird.

Mit einer einzigen hastigen Bewegung ist er aus dem Bett. Die nächsten paar Minuten erstrecken sich vor ihm wie ein dunkler Flur, den er schleunigst durcheilen muß. Er muß sich ankleiden und die Wohnung verlassen, bevor die Schande des Anfalls über ihn hereinbricht; er muß einen Ort außer Sicht- und außer Hörweite anständiger Menschen finden, wo er die Episode so gut es geht hinter sich bringen kann.

Er macht die Tür auf. Im Korridor ist es stockfinster. Mit vorgestreckten Armen, wie ein Blinder, tastet er sich zum Treppenabsatz und beginnt hinabzusteigen, sich am Geländer festhaltend, eine Stufe nach der anderen. Im zweiten Stock ereilt ihn eine Woge des Schreckens, eines gegenstandslosen Schreckens. Er setzt sich in einer Ecke auf den Boden und hält sich den Kopf. Seine Hände stinken nach irgendwas, das er berührt hat, aber er wischt es nicht ab. Soll es nur kommen, denkt er verzweifelt; ich habe getan, was ich kann.

Ein Schrei kommt heraus, der durchs Treppenhaus hallt, so laut und gräßlich, daß manche Schläfer davon aufwachen. Er selbst hört nichts, er ist weg, es ist keine Zeit mehr.

Er erwacht im Dunkeln, in einem Dunkel, das so dicht ist, daß er spüren kann, wie es ihm auf die Augäpfel drückt. Er hat keine Ahnung, wo er ist, keine Ahnung, wer er ist. Er ist etwas, das wach ist, ein Bewußtsein, das ist alles. Ihm ist, als wäre er eben erst geboren, in eine Welt hineingeboren, wo immerzu Nacht ist.

Nur ruhig! sagt dieses Bewußtsein zu sich selbst, um die eigene Angst zu bezähmen: Hier bist du doch schon mal gewesen – warte nur, irgendwas kommt wieder!

Ein Körper fällt vertikal durch den Raum, der in ihm ist. Er ist dieser Körper. Luft stürmt vorüber: Er ist derjenige, der diesen Sturm spürt. Eine Kehle ist zugeschnürt vom Entsetzen: Es ist seine Kehle.

Laß es sterben, denkt er, laß es sterben!

Er versucht einen Arm zu bewegen, aber der Arm ist unter seinem Körper eingeklemmt. Stumpfsinnig versucht er ihn hervorzuziehen. Es riecht übel, seine Kleidung ist feucht. Wie wenn sich auf dem Wasser Eis bildet, beginnen die Erinnerungen fest zu werden: wer er ist, wo er ist; und zugleich mit der Erinnerung entsteht der dringliche Wunsch, hier zu verschwinden, ehe ihn jemand in seiner Schande hier findet.

Diese Anfälle sind die Bürde, die er durchs Leben mitzuschleppen hat. Niemandem hat er je gestanden, wieviel Zeit er damit zubringt, auf die Vorgefühle zu horchen, die Zeichen, in denen sie sich ankündigen, zu deuten. Warum bin ich verflucht? schreit er innerlich auf und pocht mit dem Stock auf den Boden, als wollte er dem Stein gebieten, ihm Antwort zu geben. Doch er ist nicht Moses, der Stein birst nicht. Und die Zustände gewähren auch keine Erleuchtung. Es sind keine göttlichen Heimsuchungen. Weit entfernt: sie sind nichts – ein Mundvoll Leben, der ihm jedesmal ausgesogen wird, wie von einem Wirbelwind, von dem nicht mal eine Erinnerung an die Dunkelheit zurückbleibt.

Er steht auf und tastet sich das letzte Stück der Treppe hinunter. Er zittert, am ganzen Leib ist ihm kalt. Die Morgendämmerung bricht herein, als er ins Freie kommt. Es hat geschneit. Über der Schneedecke liegt ein pulsierender Scharlachdunst. Die Farbe kommt nicht von dem Schnee, sondern von seinen Augen, aber er wird sie nicht los. Ein Augenlid zuckt so heftig, daß er es mit der kalten Hand zuhält. Der Kopf schmerzt ihn, als ob eine Faust darin abwechselnd geballt und wieder geöffnet würde. Seinen Hut hat er irgendwo auf der Treppe verloren.

Barhäuptig und mit besudelten Kleidern stapft er durch den Schnee zu der kleinen Erlöser-Kirche an der Kameny-Brücke und schlüpft dort unter, bis er sicher ist, daß Matrjona und ihre Mutter inzwischen aus dem Haus gegangen sind. Dann kehrt er in die Wohnung zurück, macht Wasser warm, zieht sich nackt aus und wäscht sich. Er wäscht auch seine Unterwäsche und hängt sie im Waschraum zum Trocknen auf. Ein Glück für Pawel, denkt er, daß er nicht an der Fallsucht zu leiden hatte, ein Glück, daß er nicht als mein Sohn geboren wurde! Dann geht ihm die Ironie seiner Worte auf, und er knirscht mit den Zähnen. Der Kopf dröhnt ihm vor Schmerz, und der rote Dunst liegt immer noch über allem. Er legt sich im Morgenrock hin und wiegt sich in den Schlaf.

Eine Stunde später erwacht er in gereizter, zorniger Stimmung. Zwei Kegel aus Schmerz scheinen aus seinen Augen in den Kopf zurückzustrahlen. Seine Haut ist wie Papier und sehr empfindlich für Berührung.

Immer noch nackt unter seinem Morgenrock tapst er durch Anna Sergejewnas Wohnung, öffnet Schränke und sieht die Schubladen durch. Alles hat seine Ordnung und liegt glatt und säuberlich zusammen.

In einem Schubfach, eingeschlagen in roten Kordsamt, findet er ein Bild von Anna Sergejewna in jüngeren Jahren, an der Seite eines Mannes, von dem er annimmt, daß es der Drucker Kolenkin ist. Der Mann, in seinem Sonntagsanzug, sieht alt, müd und verschlissen aus. Und dazu diese dunkle, lebhafte und gutaussehende junge Frau – was muß das wohl für eine Ehe gewesen sein? Und warum liegt das Bild in der Schublade versteckt? Als er es wieder zurücklegt, verschmiert er absichtlich das Glas; er hinterläßt seinen Daumenabdruck über dem Gesicht des Verstorbenen.

Als Kind hat er gern Besuchern, die ins Haus kamen, nachspioniert und heimlich in ihren intimen Dingen gewühlt. Das ist eine Schwäche, die er bisher immer mit seiner Weigerung in Verbindung gebracht hat, die Grenzen dessen, was er wissen darf, anzuerkennen, mit dem Lesen verbotener Bücher, also mit seinem Beruf. Heute jedoch ist er zu solcher Nachsicht gegen sich selbst nicht aufgelegt. Er wird von einem Geist der kleinen Gemeinheiten beherrscht, und er weiß es. Die Wahrheit ist, daß dieses Wühlen in Anna Sergejewnas Habseligkeiten, während sie außer Haus ist, ihm einen lüsternen Schauer bereitet.

Er macht die letzte Schublade wieder zu und streift rastlos umher, im ungewissen, was er als nächstes tun soll.

Er öffnet Pawels Koffer und zieht den weißen Anzug an. Bisher war es eine Geste gegen den toten Jungen, wenn er den Anzug getragen hat, eine Geste des Trotzes und der Liebe. Jetzt aber, als er in den Spiegel blickt, sieht er nur einen schäbigen Betrug und obendrein etwas Klammheimliches und Obszönes, das eigentlich hinter die verschlossenen Türen und verhangenen Fenster eines Hauses gehört, wo Männer in Frauenkleidern und Perücken sich das Hemd hochstreifen, um Peitschenhiebe zu empfangen.

Mittag ist schon vorüber, und noch immer hat er Kopfschmerzen. Er legt sich hin und preßt einen Arm vor die Augen, wie um sich vor einem Schlag zu schützen. Alles dreht sich; er hat die Empfindung, in eine endlose Schwärze zu fallen. Als er zu sich kommt, hat er wieder alles Gefühl dafür, wer er ist, verloren. Er kennt das Wort *ich*, aber während er darauf starrt, wird es ihm so rätselhaft wie ein Felsen inmitten einer Wüste.

Nur ein Traum, denkt er; jeden Moment erwache ich jetzt,

und alles ist wieder gut. Ein paar Sekunden lang darf er das glauben. Dann bricht die Wahrheit über ihn hinein und überwältigt ihn.

Die Tür knarrt, und Matrjona lugt herein. Sie ist merklich überrascht, ihn zu sehen. »Sind Sie krank?« fragt sie stirnrunzelnd.

Er macht keinen Versuch zu antworten.

»Warum tragen Sie diesen Anzug?«

»Wenn ich ihn nicht trage, wer dann?«

Eine Spur von Ärger flackert über ihr Gesicht.

»Kennst du die Geschichte von Pawels Anzug?« sagt er.

Sie schüttelt den Kopf.

Er setzt sich auf und winkt sie ans Fußende des Bettes heran. »Komm her! Es ist eine lange Geschichte, aber ich will sie dir erzählen. Vorvoriges Jahr, als ich noch im Ausland war, ist Pawel zu seiner Tante in Twer gefahren. Er wollte den Sommer über dort bleiben. Weißt du, wo Twer ist?«

»Bei Moskau.«

»Es liegt auf dem Weg nach Moskau. In Twer, da lebte ein pensionierter Offizier, ein Hauptmann, dem seine Schwester das Haus führte. Die Schwester hieß Marja Timofejewna. Sie war verkrüppelt. Außerdem war sie schwach im Kopf. Eine gute Seele, aber nicht imstande, auf sich selbst achtzugeben.«

Er merkt, wie schnell er in den Rhythmus des Geschichtenerzählens verfallen ist. Wie eine Dampfmaschine, unfähig zu jeder anderen Bewegung.

»Leider war der Hauptmann, Marjas Bruder, ein Trinker. Und wenn er betrunken war, behandelte er sie sehr schlecht. Später konnte er sich dann an nichts erinnern.«

»Was hat er ihr getan?«

»Er hat sie geschlagen, weiter nichts. Prügel nach guter alter Russenart. Sie hat es ihm nicht weiter übelgenommen. In ihrer Einfalt hat sie vielleicht gedacht, die Welt ist nun mal nicht anders: ein Ort, wo man Prügel kriegt.«

Ihrer Aufmerksamkeit war er sicher. Nun zieht er die Schraube fester.

»Einem Hund muß die Welt schließlich auch so vorkommen, oder einem Pferd. Warum sollte Marja anders sein? Ein Pferd versteht ja auch nicht, daß es auf der Welt ist, um einen Wagen zu ziehen. Es denkt, es ist dazu da, Prügel zu kriegen. Der Wagen, denkt es, ist so ein großes Ding, an dem es festgebunden wird, damit es nicht weglaufen kann, wenn es Prügel kriegt.«

»Nicht doch...«, flüstert sie.

Er weiß, sie lehnt aus ganzem Herzen das Bild der Welt ab, das er ihr vorführt. Sie möchte an das Gute glauben. Aber ihr Glaube ist ein Provisorium, ohne Beharrungsvermögen. Er hat kein Mitleid für sie. *So ist Rußland!* will er sagen; er will ihr die Worte in den Kopf zwingen, sie mit der Nase draufstoßen. In Rußland kannst du es dir nicht erlauben, ein zartes Blümchen zu sein. In Rußland mußt du eine Klette oder ein Löwenzahn sein.

»Eines Tages kam der Hauptmann zu Besuch. Er war kein enger Freund von Pawels Tante, aber er kam trotzdem und brachte auch seine Schwester mit. Vielleicht hatte er wieder getrunken. Pawel war zu der Zeit nicht zu Hause.

Ein Gast aus Moskau, ein junger Mann, der die Verhältnisse nicht kannte, kam mit Marja ins Gespräch und begann sie aus sich herauszulocken. Vielleicht wollte er nur höflich sein, aber vielleicht wollte er sich auch einen Spaß erlauben. Marja geriet in Aufregung, ihre Phantasie begann mit ihr durchzugehen. Sie vertraute dem jungen Mann an, daß sie verlobt oder, wie sie es nannte, ›versprochen‹ sei. ›Und ist Ihr Verlobter aus diesem Bezirk?‹ fragte er. ›Ja, aus der Nachbarschaft‹, antwortete sie und lächelte ängstlich zu Pawels Tante hinüber (du mußt dir Marja als eine große, sehnige Person mit einer lauten Stimme vorstellen, eine alles anderes als junge oder hübsche Frau).

Um den Schein zu wahren, mußte Pawels Tante so tun, als gratulierte sie ihr, und dem Hauptmann mußte sie auch gratulieren. Natürlich hatte der Hauptmann eine rasende Wut auf seine Schwester und verprügelte sie gnadenlos, sobald er wieder mit ihr zu Hause war.«

»Es stimmte also nicht?«

»Nein, nicht im mindesten, außer in ihrer Einbildung. Und – wie nun herauskam – der Mann, von dem sie sich einbildete, daß er sie heiraten würde, war niemand anders als Pawel. Wie sie auf die Idee gekommen war, weiß ich nicht. Vielleicht hat er ihr eines Tages mal zugelächelt oder ihr ein Kompliment zu ihrem neuen Hut gemacht – Pawel hatte ein gutes Herz, das war doch einer der nettesten Züge an ihm, nicht wahr? Und vielleicht hat sie dann von ihm geträumt, als sie nach Hause kam, und im Handumdrehen war sie in ihren Träumen so weit, daß sie in ihn verliebt war und er in sie.«

Während er redet, beobachtet er Matrjona von der Seite. Sie rückt unruhig auf ihrem Platz hin und her, und für einen Moment steckt sie sogar den Daumen in den Mund.

»Du kannst dir vorstellen, was die gute Gesellschaft von Twer an der Geschichte von Marja und ihrem Phantomfreier für einen Spaß hatte. Aber nun muß ich dir von Pawel erzählen. Als Pawel die Geschichte hörte, ging er gleich los und bestellte sich einen flotten weißen Anzug. Und das nächste, was er dann machte, war ein Besuch bei den Lebjatkins, in dem weißen Anzug und mit einem Blumenstrauß – Rosen, glaube ich. Und obwohl der Hauptmann Lebjatkin die Sache zuerst gar nicht freundlich aufnahm, brachte Pawel ihn schließlich auf seine Seite. Gegen Marja benahm er sich sehr rücksichtsvoll, sehr artig, wie ein vollendeter Kavalier, obwohl er da noch keine zwanzig war. Er besuchte sie den ganzen Sommer über, bis er aus Twer abreiste und wieder nach Petersburg kam. Es war eine Lektion in Ritterlichkeit, für alle Leute, auch für mich. So ein Junge war Pawel. Und das ist die Geschichte von dem weißen Anzug.«

»Und Marja?«

»Marja? Marja lebt immer noch in Twer, soviel ich weiß.«

»Aber weiß sie Bescheid?«

»Ob sie über Pawel Bescheid weiß? Wahrscheinlich nicht.«

»Warum hat er sich umgebracht?«

»Glaubst du, daß er sich umgebracht hat?«

»Mama sagt, er hat sich umgebracht.«

»Niemand bringt sich selbst um, Matrjoscha. Man kann sein Leben in Gefahr bringen, aber man kann sich nicht wirklich selbst umbringen. Wahrscheinlicher ist, daß Pawel sein Leben aufs Spiel gesetzt hat, um zu sehen, ob Gott ihn genug liebte, um ihn zu retten. Er hat Gott eine Frage gestellt: Wirst du mich retten? Und Gott hat ihm die Antwort gegeben. Gott hat gesagt: Nein. Gott hat gesagt: Stirb!«

»Gott hat ihn umgebracht?«

»Gott hat nein gesagt. Gott hätte auch sagen können: Ja, ich werde dich retten. Aber er hat lieber nein gesagt.«

»Warum?« flüstert sie.

»Er hat zu Gott gesagt: Wenn du mich liebst, dann rette mich! Wenn es dich gibt, dann rette mich! Aber alles blieb still. Dann hat er gesagt: Ich weiß, du bist da; ich weiß, du hörst mich. Und ich wette mein Leben darauf, daß du mich retten wirst. Und Gott hat immer noch nichts gesagt. Dann hat Pawel gesagt: Und wenn du auch noch so stumm bleibst, ich weiß, daß du mich hörst. Ich riskiere's – jetzt! Und er hat seinen Einsatz hingeworfen. Und Gott ist nicht erschienen. Gott hat nicht eingegriffen.«

»Warum?« flüstert sie wieder.

Er lächelt bös und schief in seinen Bart. »Wer weiß? Vielleicht läßt Gott sich nicht gern versuchen. Vielleicht ist der Grundsatz, daß man ihn nicht versuchen darf, ihm wichtiger als das Leben eines Kindes. Oder vielleicht ist der Grund auch einfach der, daß Gott nicht sehr gut hört. Gott muß inzwischen sehr alt sein, so alt wie die Welt oder noch älter. Vielleicht ist er schwerhörig und sieht auch nicht mehr gut, wie das so ist bei alten Männern.«

Sie gibt sich geschlagen. Sie hat keine Fragen mehr. Jetzt ist sie so weit, denkt er. Er streicht das Bett neben sich glatt.

Mit gesenktem Kopf rückt sie näher heran. Er umfängt sie in der Beuge seines Arms; er spürt, wie sie zittert. Er streicht ihr übers Haar, über die Schläfen. Endlich gibt sie nach, drängt sich an ihn und weint hemmungslos, die Fäuste unterm Kinn geballt.

»Ich versteh' es nicht«, schluchzt sie. »Warum mußte er sterben?«

Er würde gern sagen können: Er ist nicht gestorben, er ist hier, ich bin er; aber er kann es nicht.

Er denkt an den Samen, der noch eine Weile im Körper weitergelebt hat, nach Aussetzen der Atmung, ohne zu wissen, daß er nie einen Auslaß finden würde.

»Ich weiß, du hast ihn lieb«, flüstert er mit heiserer Stimme. »Und er weiß es auch. Du hast ein gutes Herz.«

Wenn man den Samen doch aus dem Körper hätte herausnehmen und in einer neuen Behausung unterbringen können, wenigstens einen einzigen Faden!

Er denkt an eine kleine Terrakotta-Figur, die er in Berlin im Völkerkunde-Museum gesehen hat: der indische Gott Schiwa, auf dem Rücken liegend, tot und leichenfahl, und rittlings auf ihm die Gestalt einer schrecklichen Göttin mit vielen Armen, breitem Mund und ekstatischen Glotzaugen, wie sie den göttlichen Samen aus ihm herausholt.

Er hat keine Mühe, sich dieses Kind in Ekstase vorzustellen. Seine Phantasie scheint keine Grenzen zu kennen.

Er denkt an ein totes Kleinkind, das steifgefroren in einem eisernen Sarg unter der schneebedeckten Erde liegt, das Ende des Winters und den Frühling erwartend.

Weiter geht die Vergewaltigung nicht: das Mädchen in seiner Armbeuge, die fünf Finger seiner Hand, weiß und stumpf um ihre Schulter. Aber ebensogut könnte sie jetzt nackt hier vor ihm liegen – eine von denen, die sich aus dem natürlichen Impuls hingeben, gut zu sein, gehorsam. Er denkt an die kindlichen Prostituierten, die er hier und in Deutschland schon kennengelernt hat; er denkt an die Männer, die solche Mädchen aufsuchen, weil sie unter der grellen Bemalung und der aufreizenden Kleidung etwas entdecken, was sie entrüstet, eine gewisse Unantastbarkeit, eine gewisse Mädchenhaftigkeit. *Sie prostituiert ihre Jungfräulichkeit*, sagt ein solcher Mann, der den Duft der Unschuld noch in der Geste erkennt, mit der das Mädchen sich vor ihm die Hände vor die Brüste hält, in der Bewegung, mit der es die Schenkel spreizt. In dem kleinen, muffig riechenden Zimmer strömt von Matrjona ein blasser, fast erstickter Frühlings- und Blumenduft aus, den er nicht ertragen kann. Absichtlich, mit zusammengebissenen Zähnen, kneift er sie, daß es weh tut, dann noch mal und noch mal, wobei er ihr Gesicht im Auge behält, auf der Suche nach etwas, das über das bloße Zusammenzucken, die bloße Wahrnehmung des Schmerzes hinausginge: nach den plötzlich geweiteten Augen einer Kreatur, die zu verstehen beginnt, daß ihr Leben in Gefahr ist.

Die Vision, der Anfall geht vorüber, der Schlund der Phantasie schließt sich. Er streichelt sie ein letztes Mal tröstend, zieht den Arm zurück, und es gelingt ihm, wieder so zu ihr zu sein wie zuvor.

»Wollen Sie einen Hausaltar aufstellen?« sagt sie.

»Daran hatte ich noch nicht gedacht.«

»Sie können da in einer Ecke einen Altar aufbauen mit einer Kerze. Dann können Sie sein Bild da hinhängen. Wenn Sie wollen, halte ich die Kerze in Brand, wenn Sie nicht da sind.«

»Ein Hausaltar soll für immer stehenbleiben, Matrjoscha. Deine Mutter wird das Zimmer wieder vermieten wollen, wenn ich fort bin.«

»Wann fahren Sie ab?«

»Ich bin mir noch nicht sicher«, sagt er, der Festlegung ausweichend. Dann sagt er: »Trauer um ein totes Kind hat kein Ende. Wolltest du das von mir hören? Ich sag' es jetzt. Es stimmt.«

Ob es nun daran liegt, daß sie eine Veränderung in seinem Ton bemerkt hat, oder ob er einen wunden Punkt berührt hat, jedenfalls zuckt sie sichtlich zusammen.

»Wenn du sterben solltest, würde deine Mutter für den Rest ihres Lebens um dich trauern.« Und zu seiner eigenen Überraschung fügt er hinzu: »Ich auch.«

Ob das wahr ist? Nein, noch nicht; aber vielleicht könnte es bald wahr werden.

»Dann kann ich also eine Kerze für ihn anzünden?«

»Ja, kannst du.«

»Und sie in Brand halten?«

»Ja. Aber warum ist dir die Kerze so wichtig?«

Sie druckst verlegen. »Damit er nicht im Dunkeln steht«, sagt sie schließlich.

Seltsam, aber so hat auch er sich das manchmal vorgestellt. Ein Schiff auf See, eine Sturmnacht, ein Junge über Bord gegangen. In den Wellen um sich schlagend, sich irgendwie über Wasser haltend, brüllt der Junge vor Entsetzen: Er holt Luft und brüllt, holt Luft und brüllt hinter dem Schiff her, auf dem er zu Hause gewesen ist und auf dem er nun nicht mehr zu Hause ist. Dann sieht er eine Laterne am Heck und heftet seine Augen an sie, ein Fünkchen Licht in der Wildnis von Nacht und Wasser. Solange ich dieses Licht noch sehe, sagt er sich, bin ich nicht verloren.

»Kann ich die Kerze jetzt anzünden?« fragt sie.

»Wenn du willst. Aber das Bild stellen wir nicht dahin, noch nicht.«

Sie zündet eine Kerze an und stellt sie unter den Spiegel. Dann, mit einer Zutraulichkeit, die ihn überrascht, kommt sie zum Bett zurück und legt den Kopf an seinen Arm. Zusammen blicken sie in die ruhige Kerzenflamme. Von der Straße unten dringt das Geschrei spielender Kinder herauf. Seine Finger schließen sich über ihrer Schulter, er zieht sie fest an sich. Er kann spüren, wie sie ihre weichen jungen Knochen zusammenlegt, einen über den andern, so wie ein Vogel die Flügel faltet.

8

Iwanow

Beim Eintritt in den Schlaf hat er wie jede Nacht die Absicht, den Weg zu Pawel zu suchen. Aber in dieser Nacht weckt ihn – fast sofort, wie ihm scheint – eine dünne, fast schon körperlose Stimme, die von der Straße unten heraufruft. *Issajew!* ruft die Stimme, geduldig wieder und wieder.

Ach was, der Wind im Riedgras, denkt er und läßt sich dankbar in den Schlaf zurücksinken. Es ist Sommer, der Wind weht durchs Riedgras, der blaue Himmel ist mit hohen weißen Wolken gefleckt, und er schlendert an einem Bach entlang, pfeifend, einen Spazierstock in der Hand, mit dem er müßig auf die Gräser einschlägt. Ein Geschwirr von Webervögeln. Er bleibt stehen, um zu horchen. Auch die Grashüpfer hören auf zu zirpen; er hört nur noch den eigenen Atem und das Zittern der Gräser im Wind. *Issajew!* ruft der Wind.

Er fährt hoch und ist sofort hellwach. Es ist tiefe Nacht, das ganze Haus ist still. Er geht zum Fenster, späht hinaus ins Mondlicht und in die Schatten und wartet, ob der Ruf sich wiederholt. Schließlich kommt er. Er hat die gleiche Tonhöhe, Länge und Modulation wie das Wort, das ihm immer noch in den Ohren klingt, aber es ist kein menschlicher Ruf. Es ist das Klagegeheul eines Hundes.

Also nicht Pawel, der ihn ruft, um hereingeholt zu werden – nur etwas, das ihn nichts angeht, ein Hund, der nach seinem Vater heult. Na, dann soll mal der Hundevater, egal, wer das ist, in die Kälte und Dunkelheit hinausgehen und seinen blöden, stinkenden Sprößling in die Arme schließen. Soll der ihn doch trösten, ihm was vorsingen und ihn in den Schlaf wiegen!

Wieder heult der Hund. Nichts von weiten Steppen und silbrigem Licht: ein Hund, kein Wolf; ein Hund, nicht sein Sohn. Darum? Darum muß er nun diese Lethargie abschütteln. *Weil* es nicht sein Sohn ist, darf er jetzt nicht wieder zu Bett gehen, sondern muß sich anziehen und dem Ruf nachgehen. Wenn er erwartet, daß sein Sohn wie ein Dieb in der Nacht kommt, wenn er nur auf den Diebesruf horcht, wird er ihn nie sehen. Wenn er erwartet, daß sein Sohn sich mit der Stimme des Unerwarteten meldet, wird er ihn nie hören. Solange er erwartet, was er nicht erwartet, wird das Nichterwartete nicht kommen. Darum – Paradox im Paradox, Dunkel in Dunkel gehüllt – muß er auf das, was er nicht erwartet hat, eine Antwort geben.

Aus dem dritten Stock hatte es so ausgesehen, als müßte der Hund leicht zu finden sein. Aber als er unten auf der Straße steht, hat er die Richtung verloren. Kam das Geheul nun von links oder von rechts, aus einem der Gebäude auf der anderen Straßenseite, hinter den Häusern vor oder vielleicht aus einem Hof innerhalb eines Gebäudes? Und welches Gebäudes? Und was ist aus dem Geheul selbst geworden, das sich nun nicht nur kürzer und leiser anhört, sondern auch eine ganz andere Klangfarbe hat – ist das überhaupt noch dasselbe Geheul?

Er sucht hin und her, bis er den Durchgang findet, den die Kloakenreiniger benutzen. In einer Abzweigung dieses Durchgangs stößt er endlich auf den Hund. Er ist mit einer dünnen Kette an einem Abflußrohr festgebunden; die Kette hat sich um eines der Vorderbeine gewickelt, so daß sie es jedesmal, wenn sie sich straff zieht, unbequem hochreißt. Der Hund weicht vor ihm zurück, so weit er kann, und winselt. Er legt die Ohren an, streckt sich auf den Boden und wälzt sich auf den Rücken. Eine Hündin. Er beugt sich über sie, wickelt die Kette ab. Hunde können die Angst riechen, aber in dieser Kälte kann sogar er riechen, wie diese Hündin vor Entsetzen stinkt. Er krault sie hinterm Ohr. Immer noch auf dem Rücken liegend, leckt sie ihm schüchtern das Handgelenk.

Ob ich wohl damit den Rest meiner Tage zubringen werde, fragt er sich: Hunden und Bettlern in die Augen sehen?

Die Hündin keucht und kommt auf die Füße. Obwohl er Hunde nicht mag, weicht er vor dieser nicht zurück, sondern hockt sich hin und läßt sich gefallen, daß sie ihm mit ihrer weichen, feuchten Zunge das Gesicht und die Ohren leckt, ihm das Salz aus dem Bart leckt.

Er gibt ihr einen letzten Klaps und steht auf. Im Mondschein kann er das Zifferblatt seiner Uhr nicht erkennen. Die Hündin zerrt an der Kette und winselt geflissentlich. Wer kettet denn bloß in einer solchen Nacht einen Hund im Freien an? Trotzdem, er bindet sie nicht los. Statt dessen macht er abrupt kehrt und geht, verfolgt von jämmerlichem Geheul.

Warum ich? denkt er, als er davoneilt. Muß ich denn alle Last der Welt tragen? Und Pawel, wenn der schon sonst nichts hat, soll er doch wenigstens seinen Tod für sich allein haben – nicht daß man ihm auch noch seinen Tod wegnimmt und einen Anlaß für die Bekehrung seines Vaters draus macht.

Es nützt nichts. Auf solche Argumente – spiegelfechterisch, verächtlich – fällt er keine Sekunde lang herein. Pawels Tod gehört nicht Pawel – das ist nur ein Sprachspiel. Wohin er geht, da trägt er Pawel mit sich wie ein blaugefrorenes Kind. (»Wer rettet unser blaugefrornes Kind?« – ihm ist, als hörte er von innen klagende Worte, er weiß nicht, wo sie herstammen, wie das Grölen aus einer Bauernschenke.)

Pawel will nicht sprechen, will ihm nicht sagen, was er tun soll. »Heb auf jenes geringste Ding und halt es in Ehren!« – wenn er wüßte, daß diese Worte von Pawel kommen, würde er ihnen ohne Frage gehorchen. *Jenes geringste Ding*: ob das die Hündin ist, die in der Kälte allein gelassen wurde? Ist die Hündin dieses Ding, das er losmachen, mitnehmen, füttern und in Ehren halten muß, oder ist es der dreckige betrunkene Bettler im zerris-

senen Mantel unter der Brücke? Eine schreckliche Hoffnungs-
losigkeit überkommt ihn, die – er weiß nicht, wie – mit der Tatsache zusammenhängt, daß er keine Ahnung hat, wie spät es ist,
deren Kern aber in der wachsenden Gewißheit liegt, daß er nie
wieder nachts hinausgehen wird, weil draußen ein Hund heult,
daß er eine Gelegenheit verpaßt hat, sich selbst, so wie er ist,
hinter sich zu lassen und so zu werden, wie er noch sein könnte.
Ich bin ich, denkt er verzweifelt, bis zu meinem Todestag an
mich selbst gekettet. Was es auch gewesen sein mag, was da zu
mir hinstrebte, ich war seiner unwürdig, und nun hat es sich
zurückgezogen.

Aber noch in dem Augenblick, als er die Tür hinter sich zu-
macht, ist ihm klar, daß er ja immer noch Gelegenheit hätte, um-
zukehren, die Hündin loszuketten, sie mitzunehmen in den Eingang von Haus Nr. 63 und ihr dort am Fuß der Treppe so etwas
wie ein Nachtlager zu machen – wobei er allerdings weiß, daß sie,
wenn er es einmal so weit hat kommen lassen, nicht mehr abzu-
schütteln sein wird, es sei denn, er würde sie wieder anketten,
aber dann würde sie winseln und bellen, bis das ganze Haus wach
wäre. *Es ist nicht mein Sohn, es ist doch nur eine Hündin!* protestiert
er. *Was geht sie mich an?* Aber obwohl er sich noch dagegen wehrt,
weiß er schon die Antwort: Pawel kann erst gerettet werden,
wenn er die Hündin befreit und mit in sein Bett genommen hat,
jenes geringste Ding, und auch die Bettler und Bettlerinnen und
noch vieles andere, wovon er noch gar nichts weiß; und selbst
dann wird er keine Gewißheit haben.

Er stöhnt laut auf vor Verzweiflung. *Was soll ich tun?* denkt er.
Wenn ich doch nur mit meinem Herzen Fühlung hätte, ob mir
dann die Erkenntnis zuteil würde? Aber nicht mit seinem Herzen hat er die Fühlung verloren, sondern mit der Wahrheit. Oder
– derselbe Gedanke, anders herum gewendet – er hat auch mit
der Wahrheit nicht die Fühlung verloren: Im Gegenteil, die
Wahrheit ist auf ihn herabgeströmt, ohne Maß, wie ein Wasserfall, und nun wird er gleich darin ertrinken. Und dann denkt er

(den Gedanken umkehren und die Umkehrung wieder umkehren – mit solchen Jesuitentricks muß man heutzutage ja denken!): Wenn du unter den Wasserfällen ertrinkst, was brauchst du da? Mehr Wasser, mehr Überflutung, tieferes Untergehen.

Mitten auf der verschneiten Straße stehend, hält er sich die kalten Hände vors Gesicht, findet den Geruch der Hündin an ihnen, tastet nach den kalten Tränen auf seinen Wangen, leckt daran. Salz für alle, die Salz brauchen. Er vermutet, daß er die Hündin nicht retten wird, in dieser Nacht nicht und auch nicht in der nächsten, wenn es noch eine nächste geben sollte. Er wartet auf ein Zeichen, und er möchte wetten (ein stärkeres Wort getraut er sich nicht zu gebrauchen), daß die Hündin dieses Zeichen nicht ist, daß sie überhaupt kein Zeichen ist, sondern bloß eine Hündin, eine von vielen, die in der Nacht heulen. Aber er weiß auch, solange er mit List und Schläue die Dinge, die bloß Dinge sind, von den Dingen, die Zeichen sind, zu unterscheiden versucht, so lange wird er nicht gerettet werden. Das ist die Logik, der er schließlich erliegen wird; und im Gefühl ihrer Stahlhärte ist er mit seiner Klugheit am Ende, wie ein Hund an der Kette, an der er sich die Zähne ausbeißt. Und Vorsicht, ermahnt er sich, Vorsicht, dieser Hund an der Kette, der zweite, ist an und für sich gar nichts, keine Erleuchtung, nur ein Gleichnis aus dem Tierreich.

Mit in den Taschen geballten Fäusten, den Kopf gesenkt, die Beine stocksteif, steht er mitten auf der Straße und spürt, wie der Speichel der Hündin an seinem Bart zu Eis gefriert.

Ist es möglich, daß in diesem Augenblick jemand in dem dunklen Torweg zum Haus Nr. 63 lauert und ihn beobachtet? Den Körper dieses Beobachters kann er nicht mit Sicherheit erkennen, und auch der etwas hellere Tupfen in der Dunkelheit, der ihm wie ein Gesicht vorkommt, könnte einfach ein Fleck an der Wand sein. Doch je länger er hinstarrt, desto angespannter scheint ein Gesicht ihm entgegenzublicken. Ist es wirklich ein Gesicht? In seiner Phantasie wimmelt es nur so von bärtigen

Männern mit funkelnden Augen, die sich in dunklen Winkeln verstecken. Trotzdem, als er in die Stockfinsternis des Torwegs eintritt, wird das Gefühl, daß da noch jemand anders ist, so heftig, daß ihm ein kalter Schauder über den Rücken läuft. Er bleibt stehen, hält den Atem an, horcht. Dann entzündet er ein Streichholz.

In einer Ecke hockt ein Mann und blinzelt ins Licht. Obwohl er sich ein wollenes Tuch um Kopf und Mund gewickelt und eine Decke um die Schultern gelegt hat, erkennt er den Bettler wieder, den er vor der Kirche zur Rede gestellt hat.

»Wer sind Sie?« fährt er ihn an, mit versagender Stimme. »Können Sie mich nicht in Ruhe lassen?«

Das Streichholz erlischt. Er entzündet noch eines.

Der Mann schüttelt energisch den Kopf. Eine Hand kommt unter der Decke vor und schiebt das Tuch beiseite. »Sie haben mir nichts zu befehlen«, sagt er. Ein Geruch nach faulem Fisch liegt in der Luft.

Das Streichholz erlischt. Er beginnt die Treppe hinaufzusteigen. Doch da ist wieder dieses ermüdende Paradox: *Erwarte den, den du nicht erwartest.* Na schön; aber muß denn nun jeder Bettler als der verlorene Sohn behandelt werden, muß er umarmt und ins Haus gebeten und festlich bewirtet werden? Ja, würde Pawel sagen: wette auf jeden einzelnen, jeden Bettler, jeden räudigen Hund; nur so kannst du sicher sein, daß der Eine, der wahre Sohn, der Dieb in der Nacht dir nicht durch die Maschen geht. Und Herodes wäre auch einverstanden: Geh auf sicher – töte alle Kinder ohne Ausnahme!

Auf alle Zahlen setzen – ist das noch Spielen? Ohne das Risiko, ohne die Unterwerfung unter das Urteil der Stimme, die von anderswo spricht, wenn der Würfel fällt, was bleibt da noch, das göttlich wäre? Gott weiß das gewiß, und deshalb erbarmt er sich des echten Spielers, der seinem Herzen folgt! Und gewiß auch die Frau, die ihren Mann, wenn er vor ihr kniend gesteht, daß er ihren letzten Rubel verspielt hat, und sich an die Brust schlägt und den Saum ihres Kleides küßt – die Frau, die ihn dann aufhebt, ihm die Tränen abwischt und ohne ein Wort hinausgeht, um ihren Ehering zu versetzen, und mit dem Geld wiederkommt (»hier!«), damit er zu einem letzten, alles erlösenden Einsatz in den Spielsaal zurückkehren kann – gewiß ist auch eine solche Frau vom Göttlichen angerührt, eine Frau, die auf den Mann setzt, der schon alles verloren hat, eine Frau, die, wenn auch der Ehering verspielt ist, ein zweites Mal in die Nacht hinausgeht und mit dem Geld für einen weiteren Einsatz wiederkommt!

Ob wohl diese Frau da oben, deren Name ihm im Moment nicht einfällt, die er sogar mit seiner *gnädigen Frau* Wirtin in Dresden verwechseln könnte, etwas von einem Anflug des Göttlichen hat? Eigentlich weiß er gar nichts über sie, bis auf das Intimste: wie sie sich hingibt. Kann man daran, wie eine Frau sich einem Mann hingibt, erkennen, wie sie sich dem Gott des Glücksspiels hingeben würde? Ist eine solche Frau von der Hemmungslosigkeit gezeichnet, einer Hemmungslosigkeit, der es egal ist, wo sie hinführt, ob zu Lust oder Schmerz, die den sinnlichen Leib nur als Vehikel benutzt, nur weil wir nicht körperlos leben können? Gibt es eine Form der körperlichen Liebe, für die sie einsteht, wobei sich die Leiber gegeneinander, ineinander und einer durch den andern hindurch in ein Dunkel drängen, in dem nichts mehr zu hören ist als ein Flattern von Bettlaken wie von Flügeln?

Erinnerungen an seine Nächte mit ihr kommen plötzlich in Fülle zurückgeflutet; alles, was in ihm verworren war, wird gerade und deutet wie ein Pfeil auf sie hin. Begehren überkommt ihn mit schwelgerischer Gewalt. *Sie*, denkt er: *sie will ich. Daher*...

Daher eilt er, in sich hineinlächelnd, die Treppe wieder hinunter und tastet sich zu dem Winkel durch, wo dieser Bursche, der gedungene Spitzel, sich eingenistet hat. »Kommen Sie«, sagt er in die Dunkelheit hinein, »ich habe ein Bett für Sie.«

»Hier ist mein Posten, ich muß auf meinem Posten bleiben«, erwidert der Mann vorsichtig.

Aber seine gute Laune ist nun unwiderstehlich. »Der, auf den Sie warten, wird sogar in den dritten Stock kommen, kann ich Ihnen versichern. Er wird anklopfen und geduldig warten und gar nicht wieder fort wollen.«

Es gibt ein langes Getapse und Papiergeraschel. »Haben Sie wohl noch ein Streichholz?« sagt der Mann.

Er entzündet eines. Hastig stopft der Mann ein paar Sachen in eine Tasche und steht auf.

Im Dunkeln herumstolpernd wie zwei Betrunkene, steigen sie die Treppe hinauf. An der Tür zu seinem Zimmer flüstert er dem Mann zu, daß er leise sein soll, und nimmt ihn bei der Hand, um ihn zu führen. Die Hand ist unangenehm wabbelig.

Drinnen zündet er die Lampe an. Es ist schwer zu sagen, wie alt der Fremde ist. Die Augen sind jugendlich, aber das dünne rötliche Haar und die sommersprossige Kopfhaut haben etwas Müdes und Altes; die Haltung ist die eines von jahrelangen Demütigungen Verschlissenen.

»Iwanow, Pjotr Alexandrowitsch«, sagt der Mann, zieht die Hacken zusammen und macht eine leichte Verbeugung. »Staatsbeamter außer Dienst.«

Er deutet zum Bett hin. »Machen Sie sich's bequem.«

»Sie müssen sich fragen«, sagt der Mann, während er das Bett ausprobiert, »wie jemand mit meiner Schulbildung zum Observieren kommt (so nennt man das in unserem Fach: Observieren).« Er legt sich hin und streckt sich aus.

Er hat die unangenehme Vorahnung, sich da einen von diesen Bettlern aufgeladen zu haben, die meinen, weil sie weder jonglieren noch Geige spielen können, empfangene Almosen mit ihrer Lebensgeschichte vergelten zu müssen. »Bitte sprechen Sie leise!« sagt er. »Und ziehen Sie die Schuhe aus.«

»Sie sind der Mann, dem der Sohn getötet wurde, nicht? Mein aufrichtigstes Beileid. Ich weiß ein bißchen, wie Ihnen zumute ist. Nicht genau, aber ein bißchen. Ich habe selbst zwei Kinder verloren. Hingerafft. Meningitis-Fieber, so heißt der medizinische Ausdruck. Meine Frau hat sich von dem Schlag nicht erholt. Sie wären zu retten gewesen, hätten wir das Geld für gute Ärzte gehabt. Eine Tragödie, aber wen kümmert's? Alles ist ringsum Tragödie, heutzutage. Tragödie ist heut gang und gäbe geworden.« Er setzt sich auf. »Wenn Sie meine Meinung hören wollen, Fjodor Michailowitsch (ich darf Sie doch so nennen, ja?), wenn Sie einen Rat von jemandem annehmen wollen, der das alles schon mal durchgemacht hat, dann sollten Sie Ihrem Kummer freien Lauf lassen. Weinen Sie wie eine Frau! Das ist das große Geheimnis der Weiber, das sie vor Leuten wie uns voraus haben. Die wissen, wann sie sich gehenlassen und weinen müssen. Wir, Sie und ich, wir wissen das nicht. Wir stauen das in uns auf, bis es kocht wie die Hölle. Und dann gehen wir und machen eine Dummheit, bloß um es für ein, zwei Stunden mal loszuwerden. Ja, dann machen wir eine Dummheit, die wir nachher ewig bereuen. Die Weiber tun das nicht; die kennen das Geheimnis der Tränen. Wir haben vom schönen Geschlecht viel zu lernen, Fjodor Michailowitsch, wir müssen das Weinen lernen! Sehn Sie, ich schäme mich meiner Tränen nicht: drei Jahre ist es her, nächsten Monat, daß mich die Tragödie getroffen hat, und ich schäme mich meiner Tränen nicht!«

Und tatsächlich kullern dem Mann Tränen die Wangen hinunter. Er wischt sie mit dem Ärmel ab, aber es kommen immer mehr. Beim Weinen zu reden fällt ihm offenbar nicht schwer. Er wirkt sogar ganz vergnügt. »Ich glaube, ich werde für den Rest meiner Tage um meine toten Kleinen trauern«, sagt er.

Seine Aufmerksamkeit schweift ab, während Iwanow weiter von seinen »Kleinen« schwätzt. Ob ihm die Leute einfach deshalb, weil man ihn als Schriftsteller kennt, ihre Geschichten erzählen? Denken sie denn, er hätte selbst nichts zu erzählen? Er ist erschöpft, die Kopfschmerzen sind nicht weggegangen. Auf dem einzigen Stuhl sitzend, während draußen schon die Vögel zu zwitschern beginnen, sehnt er sich nach Schlaf – sehnt sich nach ebendem Bett, das er gerade aufgegeben hat. »Wir können später

noch weiterreden«, unterbricht er gereizt Iwanows Redefluß.
»Schlafen Sie jetzt! Andernfalls, was wäre dann der Sinn einer
solchen...« Er zögert.

»Einer solchen Wohltat?« ergänzt Iwanow hinterhältig. »War
es das, was Sie sagen wollten?«

Er gibt keine Antwort.

»Denn, das kann ich Ihnen versichern, Ihrer Wohltätigkeit
brauchen Sie sich nicht zu schämen«, fährt der Kerl leise fort,
»ganz und gar nicht! Genau, wie Sie sich Ihres Kummers nicht
schämen müssen. Beides sind edelmütige Herzensregungen.
Scheinbar erniedrigen sie uns, diese edlen Handlungen, aber in
Wahrheit erhöhen sie uns. Und ER sieht jede einzelne und
schreibt sie sich auf, ER, der in die Abgründe unseres Herzens
hineinsieht.«

Mit einer Anstrengung bekommt er die Augenlider auseinander. Iwanow sitzt mitten auf dem Bett, mit gekreuzten Beinen
wie ein Götze. Scharlatan! denkt er. Er macht die Augen wieder
zu. Als er erwacht, ist Iwanow immer noch da, auf dem Bett
ausgestreckt, die Hände unter die Wange gelegt, schlafend. Sein
Mund steht offen; zwischen den Lippen, die klein und rosa sind
wie Babylippen, kommt ein zartes Schnarchen hervor.

Bis in den späten Vormittag hinein bleibt Iwanow bei ihm. Iwanow, der Anfang des Unerwarteten, denkt er; sehn wir mal, wo
uns das Unerwartete hinführt!

Noch nie ist die Zeit so träg verflossen, noch nie hat weniger
von einer Offenbarung in der Luft gelegen.

Schließlich, als er es vor Langeweile nicht mehr aushält, weckt
er den Mann. »Wird Zeit, daß Sie gehen, Ihre Schicht ist um«,
sagt er.

Iwanow scheint die Ironie nicht zu bemerken. Er ist frisch und
munter, gut ausgeschlafen. »Uff!« gähnt er. »Jetzt muß ich mal
auf die Toilette.« Und als er zurückkommt, fragt er: »Sie haben
wohl nicht einen Happen zum Frühstück übrig, oder?«

Er nimmt Iwanow mit in die Wohnung hinüber. Sein Frühstück steht für ihn auf dem Tisch, aber er hat keinen Appetit. »Für Sie«, sagt er kurz. Iwanow bekommt glänzende Augen; ein Speichelfaden läuft ihm das Kinn hinunter. Aber er ißt ganz manierlich und hält den kleinen Finger abgespreizt, wenn er die Teetasse zum Mund führt. Als er fertig ist, lehnt er sich zurück und seufzt befriedigt. »Wie froh ich bin, daß unsere Wege sich gekreuzt haben!« bemerkt er. »Die Welt kann sehr kalt sein, Fjodor Michailowitsch, wie Sie sicher auch wissen. Ich beklage mich aber nicht, keineswegs! Wir bekommen, was wir verdienen, in einem höheren Sinne. Trotzdem frag' ich mich manchmal, ob wir nicht auch, und zwar jeder von uns, eine Zuflucht verdient haben, einen Hafen, wo man für eine Weile Gnade vor Recht ergehen läßt und sich unser erbarmt? Ich stelle das nur als Frage, als philosophische Frage. Selbst wenn das nicht in der Heiligen Schrift steht – wäre es nicht im Sinne der Heiligen Schrift, daß wir verdienen, was wir nicht verdient haben? Was meinen Sie?«

»Ohne Zweifel. Leider ist das hier nicht meine Wohnung. Und nun wird es Zeit, daß Sie gehen.«

»Gleich. Gestatten Sie mir noch eine letzte Bemerkung. Es war nicht nur müßiges Geschwätz, müssen Sie wissen, was ich letzte Nacht sagte, nämlich daß Gott in die Abgründe unseres Herzens hineinsieht. Ich bin vielleicht kein echter heiliger Narr, aber das muß mich nicht hindern, die Wahrheit zu sprechen. Die Wahrheit, wissen Sie, die kann auf gewundenen, auf unerforschlichen Wegen kommen.« Er schlägt sich vielsagend mit der flachen Hand an die Stirn. »Das hätten Sie sich nie träumen lassen, wie, als Sie mich das erste Mal ins Auge faßten, daß wir eines Tages zusammensitzen würden, wir beide, und ganz gesittet unseren Tee trinken? Und doch, da haben wir's!«

»Es tut mir leid, aber ich kann Ihnen nicht mehr folgen, ich bin in Gedanken woanders. Sie müssen jetzt wirklich gehen.«

»Ja, ich muß gehen, ich habe ja auch meine Pflichten.« Er steht auf, wirft sich die Decke wie ein Cape um die Schultern, streckt seine Hand aus. »Auf Wiedersehen. Es war mir eine Freude, mich mit einem Mann von Bildung zu unterhalten.«

»Auf Wiedersehen.«

Eine Erleichterung, den Mann los zu sein. Aber ein muffiger, fauliger Geruch hängt noch im Zimmer. Trotz der Kälte muß er das Fenster öffnen.

Eine halbe Stunde später klopft es an die Wohnungstür. Doch nicht schon wieder dieser Kerl! denkt er und macht mit ärgerlichem Gesicht die Tür auf.

Vor ihm steht ein Kind, ein dickes Mädchen in einer dunklen Kutte, wie sie die Novizinnen in Klöstern tragen. Ihr Gesicht ist rund und ausdruckslos, die Backenknochen so weit vorstehend, daß die kleinen Augen fast dazwischen verschwinden, das Haar straff zurückgekämmt und hinten zu einem kurzen Pferdeschwanz zusammengebunden.

»Sind Sie Pawel Issajews Stiefvater?« fragt sie mit überraschend tiefer Stimme.

Er nickt.

Sie tritt ein und macht die Tür hinter sich zu. »Ich war eine Freundin von Pawel«, erklärt sie. Er erwartet Kondolenzworte, aber es kommen keine. Statt dessen baut sie sich vor ihm auf, die Arme an den Seiten, mustert ihn, mit dem Gehabe einer stumpfen, wachsamen Ruhe, der Ruhe eines Ringers, der auf den Beginn des Kampfes wartet. Ihre Brust hebt und senkt sich gleichmäßig.

»Kann ich sehen, was er hinterlassen hat?« fragt sie schließlich.

»Er hat sehr wenig hinterlassen. Darf ich Ihren Namen erfahren?«

»Katri. Auch wenn nur noch sehr wenig da ist, kann ich es sehen? Das ist jetzt das dritte Mal, daß ich hier bin. Die ersten Male wollte Ihre blöde Wirtin mich nicht reinlassen. Ich hoffe, Sie sind nicht genauso.«

Katri. Ein finnischer Name. Sie sieht auch wie eine Finnin aus.

»Sie hat gewiß ihre Gründe gehabt. Haben Sie meinen Sohn gut gekannt?«

Sie antwortet nicht auf seine Frage. »Ihnen ist klar, daß die Polizei Ihren Stiefsohn umgebracht hat«, sagt sie trocken.

Die Zeit steht still. Er kann sein Herz klopfen hören.

»Sie haben ihn umgebracht und dann eine Geschichte von einem Selbstmord verbreitet. Glauben Sie mir nicht? Sie müssen's nicht, wenn Sie nicht wollen.«

»Warum sagen Sie das?« sagt er tonlos flüsternd.

»Warum? Weil es die Wahrheit ist. Warum sonst?«

Sie ist nicht nur streitlustig; sie beginnt nun auch ungeduldig zu werden. Sie wiegt sich rhythmisch vom einen Fuß auf den andern, wobei die Arme im Takt leicht mitschwingen. Trotz ihrer klobigen Figur erweckt sie den Eindruck von Geschmeidigkeit. Kein Wunder, daß Anna Sergejewna mit ihr nichts zu tun haben wollte!

»Nein.« Er schüttelt den Kopf. »Was mein Sohn hinterlassen hat, ist Privatsache, Sache der Familie. Seien Sie so gut und erklären Sie mir den Zweck Ihres Besuchs.«

»Sind Papiere da?«

»Es waren Papiere da, aber die sind nicht mehr da. Warum fragen Sie danach?« Dann sagt er: »Gehören Sie zu Netschajews Leuten?«

Die Frage bringt sie nicht aus dem Konzept. Im Gegenteil, sie lächelt, zieht die Brauen hoch, so daß er zum ersten Mal ihre Augen blitzen sieht: durchdringend, triumphierend. Natürlich gehört sie zu Netschajews Leuten! Eine seiner Kriegerinnen, und ihre wiegende Bewegung ist der Beginn eines Kriegstanzes, des Tanzes, mit dem jemand anzeigt, daß er darauf brennt, in den Krieg zu ziehen.

»Und wenn, würde ich Ihnen das sagen?« antwortet sie lachend.

»Wissen Sie, daß die Polizei dieses Haus beobachten läßt?«

Sie blickt ihn nachdrücklich an und wiegt sich nun auf den Zehenspitzen, als ob sie ihn aus ihrem Blick etwas ersehen lassen möchte.

»Unten am Haus steht jemand, grad jetzt«, insistiert er.

»Wo?«

»Sie haben den Mann nicht bemerkt, aber Sie können sicher sein, daß er Sie bemerkt hat. Er gibt sich als Bettler aus.«

Ihr Lächeln weitet sich zu echter Heiterkeit aus. »Denken Sie, ein Polizeispitzel ist gerissen genug, mich zu erkennen?« Und dann überrascht sie ihn. Sie reißt den Saum ihrer Kutte beiseite und macht zwei kleine Hüpfer; einfache schwarze Schuhe und weiße Baumwollstrümpfe kommen zum Vorschein.

Sie hat recht, denkt er; man könnte sie für ein Kind halten; aber trotzdem, ein Kind in den Klauen eines Teufels. Der Teufel in ihr hüpft und zappelt, er kann nicht stillhalten.

»Schluß damit!« sagt er kühl. »Mein Sohn hat nichts für Sie hinterlassen.«

»Ihr Sohn? Er war doch nicht Ihr Sohn.«

»Er ist mein Sohn und bleibt es. Gehen Sie jetzt bitte. Ich habe genug von diesem Gespräch.«

Er macht die Tür auf und weist sie hinaus. Im Gehen stößt sie absichtlich an ihn. Es ist, wie wenn er von einem Schwein angerempelt würde.

Von Iwanow ist nichts zu sehen, als er später am Nachmittag aus dem Haus geht, auch nicht, als er zurückkommt. Soll er sich darum kümmern? Wenn Iwanow die Pflicht hat, zu sehen, ohne sich sehen zu lassen, warum sollte er die Pflicht haben, Iwanow zu sehen? Auch wenn Iwanow in diesem Maskenspiel jetzt den Engel des Herrn vorstellt – eine Rolle, die er nur spielen kann, weil er alles andere als ein Engel ist –, warum sollte er deshalb dem Engel nachlaufen müssen? Soll der Engel nur kommen und an meine Tür klopfen, sagt er sich, und ich werde ihn nicht im Stich lassen, ich werde ihm Obdach geben; mehr kann ich nicht für ihn tun. Aber noch während er sich das sagt, ist ihm klar, daß er sich belügt, daß es durchaus in seiner Macht steht, Iwanow von seinem kalten Beobachtungsposten ganz und gar zu entbinden.

So ärgert und quält er sich, bis ihm zuletzt nichts anderes mehr übrigbleibt, als hinunterzugehen und nach dem Kerl zu suchen. Aber Iwanow ist nicht unten, er ist auch nicht auf der Straße, er ist nirgendwo zu sehen. Er seufzt vor Erleichterung. Ich habe getan, was ich kann, denkt er.

Aber zuinnerst weiß er, es war nicht alles. Er hätte mehr tun können, viel mehr.

9

Netschajew

Am nächsten Tag läuft er durch die Straßen um den Heumarkt, als er ein Stück weit voraus die plumpe, fast runde Figur der Finnin erkennt. Sie ist nicht allein. Neben ihr geht eine große, schlanke Frau in so schnellem Schritt, daß die Finnin zwischendurch Sprünge machen muß, um mitzukommen.

Er geht schneller. Obwohl er die beiden für Momente in der Menge aus den Augen verliert, ist er nicht weit hinter ihnen, als sie einen Laden betreten. Beim Eintreten wirft die Große einen Blick zurück auf die Straße. Das Blau ihrer Augen und die Blässe ihrer Haut fallen ihm auf. Ihr Blick geht, ohne zu verharren, über ihn hinweg.

Er überquert die Straße und bummelt auf der anderen Seite herum, in der Erwartung, daß sie bald wieder herauskommen. Fünf Minuten vergehen, zehn Minuten. Ihm wird kalt.

Auf dem Messingschild steht Atelier La Fay oder La Fée, Putzwaren. Er stößt die Tür auf, eine Glocke bimmelt. In einem schmalen, gut beleuchteten Raum sitzen Mädchen, alle in dem gleichen grauen Kittel, an zwei langen Nähtischen. Eine Frau in mittleren Jahren eilt ihm entgegen.

»Monsieur?«

»Eine Bekannte von mir ist vor ein paar Minuten hier reingekommen – eine junge Dame. Ich dachte mir –« Bestürzt schaut er sich im Laden um: nirgendwo etwas zu sehen von der Finnin oder von der anderen. »Es tut mir leid, ich muß mich geirrt haben.«

Die beiden jungen Näherinnen, die ihm zunächst sitzen, kichern über seine Verlegenheit. Madame La Fay hat das Interesse an ihm schon verloren. »Das müssen die Studentinnen sein, die Sie meinen«, sagt sie wegwerfend. »Wir haben mit den Studentinnen nichts zu tun.«

Er entschuldigt sich zum zweiten Mal und will schon gehen.

»Dorthin!« sagt eine Stimme hinter ihm.

Er dreht sich um. Eines von den Mädchen zeigt auf eine kleine Tür links von ihm. »Da durch!«

Er kommt in einen Gang, der durch eine Mauer von der Straße getrennt ist. Eine Eisentreppe führt zum oberen Stockwerk. Er zögert, dann steigt er hinauf.

Er tritt in einen dunklen Flur, wo es nach Essen riecht. Aus dem Stockwerk darüber kommen kratzige Töne von einer Geige, die eine Zigeunerweise spielt. Er steigt, der Musik nach, noch zwei Treppen hinauf, kommt an die halboffene Tür zu einer Dachkammer und klopft an. Die Finnin kommt an die Tür. Ihr dümmliches Gesicht zeigt keine Spur von Überraschung.

»Kann ich mit Ihnen sprechen?« sagt er.

Sie tritt beiseite.

Der Geigenspieler ist ein junger Mann in Schwarz. Als er den Fremden sieht, bricht er mitten im Takt ab, wirft der großen Frau einen raschen Blick zu, nimmt seine Mütze und geht ohne ein Wort hinaus.

Er wendet sich an die Finnin. »Ich habe Sie auf der Straße gesehen und bin Ihnen nachgegangen. Könnten wir ungestört reden?«

Sie setzt sich auf die Couch, fordert ihn aber nicht auf, ebenfalls Platz zu nehmen. Ihre Füße reichen kaum bis auf den Boden hinab. »Reden Sie!« sagt sie.

»Sie haben gestern etwas über den Tod meines Sohnes gesagt. Ich wüßte gern mehr. Nicht aus einem Geist der Rachsucht. Ich frage nur zu meiner eigenen Erleichterung. Ich meine, um mich zu beruhigen.«

Sie betrachtet ihn spöttisch. »Um sich zu beruhigen?«

»Ich meine, ich bin nicht nach Petersburg gekommen, um mich auf Ermittlungen einzulassen«, fährt er hartnäckig fort, »aber jetzt, nach dem, was Sie über die Art seines Todes gesagt haben, da kann ich das doch nicht ignorieren, ich kann es nicht wegschieben.«

Er hält inne. Ihm ist schwindlig im Kopf, er ist auf einmal erschöpft. Hinter seinen geschlossenen Augen sieht er Pawel auf sich zukommen. Neben ihm geht ein Mädchen, ein Mädchen, das Pawel sich zur Braut erwählt hat. Pawel ist im Begriff, etwas zu sagen, ihm das Mädchen vorzustellen; und er ist im Begriff, sich zu denken, gut, endlich sind all die Jahre der Vaterschaft vorüber, endlich kommt er in andere Hände! Er ist im Begriff, Pawel anzulächeln, mit einem frohen, aber auch erleichterten Lächeln. Aber wer kann nur die Braut sein? Etwa diese große junge Frau (fast so groß wie Pawel selbst), mit den durchdringenden blauen Augen?

Er reißt sich los aus der Träumerei. Der nächste Satz, den er sagen wird, bildet sich schon, leiert sich von selbst herunter, wie es ihm vorkommt. »Ich habe eine Pflicht gegen ihn, der ich mich nicht entziehen kann«, sagt er.

Das ist alles. Die Worte finden ein Ende, sie versiegen. Schweigen kommt auf, wird länger und länger. Er unternimmt eine Anstrengung, die Vision, die er eben gehabt hat, von Pawel und seiner Braut, wieder zurückzurufen, aber statt dessen erscheint ihm Iwanow, ausgerechnet der, oder wenigstens sind es Iwanows Hände: die bleichen, dicken Finger, die wie Maden aus grünen Wollhandschuhen hervorkriechen. Was den Kopf angeht, so hängt er wackelnd in einem schwefligen Dunst und hält nie lange genug still, als daß er den Blick daran heften könnte. Der Eindruck jedoch, den er gewinnt, ist der eines verschlagenen, aufdringlichen Lächelns, als ob der Mann etwas wüßte, was für ihn nachteilig ist, und ihn wissen lassen möchte, daß er es weiß.

Er schüttelt den Kopf, versucht seinen Verstand wieder zusammenzunehmen. Aber die Worte scheinen sich davongemacht zu haben. Er steht vor der Finnin wie ein Schauspieler, der seinen Text vergessen hat. Das Schweigen lastet schwer auf dem ganzen Raum. Welch eine Last oder welch ein Friede, denkt er: welch ein Friede, wenn alles auf einmal still würde, die Vögel im Flug festgefroren, der große Erdball in seiner Bahn angehalten! Ein Anfall ist im Kommen, ganz sicher, unaufhaltsam; er kann nichts dagegen tun. Er kostet die Stille aus bis zum letzten. Wie schade, daß die Stille nicht für immer so fortdauern kann! Aus weiter Ferne hört er einen Schrei, der von ihm selbst kommen muß. *Es wird sein Zähneklappern* – die Worte blitzen an ihm vorüber; dann hat es ein Ende.

Als er wieder zu sich kommt, ist es, als ob er in einem fernen Land gewesen und dort alt und grau geworden wäre. Tatsächlich befindet er sich noch im gleichen Zimmer wie zuvor, er steht immer noch vor der Couch, die eine Hand halb erhoben. Und die beiden Frauen sind auch da, in denselben Haltungen, wie sie ihm in Erinnerung geblieben sind; allerdings macht die Finnin nun ein etwas besorgtes Gesicht.

»Darf ich mich setzen?« lallt er, wie wenn die Zunge für seinen Mund zu groß wäre.

Die Finnin macht Platz, und er setzt sich neben sie auf die Couch, benommen, den Kopf hängen lassend. »Fehlt Ihnen was?« fragt sie.

Er gibt keine Antwort. Was ist das nur, möchte er sagen, und warum ist er immerzu so müde? Es ist, als ob Nebel sich um sein Gehirn gelegt hätte. Wenn er eine Romanfigur wäre, was würde er in einem Augenblick wie diesem sagen, wo entweder das Herz sprechen oder die Seite leer bleiben muß?

»Ich kann Ihnen gar nicht sagen«, sagt er langsam, »wie traurig und fremd mir in Ihrer Gesellschaft zumute ist. Bei dem Spiel, das Sie treiben, kann ich nicht mitspielen. Was Sie dabei lockt, was Pawel auch gelockt haben muß, lockt mich nicht. Wenn ich ehrlich sein soll, es stößt mich ab.«

Ohne ein Wort geht die große junge Frau aus dem Zimmer. Das Rascheln ihres Kleides und ein Hauch von Lavendel, als sie an ihm vorüberkommt, lassen ein unerwartetes Begehren in ihm aufflackern. Begehren nach was? Nach der Frau selbst? Sicher nicht – oder nicht allein. Eher nach der Jugend, der für immer entschwundenen, nach dem Griff in aufgeknöpfte Kleider, nach den nackten Körpern. Dennoch, seine Reaktion ärgert ihn. Warum hier, warum jetzt? Hat wohl etwas mit der Erschöpfung zu tun, aber vielleicht auch mit Pawel – damit, daß er sich nun in Pawels Welt versetzt sieht, in Pawels erotische Umgebung.

»Man hat mir die Listen von Personen gezeigt, die zur Hinrichtung vorgemerkt sind«, sagt er.

Die Finnin beobachtet ihn genau.

»Die Polizei ist im Besitz dieser Listen – ich hoffe, Ihnen ist das klar. Man hat sie aus Pawels Zimmer mitgenommen. Was ich Sie nun fragen möchte: Muß jeder von Ihnen einfach eine gewisse Anzahl Leute umbringen, oder sind ganz bestimmte Personen speziell für Sie angekreuzt? Und, wenn letzteres, sollen Sie sich diese Personen vorher genau ansehen, sich mit ihrem täglichen Leben vertraut machen? Spionieren Sie den Leuten bis in ihr Zuhause nach?«

Die Finnin versucht etwas zu sagen, aber er kommt nun allmählich in Fahrt, er hebt die Stimme und übertönt sie.

»*Wenn* ja, wenn ja, lernen Sie dann nicht notgedrungen Ihre Opfer besser kennen, als Ihnen lieb ist? Ist Ihnen dann nicht zumute wie jemandem, einem Bettler zum Beispiel, den man von der Straße hereinruft und dem man fünfzig Kopeken gibt, damit er einen alten, blinden Hund beiseite schafft, wenn der den Strick nimmt und eine Schlinge macht, den Hund streichelt, um ihn zu beruhigen, ein, zwei Worte zu ihm sagt und dabei merkt, wie ein Gefühlsstrom zu fließen beginnt, so daß er und der Hund sich von nun an nicht mehr fremd sind und die Angelegenheit zwischen ihnen, die doch eine beliebige Gelegenheitsarbeit hätte sein sollen, zu einem Fall schwärzesten Verrats wird – zu einem solchen Verrat sogar, daß das Geräusch, das der Hund macht, wenn der Mann die Schlinge zuzieht und ihn erdrosselt, ihm noch tagelang nachgeht –, ein erstauntes Kläffen: *Was, du?* Würde so ein Gedanke Sie nicht abschrecken?«

Während er redet, ist die Große zurückgekommen. Sie kniet in der entfernten Ecke des Zimmers, faltet Laken zusammen und rollt eine Matratze auf. Die Finnin dagegen wird nun entschieden munter. Ihre Augen funkeln, sie kann es kaum erwarten, daß sie endlich zu Wort kommt. Aber er ist noch nicht fertig.

»Und wenn schon ein Hund soviel vermag, mit welcher Kraft könnten dann erst die Männer und Frauen, die Sie zu beseitigen gedenken, Sie verfolgen? Mir scheint, wenn Sie bei der Auswahl dieser Volksfeinde auch noch so wissenschaftlich verfahren mögen, so fehlt Ihnen doch ein Mittel, sie ohne Gefahr für die eigene Seele zu töten. Zum Beispiel: wer war als erstes Opfer für Pawel ausersehen? Wessen Tötung wurde ihm zugeteilt?«

»Warum fragen Sie? Warum wollen Sie das wissen?«

»Weil ich vorhabe, zum Hause dieses Menschen zu gehen und dort auf den Knien dafür zu danken, daß Pawel nie so weit gekommen ist.«

»Dann freut es Sie also, daß Pawel getötet wurde?«

»Pawel ist nicht tot. Er wäre gestorben, aber er hat großes Glück gehabt und ist mit dem Leben davongekommen.«

Zum ersten Mal ergreift die andere das Wort. »Wollen Sie nicht herüberkommen und hier Platz nehmen, Fjodor Michailowitsch?« sagt sie, auf einen Tisch beim Fenster deutend, an dem zwei Stühle stehen.

»Meine Schwester«, erklärt die Finnin.

»Schwestern, aber von ungleichen Eltern«, sagt die andere. Die beiden lachen gelöst, familiär.

Der Akzent der anderen ist der von Petersburg, ihre Stimme ist tief. Eine geschulte Stimme. Er hat das Gefühl, diese Frau schon mal gesehen zu haben. Eine Sängerin? Aus der Zeit, als er noch in die Oper ging? Sicher nicht, dazu ist sie zu jung.

Er nimmt einen der beiden Stühle; sie setzt sich ihm gegenüber. Der Tisch ist schmal. Ihr Fuß berührt seinen Fuß; er nimmt ihn weg.

Obwohl er mit dem Rücken zum Fenster sitzt, begreift er nun, warum sie so stark gepudert ist. Ihre Haut ist von Pokkennarben zerfurcht. Wie schade! denkt er: keine Schönheit, aber trotzdem eine ansehnliche Kreatur!

Wieder berührt sie seinen Fuß; sie lehnt ihren Fuß dagegen, Innenrist an Innenrist.

Eine unangenehme Erregung überkommt ihn. Wie beim Schach, denkt er: Zwei Spieler sitzen sich an einem kleinen Tisch gegenüber und machen ihre wohlbedachten Züge. Ist es das Absichtsvolle, was ihn erregt? Der Fuß auf der Gegenseite wird aufgehoben und gegen seinen gestellt, wie man einen Bauern gegen einen Bauern stellt. Und die Dritte, die Zuschauerin, die nichts sieht, die Dumme, die in die falsche Richtung blickt: spielt auch sie ihre Rolle? Das Absichtsvolle und das Flittchenhafte, eine Flittchenhaftigkeit, die ihren eigenen Reiz hat. Wo könnten sie so viel über ihn erfahren haben, über seine Wünsche?

Eine Sängerin, eine Altistin für die Rolle der Königin.

»Sie haben meinen Sohn gekannt«, sagt er.

»Er war ein Anhänger. Ein Maskottchen.«

Er kennt den Ausdruck, und er kränkt ihn. Ein Maskottchen nennt man einen, der sich in Studentenkreisen herumdrückt, jemand, von dem man kleine Besorgungen machen läßt.

»Aber er war ein Freund von Ihnen?«

Sie zuckt die Achseln. »Freundschaft ist weibisch. Wir haben Freundschaft nicht nötig.«

Weibisch: ein seltsames Wort aus dem Mund einer Frau! Schon jetzt hat er das Gefühl, mehr zu wissen, als er wissen will. Ihr Fuß lehnt immer noch gegen seinen, aber der Druck hat nun etwas Träges, Klobiges und sogar Drohendes. Es ist nun weniger Fuß als Stiefel. Pawel würde doch bei so was nicht mitspielen. Pawels Erscheinung kehrt wieder, Pawel, wie er auf ihn zukommt. Das Mädchen an seiner Seite, die Braut, ist im Dunkeln. Pawel lächelt, und ein Abglanz strahlt von diesem Lächeln aus. *Mein Freund!* denkt er.

Wilde Liebe preßt ihm das Herz zusammen. *Und mit so etwas,* denkt er, *muß ich statt deiner vorliebnehmen?*

»Wenn Sie Freundschaft nicht nötig haben, dann sei Gott Ihnen gnädig!« flüstert er.

Er steht vom Tisch auf und kehrt den beiden Frauen den Rükken. Wie ich jetzt wohl aussehe? fragt er sich. Ein Spiegel ist nicht da. Bis er sich wieder hinsetzt, sind die Tränen, die hervorzubrechen drohten, verschwunden.

»Was haben Sie mit meinem Sohn gemacht?« fragt er mit rauher Stimme.

Die Frau lehnt sich über den Tisch und fixiert ihn mit ihren blauen Augen. Durch die Puderschicht erkennt er in den Mulden ums Kinn einzelne Härchen, die dem Rasiermesser entgangen sind. Und die Augenbrauen sind über der Nasenwurzel zu dicht zusammengewachsen. Eine Frau hätte doch wohl daran gedacht, ihm zu sagen, daß er sie auszupfen muß. Ist also die Finnin auch ein Junge, ein dicker kleiner junger Mann? Auf einmal ekelt es ihn vor beiden.

Sie – oder er – nimmt das Wort. Netschajew selbst, kein Zweifel. Die Verkleidung täuscht ihn plötzlich nicht mehr.

Er hat die Erinnerung in voller Klarheit wieder vor Augen: In der Halle bei dem Friedenskongreß, während einer Pause zwischen den Sitzungen, Netschajew ganz allein in einer Ecke, belegte Brote hinunterschlingend, finster um sich blickend, den ganzen Saal voller Erwachsener herausfordernd: *Ja, lacht nur, wenn ihr euch traut, lacht nur über den Schuljungen!* Er macht ein Gesicht wie ein Junge, den man auf dem Abort mit heruntergelassenen Hosen überrascht, empfindlich, aber trotzig. *Lacht nur – eines Tages zahl' ich's euch heim!*

Er entsinnt sich einer Bemerkung, die damals die Prinzessin

Obolenskaja machte, Mroczkowskis Geliebte: »Mag ja sein, daß er das Enfant terrible des Anarchismus ist, aber trotzdem sollte er was gegen diese Pickel tun!«

»Angesichts dessen, was die Polizei mit Ihrem Sohn gemacht hat«, sagte Netschajew gerade, »bin ich erstaunt, Sie nicht empört zu sehen. Wie es im Evangelium heißt, Auge um Auge, Zahn um Zahn.«

»Sie Unglücksmensch, das steht nicht im Evangelium! Was sagen Sie über Pawel? Und warum tragen Sie dieses lächerliche Kostüm?«

»Sie glauben doch sicher nicht an die Selbstmordgeschichte. Issajew hat sich nicht selbst umgebracht – das ist eine von der Polizei in Umlauf gebrachte Erfindung. Das Gesetz gibt ihnen gegen uns keine Handhabe, darum arrangieren sie diese widerwärtigen Morde. Aber Sie haben doch gewiß Ihre Zweifel – warum wären Sie sonst hier?«

Von der bisher vorgeschützten weiblichen Sanftheit ist nichts mehr zu spüren: der Mann spricht jetzt mit ganz unverstellter Stimme. Sein blaues Kleid knistert beim Hin- und Hergehen. Was wohl darunter ist, Hosen oder die bloßen Beine? Wie das wohl sein muß, so mit nackten und doch verhüllten Beinen, die aneinanderstreifen, herumzulaufen?

»Glauben Sie denn, wir sind nicht alle in Gefahr? Glauben Sie, ich schleiche freiwillig in Verkleidung durch *meine* Stadt, die Stadt, in der ich geboren bin? Wissen Sie, wie das ist, als Frau ohne Begleitung durch die Straßen von Petersburg zu gehen?« Seine Stimme wird lauter, zorniger. »Wissen Sie, was man sich da anhören muß? Männer laufen einem nach und flüstern einem Unflat ins Ohr, wie Sie es sich gar nicht vorstellen können, und man ist dagegen hilflos.« Er gewinnt die Fassung wieder. »Oder vielleicht können Sie es sich auch nur allzu gut vorstellen. Vielleicht ist Ihnen nur allzu geläufig, was ich geschildert habe.«

Die Finnin hat eine Schüssel mit Kartoffeln auf den Schoß genommen und schält sie. Ihr Gesicht ist jetzt friedlich; mehr denn je sieht sie wie eine kleine Großmutter aus. »Es wird kälter«, bemerkt sie.

Verrückt sind sie, alle beide! denkt er? Was tu' ich hier? Ich muß sehen, daß ich Pawel wiederfinde.

»Seien Sie so gut... bitte wiederholen Sie noch mal, was Sie vorhin über meinen Sohn sagten«, sagt er.

»Schön, dann sag' ich Ihnen jetzt was über Ihren Sohn. Die amtliche Verlautbarung wird besagen, daß er sich selbst umgebracht hat. Um das für die Wahrheit zu halten, müssen Sie sehr leichtgläubig sein, kriminell leichtgläubig. Waren Sie in alten Zeiten nicht selbst mal ein Revolutionär, oder irre ich mich? Ihnen ist doch sicher klar, daß der Kampf nie aufgehört hat. Oder haben Sie einen Separatfrieden geschlossen? Diejenigen, die bei dem Kampf in vorderster Front stehen, werden weiterhin gejagt, gefoltert und umgebracht. Von Ihnen hätte ich erwartet, daß Sie das wissen und darüber schreiben. Besonders weil die Leute aus unserer schändlichen russischen Presse niemals die Wahrheit über Ihren Sohn und andere seinesgleichen erfahren werden.«

Netschajews Stimme wird leiser, eindringlicher. »Was Ihrem Sohn zugestoßen ist, kann auch mir jeden Tag zustoßen, oder jedem anderen von unseren Kameraden. Sie sagen, Sie wüßten nichts davon. Aber gehn Sie nur auf die Straße, gehn Sie auf die Märkte und in die Schenken, wo das Volk zusammenkommt, und Sie werden merken, die Leute wissen Bescheid. Irgendwie wissen sie Bescheid. Und wenn der Tag des Gerichts kommt, dann wird das Volk nicht vergessen haben, wer für das Volk gelitten hat und umgekommen ist und wer keine Hand gerührt hat!«

Christus im Zorn, denkt er: den nimmt er sich zum Vorbild. Einen Christus des Alten Testaments, Christus, der die Geldwechsler aus dem Tempel trieb. Sogar das Kostüm stimmt: kein Anzug, sondern ein Gewand. Ein Imitator, ein Schwindler, ein Lästerer!

»Drohen Sie mir nicht!« antwortet er. »Mit welchem Recht sprechen Sie im Namen des Volkes? Das Volk sinnt nicht auf Rache. Das Volk verbringt seine Zeit nicht mit Intrigen und Verschwörungen.«

»Das Volk weiß, wer seine Feinde sind, und das Volk weint ihnen keine Träne nach, wenn sie ihr Ende finden. Was uns angeht, so wissen wir zumindest, was zu tun ist, und wir tun es! Sie haben es vielleicht auch einmal gewußt, aber heute können Sie nur noch knurren, den Kopf schütteln und jammern. Das ist weichlich. Wir sind nicht so weichlich, wir jammern nicht und vergeuden unsere Zeit nicht mit Klugschwätzerei. Es gibt Dinge, über die man reden kann, und Dinge, über die man nicht reden kann, die man einfach tun muß. Wir reden nicht, wir jammern nicht, wir wägen nicht endlos das Einerseits gegen das Andererseits ab – wir *tun* etwas!«

»Vortrefflich! Sie *tun* etwas. Aber von wo erhalten Sie Ihre Anweisungen? Gehorchen Sie der Stimme des Volkes oder nur Ihrer eigenen, die nur so weit verstellt ist, daß Sie sie nicht erkennen müssen?«

»Wieder mal eine kluge Frage! Wieder mal Zeitverschwendung! Wir haben die Klugheit satt. Die Tage der klugen Fragen sind gezählt. Kluge Fragen gehören zu den Dingen, mit denen wir Schluß machen werden. Der Tag des gemeinen Volks bricht an. Gewöhnliche Menschen sind nicht so klug. Gewöhnliche Menschen wollen einfach, daß die Sache erledigt wird. Und wenn sie einmal erledigt ist, dann werden gewöhnliche Menschen darüber entscheiden, wie es weitergehen soll und ob noch irgendwelche klugen Fragen gestattet sein sollen!«

»Und ob gescheite Bücher und dergleichen Dinge weiter gestattet sein sollen!« fällt die Finnin mit ein, angeregt, sogar begeistert.

Ist es denn möglich, denkt er angewidert, daß Pawel Leute wie diese zu Freunden gehabt haben sollte, Leute, die jederzeit bereit sind, sich in Delirien der Selbstgerechtigkeit hineinzupeitschen?

Das ist hier ja wie ein spanisches Kloster in Loyolas Tagen: Mädchen aus guter Familie, die sich geißeln und sich mit Schaum vorm Mund ekstatisch am Boden wälzen, die endlose Stunden lang darum beten, daß der Erlöser sie in die Arme schließe. Extremisten sind sie allesamt, Sensualisten, die es nach der Ekstase des Todes verlangt – ob Töten oder Sterben, egal was. Und Pawel ist einer von ihnen!

Plötzlich bricht der Gedanke an Pawels letzten Augenblick über ihn herein: der Körper eines heißblütigen Jünglings in der Blüte seiner Jahre, wie er auf den Boden aufschlägt, das Zischen der jäh aus den Lungen gestoßenen Luft, des Knacken der Knochen, die Überraschung, vor allem die Überraschung, daß das Ende wirklich da ist und daß es keine zweite Chance gibt. Unter dem Tisch ringt er vor Schmerz die Hände. Ein Körper, auf den Boden aufschlagend; Tod, das Maß aller Dinge!

»Beweisen Sie mir...«, sagt er. »Beweisen Sie mir, was Sie über Pawel gesagt haben.«

Netschajew lehnt sich näher zu ihm. »Ich bringe Sie an Ort und Stelle«, sagt er, jedes Wort einzeln betonend. »Ich bringe Sie an Ort und Stelle, und da werden Ihnen die Augen aufgehen.«

In der Stille, die nun eintritt, steht er auf und geht unsicheren Schritts zur Tür. Er findet die Treppe wieder und steigt sie hinab, aber dann weiß er nicht mehr, wo der Gang war, durch den er gekommen ist. Er klopft an die erstbeste Tür. Niemand meldet sich. Er klopft an eine andere Tür. Eine müd aussehende Frau in Pantoffeln macht auf und tritt gleich beiseite, um ihn hereinzulassen. »Nein«, sagt er, »ich möchte nur wissen, wo hier der Ausgang ist.« Ohne ein Wort macht sie die Tür wieder zu.

Vom Ende des Flurs hört er Stimmengemurmel. Eine Tür steht offen; er tritt ein und befindet sich in einem Zimmer mit so niedriger Decke, daß er sich vorkommt wie in einem Vogelkäfig. Drei junge Männer rekeln sich in Sesseln; der eine liest aus einer Zeitung vor. Es wird still. »Ich suche den Ausgang«, sagt er. »Tout droit!« sagt der Vorleser, winkt unbestimmt mit der

Hand und wendet sich wieder der Zeitung zu. Er verliest einen Bericht über ein Scharmützel zwischen Studenten und Gendarmen vor der Philosophischen Fakultät. Er blickt auf und sieht, daß der Fremde immer noch dasteht. »Tout droit, tout droit!« befiehlt er, und die beiden andern lachen.

Dann ist die Finnin an seiner Seite. »Lieber Himmel, wo Sie nicht überall Ihre Nase reinstecken!« bemerkt sie launig. Sie nimmt ihn beim Arm und führt ihn, wie wenn er blind wäre, zuerst noch eine Treppenflucht hinab, dann durch einen unbeleuchteten Gang, in dem Kisten und Koffer abgestellt sind, zu einer verriegelten Tür, die sie öffnet. Sie stehen auf der Straße. Sie streckt ihm die Hand hin. »Wir sind also verabredet«, sagt sie.

»Nein. Was könnten wir für eine Verabredung haben?«

»Warten Sie an der Fontanka, Ecke Gorochowaja, heute abend um zehn.«

»Ich werde nicht kommen, das kann ich Ihnen versichern.«

»Na schön, dann sind Sie eben nicht da. Oder vielleicht doch. Haben Sie denn gar keinen Familiensinn? Sie werden uns doch nicht verraten, oder?«

Sie stellt die Frage wie zum Scherz, als ob es gar nicht wirklich in seiner Macht stünde, ihnen zu schaden.

»Denn Sie müssen wissen, manche Leute meinen, Sie werden uns trotz allem verraten«, fährt sie fort. »Die meinen, Sie seien von Natur aus ein Verräter. Was meinen Sie dazu?«

Wenn er seinen Stock bei sich hätte, würde er sie schlagen. Aber nur mit der Hand, wohin sollte man einen so runden, wabbligen Körper denn schlagen?

»Es nützt nichts, die eigene Natur zu kennen, nicht wahr?« redet sie nachdenklich weiter. »Ich meine, die eigene Natur treibt einen, egal wieviel man darüber nachdenkt. Wozu jemanden für etwas aufhängen, was in seiner Natur liegt? Das ist so, als würde man einen Wolf dafür aufhängen, daß er ein Lamm gefressen hat. An der Natur der Wölfe wird dadurch nichts geändert, nicht?

Oder den Mann aufzuhängen, der Jesus verraten hat – das änderte doch überhaupt nichts, oder?«

»Niemand hat ihn aufgehängt«, erwidert er. »Er hat sich selbst erhängt.«

»Kommt auf dasselbe raus. Es nützt doch nichts, oder? Ich meine, ob man ihn aufhängt oder ob er es selbst macht.«

Etwas Schreckliches zeichnet sich aus diesem Geschwätz nun allmählich ab. »Wer ist Jesus?« fragt er leise.

»Jesus?« Der Abend dämmert; sie sind die einzigen Menschen auf dieser kalten, leeren Nebenstraße. Sie schaut ihn ungläubig an. »Kennen Sie Jesus nicht?«

»Wenn Sie sagen, ich bin der Judas, wer ist dann Jesus?«

Sie lächelt. »Das war nur so eine Redensart«, sagt sie. Und dann, halb wie im Selbstgespräch: »Die verstehen überhaupt nichts.« Wieder streckt sie ihm die Hand hin. »Zehn Uhr an der Fontanka. Wenn niemand da ist, der Sie dort abholt, bedeutet es, daß etwas passiert ist.«

Er verweigert den Händedruck, dreht sich um und geht die Straße entlang. Hinter sich hört er ein Wort, halb geflüstert. Was ist das? *Jude? Judas?* Er vermutet, Jude. Ungewöhnlich: Glauben sie womöglich, das Wort komme daher? Aber warum wäre es ihm so peinlich gewesen, die Finnin zu berühren? Etwa deshalb, weil sie Pawel vielleicht gekannt hat, allzu gut gekannt, sogar körperlich? Ob sie wohl Weibergemeinschaft haben, Netschajew und die Seinen? Schwer, sich diese Frau als Gemeinbesitz vorzustellen. Wahrscheinlicher, daß sie den Gemeinbesitz an Männern anstrebt. Auch an Pawel. Er sträubt sich gegen die Vorstellung, dann gibt er ihr nach. Er sieht die Finnin nackt auf einem Bett in scharlachroten Kissen thronen, die dicken Beine gespreizt, die Arme zur Seite gestreckt, damit die Brüste hervortreten und der kugelrunde Bauch, haarlos, fast noch wie bei einem Mädchen. Und Pawel, wie er vor ihr kniet, bereit, sich aufnehmen und verschlingen zu lassen.

Er schüttelt es ab. Der reine Neid, diese Vorstellungen! Nach der Liebesszene schleicht sich der Vater heran wie eine alte graue Ratte, um zu sehen, was für ihn übrigbleibt. Sitzt im Dunkeln auf der Leiche, spitzt die Ohren, nagt, horcht und nagt weiter. Ist das der Grund, warum das Polizistenrudel so rachsüchtig hinter der freien Jugend von Petersburg her ist, mit dem lieben Väterchen Maximow als der Oberratte an der Spitze?

Er erinnert sich an Pawels Benehmen nach der Hochzeit mit Anja. Pawel war da schon neunzehn, konnte sich aber einfach nicht damit abfinden, daß Anna Grigorjewna von nun an mit seinem Vater im gleichen Bett schlafen würde. Das ganze Jahr über, in dem sie zusammen wohnten, hielt Pawel die Fiktion aufrecht, daß Anja einfach die Gefährtin seines Vaters sei, so wie alte Leute eben manchmal mit jemandem zusammenleben: jemand, der das Haus in Ordnung hält, die Eßwaren einkauft oder sich um die Wäsche kümmert. Wenn er – etwa nach einer abendlichen Kartenpartie – ankündigte, daß er nun zu Bett gehen werde, so wollte Pawel nicht zulassen, daß Anja ihm folgte: Er forderte sie dann noch zu einer Partie Cribbage auf (»nur wir beide!«), und auch wenn sie dann rot wurde und sich entziehen wollte, weigerte er sich zu verstehen (»wir sind nicht auf dem Land, du brauchst doch nicht in aller Frühe aufzustehen, um die Kühe zu melken!«).

Ist das immer so zwischen Vätern und Söhnen, daß sich hinter Späßen die heftigste Rivalität verbirgt? Und ist das der wahre Grund, warum er sich so allein gelassen fühlt: weil ihm der Lebensinhalt, der Wettstreit mit seinem Sohn, genommen ist und seine Tage nun leer bleiben? Nicht die Volksrache, sondern Sohnesrache – ob dies das Grundmotiv der Revolution ist: Väter, die ihren Söhnen die Frauen neiden, und Söhne, die Pläne schmieden, wie sie die väterlichen Geldschatullen plündern können? Er schüttelt müde den Kopf.

10

Der Schrotturm

Als er heimkommt, begegnet ihm schon am Hauseingang Matrjona in einem Zustand starker Erregung. »Die Polizei ist dagewesen, Fjodor Michailowitsch, sie sucht nach einem Mörder.«

Die Zeit steht still; er steht da wie angewachsen. »Warum sollten sie hier nach ihm suchen?« Die Worte kommen von ihm, aber es ist ihm, als höre er sie aus weiter Ferne, wie dünne Worte, die jemand anders spricht.

»Sie suchen ihn überall, im ganzen Gebäude!«

Von Anna Sergejewna erfährt er Näheres. »Sie fragen die Leute nach einem Bettler, der sich hier in der Nachbarschaft herumgetrieben haben soll. Ich nehme an, ich werde ihn auch gesehen haben, kann mich aber nicht erinnern. Sie sagen, er hat in diesem Haus hier irgendwo ein Plätzchen gefunden.«

Jetzt könnte er ihr verraten, daß Iwanow eine Nacht hier verbracht hat, aber er sagt nichts. »Was wird ihm denn vorgeworfen?« fragt er statt dessen.

»Die Polizisten sind sehr zugeknöpft. Matrjoscha sagt, er soll jemanden umgebracht haben, aber das ist reines Geschwätz.«

»Das ist unmöglich. Ich kenne den Mann, ich habe ausführlich mit ihm geredet. Das ist kein Mörder.«

Aber wie sich herausstellt, ist es nicht nur Geschwätz. Tatsächlich ist ein Verbrechen geschehen; die Leiche des Opfers, der Bettler selbst, ist in einer Seitengasse gefunden worden, ein Stück weiter die Straße herunter. Dies erfährt er vom Hausmeister und ist erschüttert. Iwanow: das ist doch eines von den scheinheiligen Gesichtern, die auftauchen, wenn man selbst auf dem Sterbebett oder im Grab liegt; nicht einer, der zuerst stirbt.

»Ist man denn sicher, daß er nicht einfach in der Kälte umgekommen ist?« fragt er. »Warum muß es unbedingt Mord sein?«

»Ach, Mord ist es bestimmt«, antwortet der alte Mann mit wissender Miene. »Mich wundert nur, daß sie sich wegen einem Stromer so viel Mühe machen.«

Beim Abendessen mag Matrjona über nichts anderes reden als über den Mord. Sie ist überreizt; ihre Augen glitzern, und die Worte sprudeln nur so aus ihr heraus. Er seinerseits hat viel zu erzählen, aber damit muß er warten, bis ihre Mutter sie beruhigt und zu Bett gebracht hat.

Als er glaubt, daß sie schläft, beginnt er Anna Sergejewna von seiner Begegnung mit Netschajew zu erzählen. Er spricht leise, denn er weiß, daß das Geflüster der Erwachsenen – verräterisch, faszinierend – bis in den tiefsten Schlaf eines Kindes durchdringen kann.

Anna kennt Netschajews Namen, scheint aber nur eine sehr blasse Ahnung zu haben, wer er ist. Trotzdem scheut sie sich nicht, ihm zu raten, und ihr Rat ist entschieden. »Sie müssen zu dieser Verabredung gehen. Sie werden keine Ruhe finden, solange Sie nicht wissen, was wirklich geschehen ist.«

»Aber ich weiß, was geschehen ist. Ich brauche nichts mehr zu erfahren.«

Sie winkt ungeduldig ab. Sein Mangel an Neugier ist ihr unbegreiflich; sie sieht darin nur Apathie. Wie kann er's ihr verständlich machen? Um es ihr verständlich zu machen, müßte er aus der Tiefe des Wassers sprechen, mit der glockenreinen Stimme eines Jungen, der ihn aus der tiefen Finsternis heraus bittet: »Sing mir was vor, lieber Vater!« würde die Stimme rufen, und das müßte sie hören. Irgendwo in seinem Innern würde er nicht nur diese Stimme finden müssen, sondern auch die Worte, die richtigen Worte. Im Augenblick kennt er die Worte nicht. Vielleicht – er ahnt so etwas – warten sie auf ihn in einer von den alten Balladen.

Aber diese Ballade steht in keinem Buch; sie liegt irgendwo in der Brust des russischen Volkes, wo er nicht nachschlagen kann. Oder vielleicht in der Brust eines Kindes.

»Pawel ist nicht rachsüchtig«, sagt er schließlich mit stockender Stimme. »Wer ihn auch umgebracht haben mag, es ist vorüber, der Faden ist durchschnitten, er hat von demjenigen nichts mehr zu fürchten. Ich möchte mir nicht das Leben durch Rache vergiften.«

Er könnte noch einiges mehr sagen, kann es aber jetzt nicht. Daß Pawel an einer neuen Version der Geschichte, wie es zu dem Sturz kam, kein Interesse hat. Daß Pawel vor allem einsam ist und daß man ihm in seiner Einsamkeit Lieder vorsingen, ihn trösten und ihm versichern muß, daß man ihn auf dem Grund des Wassers nicht im Stich lassen wird.

Zwischen der Frau und ihm tritt Schweigen ein. Zum ersten Mal seit Sonntag sind sie miteinander allein. Sie wirkt müde. Sie läßt die Schultern hängen, ihre Hände sind schlaff, am Hals sieht man Falten. Sie ist älter als seine Frau, geht ihm nun wieder auf; nicht ganz eine Generation älter, doch beinah. Er wünscht sich, er hätte es nicht sehen müssen. Seine Erinnerung an Netschajew ist noch zu frisch: der ist jugendlich, von dämonischer Energie, wie eben alle niederen Dämonen vor jugendlicher Kraft nur so strotzen.

Einer Eingebung folgend, nimmt er ihre Hand. Sie blickt überrascht auf.

»Ich will Sie nicht zur Rache drängen«, sagt sie langsam. »Natürlich stimmt es, was Sie über Pawel sagen: er war von Natur aus nicht rachsüchtig. Aber dennoch hatte er einen Sinn dafür, was gut und gerecht ist. Gehn Sie zu Ihrer Verabredung! Finden Sie heraus, was sich herausfinden läßt! Sonst werden Sie nie zur Ruhe kommen.«

Immer noch hält er ihre Hand. Er spürt, als Antwort auf den Druck seiner Hand, einen Druck von ihr, den er nur als freundlich verstehen kann.

»Gerechtigkeit«, sinniert er. »Ein großes Wort. Kann man

wirklich eine Grenze zwischen Gerechtigkeit und Rache ziehen?« Und als sie nicht zu verstehen scheint: »Liegt darin nicht Netschajews Originalität: daß er sich die Volksrache und nicht die Volksgerechtigkeit zuspricht? Wenigstens ist er ehrlich.

Aber ist er's? Ist es denn das, was das Volk hören will: daß es um Rache geht, nicht um Gerechtigkeit? Ich glaub' es nicht. Warum sollte das Volk Netschajew ernst nehmen? Warum sollte ihn irgendwer ernst nehmen – einen Studenten, einen hitzköpfigen jungen Mann? Was für eine Macht hat er denn schließlich?

Nicht die Macht über das Leben, gewiß aber die Macht über den Tod. Ein Kind kann ebensogut töten wie ein Mann, wenn es den Geist in sich hat. Vielleicht liegt auch darin wieder Netschajews Originalität: daß er ausspricht, was wir uns von unseren Kindern nicht mal vorzustellen wagen; daß er etwas Dumpfem und Rohem eine Stimme leiht, das nun durch unser junges Rußland fegt. Wir verschließen all dem unser Ohr; da kommt er mit der Axt und zwingt uns zu hören.«

Ihre Hand, eben noch in seiner Hand wie ein kleines Tier, ist plötzlich leblos geworden. Eine gefühlvolle Frau, denkt er und läßt die Hand los. Wie ihre Tochter. Und vielleicht ebenso verletzlich.

Er möchte sie küssen, sie in die Arme nehmen und alles wieder heil machen, was zerbrochen sein mag. Er sollte aufhören mit diesem Gerede, das sie nur abstößt und befremdet. Aber er hört nicht auf.

»Schließlich wird man nie Leute für eine Sache gewinnen können, wenn man einen Geist beschwört, der ihnen fremd ist oder ihnen nichts bedeutet. Netschajew hat unter den jungen Leuten Schüler, weil der Geist, der in ihm steckt, einen Geist in ihnen anspricht. Natürlich würde *er* es nicht so erklären. Er nennt sich einen Materialisten. Aber das ist nur der modische Jargon. In Wahrheit hat er etwas, das die Griechen einen Dämon nannten. Der spricht zu ihm, der ist die Quelle seiner Energie.«

Wieder denkt er: Jetzt hörst du aber auf! Aber es kommen immer mehr trockene, tödliche Worte. Er weiß, daß er die Fühlung mit ihr verloren hat.

»Derselbe Dämon muß auch in Pawel gesteckt haben: warum wäre Pawel sonst diesem Aufruf gefolgt? Es ist nett, zu denken, daß Pawel nicht rachsüchtig war. Es ist immer nett, von den Toten nur Gutes zu denken. Aber das schmeichelt ihm. Seien wir nicht sentimental: Im gewöhnlichen Leben war er ebenso rachsüchtig wie jeder andere junge Mann auch.«

Sie steht auf. Er glaubt, schon zu wissen, was sie gleich sagen wird, und ist bereit, sich, wenn auch nur der Form halber, zu verteidigen. *Sie sagen, Sie seien Pawels Vater, aber ich kann nicht glauben, daß Sie ihn lieben* – das erwartet er. Aber er hat sich geirrt.

»Ich weiß nichts über diesen Anarchisten Netschajew, ich kann nur danach gehen, was Sie mir erzählen«, sagt sie; »aber wenn ich Ihnen zuhöre, fällt es mir schwer zu sagen, wer von Ihnen beiden, Sie oder Netschajew, mehr darauf versessen ist, daß Pawel zur Partei der Rache gehört. Mich verbindet nichts mit Pawel, jedenfalls bin ich nicht seine Mutter, aber ich bin es ihm schuldig – ihm und seinem Andenken –, dagegen zu protestieren. Sie und Netschajew sollten ihre Streitereien ausfechten, ohne ihn hineinzuziehen.«

»Netschajew ist kein Anarchist. Das ist der Fehler, den die Leute immer wieder machen. Er ist etwas anderes.«

»Anarchist, Nihilist oder egal was, ich will nichts mehr davon hören! Ich möchte nicht, daß Haß und Gezänk in mein Haus getragen werden. Matrjona ist so schon aufgeregt genug: ich wünsche nicht, daß sie noch mehr davon angesteckt wird.«

»Er ist kein Anarchist und auch kein Nihilist«, fährt er unbeirrt fort. »Wenn man ihm solche Etikette anheftet, verfehlt man, was an ihm einmalig ist. Er handelt nicht unter Berufung auf Ideen. Er handelt, wenn er sich körperlich dazu aufgelegt fühlt. Er ist Sensualist, ein Extremist der Sinnlichkeit. Er möchte in seinem Körper an den Grenzen des Empfindens leben, an den Grenzen körperlichen Wissens. Darum kann er sagen: *alles ist erlaubt* – oder könnte es sagen, wenn er nicht so uninteressiert daran wäre, sich zu erklären.«

Er hält inne. Wieder glaubt er zu wissen, was sie sagen möchte, oder vielmehr, zu wissen, was sie sagen möchte, obwohl sie selbst es nicht weiß: *Und Sie? Sind Sie soviel anders?*

»Was glauben Sie, warum er die Axt wählt?« sagt er. »Wenn Sie an die Axt denken, wenn Sie daran denken, was sie bedeutet –« Er hebt resigniert beide Hände. Er kann die Worte anständigerweise nicht aussprechen. Die Axt als Werkzeug der Volksrache, die Waffe des kleinen Mannes, das grobe, schwere, unverantwortliche Ding; das volle Körpergewicht muß dahinterstehen, wenn sie geschwungen wird, der Körper mit dem vollen darin aufgespeicherten Lebendgewicht an Haß und Erbitterung; und eine dunkle Freude muß darin sein, wenn man zum Schlag ausholt.

Stille lastet zwischen ihnen.

»Es gibt Menschen, denen die Empfindung nicht auf natürlichen Wegen zuteil wird«, sagt er schließlich in gefaßterem Ton. »Sergej Netschajew ist mir von Anfang an wie so einer vorgekommen – wie ein Mann, der zum Beispiel keine natürliche Verbindung mit einer Frau eingehen könnte. Ich habe mich gefragt, ob nicht dies der Grund seiner vielfältigen Erbitterung sein könnte. Aber vielleicht wird das in Zukunft so sein müssen: die Empfindung kommt nicht mehr dank den alten Mitteln zustande. Die alten Mittel werden verbraucht sein. Ich meine die Liebe. Die Liebe wird verbraucht sein. Also wird man andere Mittel suchen müssen.«

Sie ergreift das Wort. »Das genügt. Ich möchte nicht mehr reden. Es ist nach neun. Wenn Sie bitte gehen möchten –«

Er steht auf, verbeugt sich, geht hinaus.

Um zehn Uhr steht er, wie verabredet, an der Fontanka. Ein starker Wind bläst Regenschauer vor sich her und wühlt das schwarze Wasser des Kanals auf. Die Laternenpfähle entlang der kahlen Uferstraße geben ein knarrendes Konzert. Von den Dächern und Abflußrinnen gluckert Wasser herab.

Er stellt sich in einem Hauseingang unter; er wird immer gereizter. Wenn ich mich nun erkälte, denkt er, das fehlte noch! Er holt sich leicht eine Erkältung. Pawel auch, von Kind an. Ob Pawel einmal erkältet war, solange er bei *ihr* gewohnt hat? Ob sie selbst ihn gepflegt hat, oder hat sie es Matrjona überlassen? Er stellt sich vor, wie Matrjona mit einem dampfenden Glas Tee mit Zitrone ins Zimmer kommt, behutsamen Schritts, um das Glas ruhig zu halten; er stellt sich vor, wie Pawel mit seinem dunklen Haar ihr von dem weißen Kissen entgegenlächelt. »Danke, Schwesterchen!« sagt Pawel mit heiserer Knabenstimme. Ein Knabenleben, ein ganz gewöhnliches Knabenleben! Weil niemand da ist, der ihn hören könnte, senkt er den Kopf und stöhnt wie ein kranker Ochse.

Dann steht sie vor ihm und mustert ihn neugierig – nicht Matrjona, sondern die Finnin. »Ist Ihnen nicht gut, Fjodor Michailowitsch?«

Verlegen schüttelt er den Kopf.

»Dann kommen Sie«, sagt sie.

Sie führt ihn, wie er es befürchtet hatte, am Kanal entlang nach Westen in Richtung auf den Stoljarni-Kai und den alten Schrotturm. Die Stimme gegen den Wind erhebend, plaudert sie freundlich auf ihn ein. »Wissen Sie, damit, wie Sie heute nachmittag über das Volk geredet haben, Fjodor Michailowitsch«, sagt sie, »haben Sie sich keine Ehre gemacht. Wir waren enttäuscht von Ihnen – Sie mit Ihrer Vorgeschichte! Schließlich sind Sie doch mal für Ihre Überzeugungen nach Sibirien gegangen. Dafür achten wir Sie. Sogar Pawel Alexandrowitsch hatte Achtung vor Ihnen. Dahinter sollten Sie jetzt nicht zurückfallen.«

»Sogar Pawel?«

»Ja, sogar Pawel. Sie haben in Ihrer Generation zu leiden gehabt, und nun hat auch Pawel sich geopfert. Sie haben allen Grund, den Kopf hoch zu tragen.«

Es scheint ihr nicht schwerzufallen, beim Schwätzen die scharfe Gangart durchzuhalten. Er seinerseits spürt Seitenstiche und schnappt nach Luft. »Nicht so schnell!« keucht er.

»Und Sie?« sagt er schließlich. »Wie steht's damit für Sie?«

»Wie steht's mit was für mich?«

»Wie es damit für Sie steht? Werden Sie in Zukunft auch den Kopf hoch tragen können?«

Unter einer hektisch pendelnden Laterne bleibt sie stehen. Licht und Schatten wechseln auf ihrem Gesicht. Er hat sie wohl unterschätzt: Sie ist nicht nur ein Kind, das mit Verkleidungen spielt. Trotz der unförmigen Figur erkennt er jetzt an ihr einen kühlen, fraulichen Zug.

»Ich rechne nicht damit, lange dazusein, Fjodor Michailowitsch«, sagt sie. »Sergej Gennadijewitsch auch nicht und alle anderen bei uns ebensowenig. Was Pawel zugestoßen ist, kann jedem von uns jederzeit zustoßen. Darum lassen Sie bitte die Witze! Wenn Sie über uns Witze machen, bedenken Sie, dann machen Sie auch Witze über Pawel.«

Zum zweiten Mal schon an diesem Tag hat er Lust, sie zu schlagen. Und es ist klar, daß sie seine Wut spürt: sie reckt sogar das Kinn vor, wie um den Schlag herauszufordern. Warum ist er so jähzornig, was ist los mit ihm? Wird er schon bald so ein Tattergreis, der sich nicht beherrschen kann? Oder ist es noch schlimmer: Jetzt, wo er keinen Nachkommen mehr hat, wird er da nicht nur alt, sondern ein Gespenst, ein wütender, verlassener Geist?

Der Turm am Stoljarni-Kai steht schon, seit Petersburg erbaut wurde, wird aber seit langem nicht mehr benutzt. Obwohl Warnschilder das Betreten verbieten, ist er zu einem Treffpunkt für die verwegeneren Jungen aus der Nachbarschaft geworden, die über eine Wendeltreppe aus in die Wand eingelassenen Eisenreifen bis zur Gießerei, dreißig Meter über dem Boden, und noch höher bis zur Spitze des Ziegelschornsteins hinaufsteigen.

Die großen, mit Nägeln beschlagenen Türen sind verschlossen und verriegelt, aber die kleine Hintertür ist schon längst von Vandalen eingetreten worden. Im Schatten dieser Tür wartet ein Mann auf sie. Der Mann murmelt der Finnin einen Gruß zu, geht hinein, und sie folgt ihm.

Drinnen riecht es nach Kot und verrottendem Mauerwerk. Aus dem Dunkeln kommt ein leiser Schwall unflätiger Worte. Der Mann zündet mit einem Streichholz eine Lampe an. Fast unter ihren Füßen liegen drei Personen zusammengekuschelt auf einem Lager aus leeren Säcken. Er wendet den Blick ab.

Der Mann mit der Lampe ist Netschajew; er trägt den langen schwarzen Mantel eines Grenadier-Offiziers. Sein Gesicht ist unnatürlich bleich. Hat er vergessen, sich den Puder abzuwaschen?

»Mir wird schwindlig in solcher Höhe, darum warte ich hier unten«, sagt die Finnin. »Er wird Ihnen die Stelle zeigen.«

Eine Wendeltreppe führt an der Innenwand des Turms hinauf. Die Lampe hochhaltend, beginnt Netschajew den Aufstieg. In dem engen, geschlossenen Raum machen ihre Schritte ein lautes, polterndes Geräusch.

»Über diese Treppe wurde Ihr Stiefsohn hinaufgebracht«, sagt Netschajew. »Vermutlich haben sie ihn vorher betrunken gemacht, damit die Sache für sie leichter wurde.«

Pawel. Hier.

Immer höher geht es hinauf. Der Brunnen des Turms verschwindet unter ihnen in der Dunkelheit. Er zählt rückwärts bis zu Pawels Todestag, kommt bis zwanzig, verzählt sich, fängt von vorn an, verzählt sich wieder. Kann es sein, daß Pawel *vor so vielen Tagen* dieselbe Treppe hinaufgestiegen ist? Wie kommt es, daß er sie nicht zählen kann? Die Stufen, die Tage – sie haben etwas miteinander zu tun. Jede Stufe ein Tag mehr, der von Pawels Gesamtsumme abzuziehen ist. Dieses gleichzeitige Vor- und Zurückzählen – ob es das ist, was ihn verwirrt?

Sie erreichen das obere Ende der Treppe und stehen auf einem

breiten Stahldeck. Sein Führer schwenkt die Lampe ringsum.
»Hier entlang«, sagt Netschajew. Im Vorübergehen sieht er ver-
rostete Maschinen.

Sie treten auf eine Plattform an der Außenseite des Turms hinaus, hoch über dem Kai, von einem Geländer in Gürtelhöhe um-
geben. Auf der einen Seite sind der Mechanismus für einen Fla-
schenzug und eine Kettenwinde in die Wand eingelassen.

Sofort beginnt der Wind an ihnen zu zerren. Er nimmt den
Hut ab, packt das Geländer und versucht, nicht nach unten zu
blicken. Eine Metapher, sagt er sich, weiter nichts – ein anderes
Wort für eine Bewußtseinslücke, ein Nicht-hier- oder Wegsein.
Nichts Neues. Der Epileptiker kennt das: Herantreten an den
Rand, nach unten blicken, das Vorwärtstaumeln der Seele, der
Gedanke, der sich wie verrückt immerzu selbst denkt, wie wenn
im Kopf eine Glocke bimmelt: *Die Zeit nimmt ein Ende, der Tod soll
nicht sein.*

Er umklammert das Geländer fester, schüttelt den Kopf, um
die Benommenheit zu verscheuchen. Metaphern – was für ein
Unsinn. Da ist der Tod, nur der Tod. Der Tod ist für nichts eine
Metapher. Tod ist Tod. Ich hätte niemals hierherkommen sollen. Nun werde ich für den Rest meines Lebens das hier vor Augen haben, wie aus Gespenstersicht: die Dächter von St. Petersburg, im Regen schimmernd, die Reihe der kleinen Laternen den
Kai entlang.

Durch die zusammengebissenen Zähne wiederholt er sich die
Worte: *Ich hätte nicht herkommen sollen.* Aber das *Nicht* fällt allmählich in sich zusammen, genau wie es ihm mit Iwanow ergangen
ist. *Ich sollte nicht hier sein, darum sollte ich hier sein. Ich werde nichts
anderes mehr sehen, darum werde ich alles sehen.* Was ist das nur für
eine Krankheit, was für eine Übelkeit der Vernunft?

Sein Führer hat die Lampe drinnen gelassen. Der jugendliche
Körper an seiner Seite ist ihm überdeutlich bewußt, ohne Zweifel ein kräftiger Körper, mit einer drahtigen, unermüdlichen Art
von Kraft. Jeden Augenblick könnte er ihn um die Hüften packen

und ihn über den Rand ins Leere kippen. Aber wer ist *er* auf dieser Plattform, und wer ist *ihn*?

Langsam dreht er sich zu dem Jüngeren hin. »Wenn es denn stimmt, daß man Pawel hier heraufgebracht hat, um ihn zu töten«, sagt er, »will ich Ihnen verzeihen, daß Sie mich hergeführt haben. Wenn dies aber ein ungeheuerlicher Betrug ist, wenn Sie es selbst waren, der ihn heruntergestoßen hat, dann sage ich Ihnen, es wird Ihnen nicht verziehen werden.«

Sie stehen keine zwei Handbreit auseinander. Der Mond ist bedeckt, Regen peitscht ihnen ins Gesicht, dennoch kann er sich davon überzeugen, daß Netschajew nicht zurückzuckt. Aller Wahrscheinlichkeit nach hat sein Gegner das ganze Spiel mit all seinen Varianten von Anfang bis Ende schon einmal durchgespielt; mit nichts, was er jetzt sagt, kann er ihn überraschen. Andernfalls wäre Netschajew ein Teufel, der Flüche abschütteln kann wie ein Hund das Wasser.

Netschajew spricht. »Sie sollten sich schämen, so etwas zu sagen. Pawel Issajew war unser Bruder. Wir waren seine Familie, als er keine andere Familie mehr hatte. Sie selbst waren ins Ausland gegangen und hatten ihn zurückgelassen. Sie haben die Fühlung mit ihm verloren, Sie sind für ihn ein Fremder geworden. Jetzt tauchen Sie hier auf, von wer weiß woher, und erheben wilde Beschuldigungen gegen die einzige echte Familie, die er auf der Welt hatte.« Er zieht sich den Mantelkragen dichter um den Hals. »Wissen Sie, woran Sie mich erinnern? An einen entfernten Verwandten, der mit seiner Reisetasche beim Begräbnis auftaucht: Er kommt von wer weiß woher, um auf das Erbe von jemand Anspruch zu erheben, den er nie gesehen hat. Für Pawel Alexandrowitsch sind Sie wie ein Vetter vierten oder fünften Grades, nicht der Vater, nicht einmal der Stiefvater.«

Der Hieb sitzt. Grob versucht er sich an Netschajew vorbeizudrängen, doch sein Gegner versperrt ihm die Tür. »Verstopfen Sie sich nicht die Ohren gegen das, was ich Ihnen sage, Fjodor Michailowitsch! Sie hatten Issajew aufgegeben, und wir haben

ihn gerettet. Wie können Sie glauben, wir hätten seinen Tod herbeigeführt?«

»Schwören Sie's bei Ihrer unsterblichen Seele!«

Noch während er es sagt, hört er, wie melodramatisch das
klingt. Überhaupt, an der ganzen Szene – zwei Männer auf einer
mondbeschienenen Plattform hoch über den Straßen, im Toben
der Elemente, wie sie gegen den Wind anbrüllend einander be-
schuldigen – ist etwas faul, melodramatisch. Doch wo wären die
rechten Worte zu finden, die Worte, die Pawel mit seinem be-
dächtigen Lächeln aufnehmen, zu denen er zustimmend nicken
könnte?

»Ich schwöre nicht bei etwas, an das ich nicht glaube«, sagt
Netschajew verbissen. »Aber schon Ihr Verstand sollte Sie lehren, daß ich die Wahrheit sage.«

»Und was ist mit Iwanow? Soll mein Verstand mich auch lehren, daß Sie an Iwanows Tod ebenfalls unschuldig sind?«

»Wer ist Iwanow?«

»Iwanow war der Name, dessen der elende Kerl sich bediente,
der den Auftrag hatte, das Gebäude zu überwachen, in dem ich
wohne. Wo auch Pawel wohnte. Wo Ihre Freundin mich aufgesucht hat.«

»Ach, der Polizeispitzel! Der, mit dem Sie sich angefreundet
haben! Was ist mit ihm geschehen?«

»Er wurde gestern tot aufgefunden.«

»So? Wir verlieren einen, sie verlieren einen.«

»Sie verlieren einen? Wollen Sie Pawel mit Iwanow gleichset-
zen? Ist das Ihre Art Buchführung?«

Netschajew schüttelt den Kopf. »Lassen Sie das Persönliche
aus dem Spiel, das vernebelt nur, worum es geht. Die Kollabora-
teure haben viele Feinde. Sie werden vom Volk verabscheut.
Daß dieser Iwanow tot ist, überrascht mich nicht im mindesten.«

»Ich bin auch kein Freund von Iwanow gewesen, und schon
gar kein Bewunderer seiner Art von Tätigkeit. Aber sind das
Gründe, ihn zu ermorden? Und nun gar Ihr Gerede vom *Volk* –

126

was für ein Unsinn! Das Volk hat ihn nicht umgebracht. Das Volk plant keine Morde. Und es verwischt auch nicht seine Spuren.«

»Das Volk weiß, wer seine Feinde sind, und wenn sie sterben, weint es ihnen keine Träne nach.«

»Iwanow war kein Feind des Volkes, er war ein Mann ohne Geld in der Tasche und mit einer Familie, die ernährt sein will – ein Mann, wie Zehntausende. Wenn der kein Mann aus dem Volk war, wer ist dann das Volk?«

»Sie wissen genau, mit dem Herzen stand er nicht auf seiten des Volkes. Zu sagen, er sei ein Mann aus dem Volk, ist Geschwätz. Das Volk besteht aus Arbeitern und Bauern. Iwanow war nicht mit dem Volk verbunden, er ist nicht mal daraus hervorgegangen. Es war ein vollkommen wurzelloser Mensch, obendrein ein Säufer, leichte Beute, leicht gegen das Volk zu verwenden. Es überrascht mich, daß Sie, ein gescheiter Mann, auf einen so simplen Trugschluß hereinfallen.«

»Ob ich nun gescheit bin oder nicht, ich kann solche monströsen Argumente nicht gelten lassen! Warum haben Sie mich hierhergeführt? Sie sagten, Sie wollten mir den Beweis liefern, daß Pawel ermordet wurde. Wo ist der Beweis? Daß wir hier sind, ist keiner.«

»Natürlich ist das kein Beweis. Aber dies ist der Ort, an dem der Mord geschehen ist. Der Mord war tatsächlich eine vom Staat angeordnete Hinrichtung. Ich habe Sie hergebracht, damit Sie selbst sehen können. Die Gelegenheit, zu sehen, haben Sie nun gehabt; wenn Sie es immer noch nicht glauben wollen, dann um so schlimmer für Sie.«

Er packt das Geländer und schaut *da* hinunter in die bleischwere Dunkelheit. Zwischen *hier* und *da* ist eine ewig lange Zeit, so lang, daß der Verstand sie unmöglich begreifen kann. Zwischen *hier* und *da* war Pawel am Leben, mehr denn je zuvor. Wir leben am heftigsten, solange wir fallen – eine Wahrheit, die uns das Herz zusammenkrampft!

»Wenn Sie's nicht glauben, dann glauben Sie's eben nicht«, wiederholt Netschajew.

Glauben: auch so ein Wort. Was heißt das, glauben? Ich glaube an die Leiche unten auf dem Pflaster. Ich glaube an das Blut und die Knochen. Den zerschmetterten Leib aufzuheben und ihn zu umarmen: das heißt glauben. Glauben und lieben ist eines.

»Ich glaube an die Auferstehung«, sagt er. Die Worte kommen ohne Vorbedacht heraus. Seine Stimme hat den irren, eifernden Ton verloren. Als er die Worte ausspricht und sie hört, fühlt er eine kurze Freude, weniger über die Worte selbst als vielmehr darüber, wie sie ihm gekommen und über die Lippen gegangen sind, so als wäre ein anderer der Sprecher. *Pawel!* denkt er.

»Was?« Netschajew beugt sich näher heran.

»Ich glaube an die Auferstehung des Leibes und an das ewige Leben.«

»Danach hatte ich Sie nicht gefragt.« Der Wind braust so stark, daß der junge Mann brüllen muß. Sein Mantel flattert um ihn; er packte fester zu, um den Halt nicht zu verlieren.

»Trotzdem, das sage ich.«

Obwohl er erst nach Mitternacht heimkommt, ist Anna Sergejewna noch auf und wartet auf ihn. Erstaunt über soviel Anteilnahme und auch dankbar, erzählt er ihr von dem Treffen an der Fontanka und von Netschajews Worten auf dem Turm. Dann bittet er sie, ihm noch einmal alles zu wiederholen, was sie von Pawels Todesnacht weiß. Ob sie zum Beispiel ganz sicher sei, daß Pawel auf dem Kai gestorben ist?

»Das wurde mir so gesagt«, antwortet sie. »Was hätte ich sonst glauben sollen? Pawel ist an dem Abend fortgegangen, ohne zu sagen, wohin. Am nächsten Morgen kam eine Nachricht: er hätte einen Unfall gehabt, und ich sollte ins Krankenhaus kommen.«

»Aber woher kann man gewußt haben, daß Sie zu benachrichtigen waren?«

»Er hatte Papiere in den Taschen.«

»Und?«

»Ich ging ins Krankenhaus und identifizierte ihn. Dann ließ ich Herrn Maikow Nachricht zukommen.«

»Aber was für eine Erklärung gab man Ihnen?«

»Man gab mir gar keine Erklärung, ich mußte eine geben. Ich mußte zur Polizei gehen und Fragen beantworten: wer er war, wo seine Familie wohnt, wann ich ihn zuletzt gesehen hätte, wie lange er schon bei uns wohnte, was er für Freunde habe – und dergleichen mehr! Was die Polizisten mir zu sagen bereit waren, war nur, daß er schon tot gewesen sei, als man ihn fand, und daß es auf dem Stoljarni-Kai passiert sei. Das war auch die Nachricht, die ich Herrn Maikow geschickt habe. Ich weiß nicht, was er dann Ihnen berichtet hat.«

»Er gebrauchte das Wort *Mésaventure*. Sicherlich hatte er mit der Polizei gesprochen. *Mésaventure* sagen sie dort immer für Selbstmord. Es war ein Telegramm, darum konnte er's nicht ausführlich erklären.«

»So habe ich es auch verstanden. Ich meine, so habe ich aufgefaßt, was passiert sein sollte. Ich habe nie verstanden, warum er es getan hat, wenn er es getan hat. Er hat uns auf nichts vorbereitet. Es gab kein Anzeichen, daß so etwas passieren würde.«

»Noch eine letzte Frage: Wie war er in der Nacht angezogen? Trug er irgend etwas Ungewöhnliches?«

»Als er fortging?«

»Nein, als Sie ihn dann sahen... nachher.«

»Ich weiß nicht. Ich kann mich nicht erinnern. Er lag unter einem Laken. Ich möchte nicht davon reden. Aber er sah ganz friedlich aus. Ich möchte, daß Sie das wissen.«

Er bedankt sich, von Herzen. Damit ist das Gespräch zu Ende. Aber als er in seinem Zimmer ist, kann er nicht schlafen. Er erinnert sich an Maikows verspätetes Telegramm (warum hatte er so lange gebraucht?). Anja war es gewesen, die es aufmachte; Anja war in sein Arbeitszimmer gekommen und hatte die Worte ausgesprochen, die ihm heute nacht immer noch wie eine dumpfe

Glocke durch den Kopf dröhnen, jeder Schlag mit dem vollen Gewicht der Endgültigkeit: »*Fedja, Pawel ist tot.*«

Er hatte ihr das Telegramm aus der Hand genommen, es selbst gelesen, dumm auf das gelbe Blatt geglotzt und versucht aus dem französischen Wortlaut etwas anderes als das, was er besagte, herauszulesen. Tot. Für immer fortgegangen aus der Welt des Lichtes ins Gefängnis der Vergangenheit. Ohne Wiederkehr. Und das Begräbnis schon erledigt. Die Rechnung beglichen, die Rechnung mit dem Leben. Das Buch zugeklappt. Blindmaterial, wie die Drucker sagen.

Mésaventure, Maikows Code-Wort. Selbstmord. Und nun will Netschajew ihm etwas anderes erzählen! Seine Neigung, sein Herzenswunsch wäre, Netschajew nicht zu glauben und die offizielle Version gelten zu lassen. Aber warum? Weil er Netschajew verabscheut – seine Person und seine Doktrin? Weil er Pawel, selbst rückwirkend noch, aus Netschajews Klauen retten möchte? Oder ist sein Motiv schäbiger: so lange wie möglich dem Imperativ auszuweichen, sich um Gerechtigkeit für seinen Sohn zu bemühen?

Denn er erkennt in sich eine Trägheit, für die Pawels Tod nur die unmittelbare Ursache ist. Er wird alt, er wird von Tag zu Tag dem ähnlicher, was er am Ende zweifellos sein wird: ein alter Mann in seinem Winkel, der nichts mehr zu tun hat, als in den Seiten mit den Namen der Verstorbenen zu blättern.

Ich bin es, der gestorben ist und begraben wurde, denkt er; Pawel ist derjenige, der noch lebt und der immer leben wird. Womit ich jetzt nur Mühe habe, ist, zu verstehen, was dies für eine Gestalt ist, in der ich aus dem Grab zurückgekehrt bin.

Er erinnert sich an einen Mitgefangenen in Sibirien, einen großen, gebeugten, grauhaarigen Mann, der seine zwölfjährige Tochter vergewaltigt und dann erwürgt hatte. Nach der Tat hatte man ihn gefunden, wie er an einem Ententeich saß, das leblose Opfer in den Armen. Er hatte sich ohne Widerstand festnehmen lassen und nur darauf bestanden, das tote Kind selbst nach Hause zu tragen, wo er es auf einen Tisch legte – all dies, wie berichtet wurde, mit größter Zärtlichkeit. Da ihn die anderen Häftlinge mieden, sprach er mit niemandem. An den Abenden saß er auf seiner Pritsche, ein stilles Lächeln im Gesicht, die Lippen bewegend, wenn er für sich allein in der Bibel las. Man hätte erwarten sollen, daß seine Ächtung durch die anderen mit der Zeit nachlassen würde, wenn man anerkannte, daß er bereute. Tatsächlich aber wurde er weiter beharrlich gemieden, nicht so sehr wegen des Verbrechens, das er vor zwanzig Jahren begangen hatte, sondern wegen seines Lächelns, das etwas so Wahnsinniges und Hinterhältiges hatte, daß es einen frösteln machte. Dasselbe Lächeln, sagten die anderen Häftlinge, wie damals bei seiner Tat: nichts hatte sich in seinem Herzen geändert.

Warum kommt es dir jetzt wieder in den Sinn, dieses Bild von einem Mann am Rande eines Gewässers, mit einem toten Kind in den Armen? Ein Kind, das allzusehr geliebt wurde, das zum Gegenstand solcher Intimitäten geworden war, daß man nicht wagen konnte, es am Leben zu lassen. Mörderische Zärtlichkeit, zärtlicher Mord. Liebe, von innen nach außen gestülpt wie ein Handschuh, so daß man die groben Nähte sieht. Und woraus wird die Liebe zusammengenäht? Er ruft sich das Bild des Mannes noch einmal vor Augen, sieht ihm angespannt ins Gesicht, wobei er sich nicht auf die in Verzückung geschlossenen Augen, sondern auf den Mund konzentriert, der leicht arbeitet. Nicht Vergewaltigung, sondern Verzehr – ob es das ist? Väter fressen ihre Kinder, ziehen sie sorgsam auf, damit sie später mal eine köstliche Mahlzeit abgeben. *Delikatessen.*

Ob sich daraus Netschajews Rachsucht erklärt: Sind ihm die Augen für die Blöße der Väter aufgegangen, für die Horde der Väter und ihre nackte Gier? Was für ein Mensch muß sein Vater sein, Gennadi Netschajew? Wenn eines Tages die Nachricht kommen wird, die ja nicht ausbleiben kann, daß sein Sohn nicht mehr lebt, wird sich der Vater dann in eine Ecke setzen und weinen, oder wird er verstohlen in sich hineinlächeln?

Er schüttelt den Kopf, wie um einen Teufelsspuk zu vertreiben. Was ist es nur, was die Echtheit seines Kummers untergräbt und ihn beharrlich zu dem Eingeständnis drängt, daß dies nichts als eine Trauer-Maskerade ist? Irgendwo in ihm hat sich die Wahrheit verirrt. Als ob im Labyrinth seines Gehirns, aber auch im Labyrinth seines Körpers – den Adern, Knochen, Eingeweiden und Organen – ein kleines Kind herumliefe, das nach dem Ausgang, nach dem Licht suchte. Wie kann er das Kind finden, das sich in ihm verirrt hat, und ihm eine Stimme geben für seinen traurigen Gesang?

Pfeifen auf einem Knochen. Eine alte Geschichte von einem Jüngling fällt ihm wieder ein, der getötet und verstümmelt wurde, die Gliedmaßen verstreut. Aus seinem Schenkelknochen, wenn der Wind darauf bläst, ertönt eine Klage, die seine Mörder beim Namen nennt. Eines nach dem anderen fallen ihm nun solche alten Märchen wieder ein, die er von seiner Großmutter gehört hat, ohne den Sinn zu verstehen, die er aber unwillkürlich gehortet hat wie Knochen für die Zukunft. Ein ganzes Beinhaus von Märchen aus der Zeit vor aller Geschichte ist von den Menschen aufgebaut und behütet worden. Soll Pawel doch nach meinem Schenkelknochen suchen und von dort nach mir pfeifen! *Vater, warum hast du mich im dunklen Wald allein gelassen? Vater, wann kommst du mich retten?*

Die Kerze vor der Ikone ist nur noch eine Wachspfütze; die Blumen hängen welk herab. Nachdem Matrjona den Schrein aufgebaut hat, hat sie ihn vergessen oder aufgegeben. Ahnt sie etwas davon, daß Pawel nun nicht mehr zu ihm spricht und daß auch er selbst sich verirrt hat, daß er nun einzig noch Teufelsstimmen hört?

Er kratzt den Docht frei und richtet ihn auf, zündet ihn an und läßt sich auf die Knie nieder. Die Augen der Jungfrau sind auf ihr Kind geheftet, das ihn aus dem Bild heraus ansieht, eines der Fingerchen mahnend erhoben.

11

Der Spaziergang

In der Woche seit ihrer letzten Nacht miteinander ist zwischen Anna Sergejewna und ihm eine Barriere steifer Förmlichkeit entstanden. Sie beträgt sich gegen ihn nun so gezwungen, daß er sicher ist, das Kind, das ihnen die ganze Zeit zusieht und zuhört, muß daraus schließen, daß sie ihn aus dem Hause fortwünscht.

Wem zuliebe wahren sie diesen Schein von Distanz? Ganz sicher nicht im eigenen Interesse. Es kann nur wegen der Kinder sein, der beiden Kinder, des anwesenden und des abwesenden.

Und doch hungert es ihn danach, sie wieder in die Arme zu nehmen. Er glaubt auch nicht, daß er ihr gleichgültig ist. Wenn er allein ist, kommt er sich vor wie ein Hund, der in immer enger und enger werdenden Kreisen dem eigenen Schwanz nachjagt. Wäre er mit ihr in der bergenden Dunkelheit, so ahnt er, würden seine Glieder sich lockern und der Geist würde entlassen, der sich im Augenblick an Schultern, Hüften und Knien mit seinem Körper verknotet zu haben scheint.

Zuinnerst besteht sein Hunger aus einem Verlangen, das sich in der ersten Nacht über sich selbst noch nicht im klaren war, das sich nun aber ganz auf ihren Geruch eingestellt hat. Als ob sie beide Tiere wären, wird er von etwas angezogen, das er aus der Luft auffängt, die um sie her ist: ein herbstlicher Geruch, insbesondere ein Geruch von Walnüssen. Allmählich versteht er, wie die Tiere leben, und die kleinen Kinder auch, nämlich angezogen oder abgestoßen von Dünsten, Auren, Atmosphären. Er sieht sich auf ihr liegen wie ein Löwe, mit der Schnauze in ihren Nakkenhaaren wühlend, die Nase in ihre Achselhöhle gesteckt, das Gesicht zwischen ihren Beinen reibend.

Die Tür hat keinen Riegel. Es ist nicht undenkbar, daß das Kind zu irgendeiner Zeit, zum Beispiel jetzt, ins Zimmer käme und ihn in einem Zustand der – er prüft das Wort mit Abscheu, aber es ist das einzig richtige – Geilheit sähe. Und so viele Kinder sind ja auch Schlafwandler: Matrjona könnte nachts aufstehen und in sein Zimmer laufen, ohne auch nur wach zu werden. Ob sie sich wohl von Mutter zu Tochter vererben, diese Intimgerüche? Ist man, wenn man die Mutter begehrt, schicksalhaft dazu ausersehen, auch die Tochter zu begehren? Schweifende Gedanken, schweifende Gelüste! Das alles wird mit ihm begraben werden müssen; niemand außer einem wird davon wissen. Denn Pawel ist nun in ihm, und Pawel schläft niemals. Er kann nur darum beten, daß diese Schwäche, vor der sich der Junge früher geekelt hätte, nun lächelnd zur Kenntnis genommen wird, mit einem amüsierten, toleranten Lächeln.

Vielleicht wird auch Netschajew einmal, wenn er den dunklen Strom an der Grenze des Totenreichs überquert hat, nicht länger solch ein Wolf sein und wieder lächeln lernen.

Darum steht er also am nächsten Abend, als Anna Sergejewna aus Jakowlews Laden kommt, auf der anderen Straßenseite und wartet. Er geht zu ihr hinüber und weidet sich an ihrer Überraschung, ihn zu sehen. »Gehen wir ein Stück spazieren?« schlägt er vor.

Sie zieht ihren schwarzen Schal unter dem Kinn fester zusammen. »Ich weiß nicht. Matrjoscha wird auf mich warten.«

Trotzdem, sie gehen. Der Wind ist eingeschlafen, die Luft ist kalt und frisch. Auf den Straßen um sie her herrscht eine angenehme Betriebsamkeit. Niemand zollt ihnen Beachtung. Sie könnten irgendein Ehepaar sein.

Sie trägt einen Einkaufskorb, den er ihr abnimmt. Er mag ihre Art zu gehen, mit langen Schritten, die Arme unter den Brüsten gekreuzt.

»Ich werde bald abreisen müssen«, sagt er.

Sie gibt keine Antwort.

Unausgesprochen steht die Frage zwischen ihnen, was mit seiner Frau ist. Bei der Erwähnung seiner Abreise fühlt er sich wie ein Schachspieler, der ein Bauernopfer anbietet, das in tiefere Verwicklungen hineinführen muß, ob es nun angenommen oder abgelehnt wird. Ist das zwischen Mann und Frau immer so, daß der eine sich Züge gegen den anderen ausdenkt? Ist das Intrigieren ein Teil des Vergnügens: daß man das Ziel für die Machenschaften des anderen abgibt, in eine Ecke manövriert und dort sanft gedrängt wird zu kapitulieren? Ob sie jetzt, während sie neben ihm geht, sich auf ihre Weise ebenfalls Züge gegen ihn ausdenkt?

»Ich warte nur noch darauf, daß die Untersuchung ihren Lauf nimmt. Das Endergebnis brauche ich nicht abzuwarten. Ich will nur die Papiere. Alles Übrige ist Nebensache.«

»Und dann fahren Sie zurück nach Deutschland?«

»Ja.«

Sie kommen ans Flußufer. Als sie über die Straße gehen, nimmt er ihren Arm. Seite an Seite lehnen sie sich an das Geländer vor dem Wasser.

»Ich weiß nicht, ob ich diese Stadt nun dafür hassen soll, was sie Pawel angetan hat«, sagt er, »oder ob ich mich ihr noch fester verhaftet fühlen muß. Denn sie ist nun Pawels Heimatstadt. Er wird sie nie mehr verlassen, nie mehr auf Reisen gehen, wie er sich's gewünscht hätte.«

»Was für ein Unsinn, Fjodor Michailowitsch«, antwortet sie, ihm von der Seite her zulächelnd. »Pawel ist bei Ihnen. Sie sind sein Zuhause. Er wohnt in Ihrem Herzen, er begleitet Sie auf allen Reisen, wohin auch immer. Das sieht doch jeder.« Und mit ihrer Hand im Handschuh berührt sie ihn leicht an der Brust.

Er spürt, wie sein Herz einen Sprung macht, als hätten ihre Fingerspitzen das Organ selbst gestreift. Ist das nun Koketterie, oder kommt ihre Geste von Herzen? Es wäre das Natürlichste von der Welt, sie jetzt in die Arme zu nehmen. Er merkt, wie er ihren hübschen Mund, auf dem noch immer das Lächeln schwebt, mit den Augen geradezu verschlingt. Und sie weicht vor diesem Blick nicht zurück. Keine junge Frau mehr, kein Kind. Über Pawels Leiche hinweg erwidert sie seinen Blick, werfen sie beide einander ihre Herausforderungen zu. Ein Gedanke flackert auf: *Wenn er doch nur nicht hier wäre!* Dann verschwindet der Gedanke um eine Ecke.

Bei einem Stand auf der Straße kaufen sie kleine Fisch-Piroggen zum Abendessen. Matrjona macht ihnen die Tür auf, aber als sie sieht, wer da mit ihrer Mutter kommt, kehrt sie ihnen den Rücken. Bei Tisch ist sie mürrischer Laune, verlangt, daß ihre Mutter sich eine lange und wirre Geschichte von einem Zank anhört, den sie in der Schule mit einer Klassenkameradin gehabt hat. Als er sich einmischt, um schonend einige mildernde Umstände für das andere Mädchen geltend zu machen, zieht sie die Nase hoch und würdigt ihn keiner Antwort.

Sie hat etwas gemerkt, er weiß es, und nun versucht sie, ihre Mutter für sich zu reklamieren. Warum auch nicht? Ihr gutes Recht. *Aber wenn sie doch nur nicht hier wäre!* Dieses Mal verscheucht er den Gedanken nicht. Wenn das Kind nicht hier wäre, würde er kein Wort mehr verlieren. Er würde die Kerze ausdrücken, und im Dunkeln würde er mit ihr wieder zusammenfinden. Sie hätten das große Bett für sich, das Witwenbett, das Bett, das – wie lange, hat sie gesagt? – seit vier Jahren von keinem Männerkörper mehr gewärmt worden ist.

Er führt sich Anna Sergejewna in einer Szene von roher Sinnlichkeit vor Augen. Ihr Unterrock ist weit hochgeschoben, so daß sie bis über die Brüste hinauf entblößt ist. Er liegt zwischen ihren Beinen; ihre langen, bleichen Schenkel umklammern ihn. Ihr Gesicht ist abgewandt, die Augen geschlossen; sie atmet tief. Obwohl er selbst der Mann ist, der in sie eindringt, sieht er das Ganze irgendwie von der Seite, als ob er neben dem Bett stünde. Das Bild wird beherrscht von ihren Schenkeln: um sie schmiegen sich seine Hände, er drückt sie sich gegen die Seiten.

»Komm, iß deinen Teller leer!« drängt sie ihre Tochter.

»Ich hab' keinen Hunger, der Hals tut mir weh!« quengelt Matrjona. Sie spielt noch ein wenig mit dem Essen auf dem Teller herum, dann schiebt sie es beiseite.

Er steht auf. »Gute Nacht, Matrjoscha! Ich hoffe, morgen geht es dir besser.« Das Kind macht sich nicht die Mühe einer Antwort. Er geht hinaus und überläßt ihr das Feld.

Er erinnert sich an die Quelle seiner Vorstellung: eine Postkarte, die er vor Jahren in Paris gekauft und zusammen mit seinen übrigen Erotica vernichtet hat, als er Anja heiratete. Ein Mädchen mit langem dunklem Haar unter einem schnurrbärtigen Kerl. AMOUR GITAN stand in schnörkeligen Kapitälchen darunter. Aber das Mädchen auf diesem Bild hatte dicke Beine und schlaffes Fleisch; ihr Gesicht, dem Mann zugewendet (der sich steif auf die Arme gestützt hielt), war ausdruckslos. Anna Sergejewnas Schenkel, so wie er Anna Sergejewna in Erinnerung hat, sind schlanker und stärker; ihr Druck hat etwas Zielstrebiges, was er sich damit erklärt, daß sie kein Kind ist, sondern eine volle erwachsene Frau mit ihren Begierden. Erwachsen und daher offen (das ist das Wort, das sich hier aufdrängt) für den Tod. Ein Körper, der sich bereitwillig dem Erleben öffnet, weil er weiß, er lebt nicht ewig. Der Gedanke erregt ihn, stört ihn aber auch. Diesen Schenkeln ist es egal, wen sie umklammern; etwas von der Seite oberhalb des Betts her gesehen, ist der Mann in dem Bild zugleich er und nicht er.

Ein Brief liegt auf seinem Bett, an das Kissen gelehnt. Eine Irrsinnssekunde lang denkt er, es sei ein Brief von Pawel, von Geisterhand in sein Zimmer befördert. Aber die Handschrift ist von einem Kind. »Ich habe versucht Pawel Alexrandowitsch« (Name falsch geschrieben) »zu zeichnen, aber ich konnte es nicht richtig. Sie können es auf den Hausaltar legen, wenn Sie wollen. Matrjona.« Auf der Rückseite ist eine etwas verschmierte Bleistiftzeichnung eines jungen Mannes mit hoher Stirn und vollen Lippen. Die Zeichnung ist unbeholfen, das Kind weiß nichts von Schattierungen; dennoch, was den Mund und besonders den festen, herausfordernden Blick angeht, hat es Pawel unverkennbar erfaßt.

»Ja«, flüstert er, »ich werde es auf den Altar legen.« Er führt das Bild an die Lippen, dann lehnt er es an den Kerzenhalter und zündet eine neue Kerze an.

Er schaut immer noch in die Flamme, als Anna Sergejewna eine Stunde später an die Tür klopft. »Ich habe Ihre Wäsche«, sagt sie.

»Kommen Sie herein, setzen Sie sich!«

»Nein, geht nicht. Matrjoscha ist unruhig – ich glaube, sie ist nicht ganz gesund.« Trotzdem setzt sie sich aufs Bett.

»Die halten uns rein, unsere Kinder!« bemerkt er.

»Halten uns rein?«

»Sehen auf unsere Moral. Halten uns getrennt.«

Es ist eine Erholung, einmal nicht den Eßtisch zwischen sich zu haben. Auch das Kerzenlicht ist besänftigend und mild.

»Es tut mir leid, daß Sie abreisen müssen«, sagt sie, »aber vielleicht ist es besser, daß Sie aus dieser traurigen Stadt fortkommen. Besser für Sie und auch für Ihre Familie. Ihre Familie wird Sie vermissen. Und Sie werden sie auch vermissen.«

»Ich werde als ein anderer Mensch zurückkommen. Meine Frau wird mich nicht wiedererkennen. Oder sie wird glauben, sie erkennt mich wieder, und sich irren. Eine schwere Zeit für alle sehe ich voraus. Ich werde an Sie denken. Aber unter welchem Namen – das ist die Frage. Meine Frau heißt auch Anna.«

»Ich trage den Namen schon länger als sie.« Ihre Antwort ist spitz; zu Scherzen ist sie nicht aufgelegt. Wieder schärft es ihm sich ein: Wenn er diese Frau liebt, dann zum Teil deshalb, weil sie nicht mehr jung ist. Sie hat eine Grenze schon überschritten, die seine Frau erst noch erreichen muß. Ob er sie nun mehr liebt oder weniger, sie ist ihm näher.

138

Der erotische Sog kehrt wieder, stärker noch als zuvor. Eine Woche ist es her, daß sie sich in diesem Bett umarmt haben. Kann es sein, daß sie daran in diesem Augenblick nicht denkt?

Er lehnt sich zu ihr hinüber und legt ihr eine Hand auf den Schenkel. Sie hält die Wäsche noch auf dem Schoß und senkt den Kopf. Er rückt näher. Zwischen Daumen und Zeigefinger nimmt er ihren entblößten Nacken und zieht ihren Kopf zu sich her. Sie hebt den Blick: Für einen Moment hat er den Eindruck, einer scheuen, leidenschaftlichen, gierigen Katze in die Augen zu sehen.

»Ich muß gehen«, murmelt sie. Sie windet sich los und ist gleich darauf fort.

Er will sie unbedingt. Mehr noch, er will sie nicht in diesem schmalen Kinderbett, sondern in dem Witwenbett nebenan. Er stellt sie sich vor, wie sie jetzt neben ihrer Tochter liegt, die Augen offen und feucht. Sie gehört zu einem Typ, so wird ihm nun zum ersten Mal klar, den er noch nie in seine Bücher gebracht hat. Die Frauen, die er gewöhnt ist, sind auf ihre Weise auch nicht ohne eine gewisse Intensität, aber es ist eine Intensität nur von Haut und Nerven. Ihre Empfindungen sind hochgespannt, elektrisch, unmittelbar an der Oberfläche. Bei Anna Sergejewna dagegen läßt er sich auf einen Körper ein, der Blut und Eingeweide hat und dessen Empfindungen tief im Innern geschehen.

Ist das ein Zug, der sich auf andere Frauen übertragen oder bei ihnen kultivieren läßt? Bei seiner Frau? Gibt es eine Eigenart des Empfindens, die zu finden ihm nun freisteht, auch anderswo, nachdem er sie bei ihr gefunden hat?

Welch ein Verrat!

Wenn auf sein Französisch mehr Verlaß wäre, würde er diese unangenehme Erregtheit in einem Buch von der Art auslassen, wie man es in Rußland nicht publizieren kann – etwas, das man im Handumdrehen fertig bekäme, in zwei oder drei Wochen, sogar ohne Stenografin – zehn Bogen, rund dreihundert Seiten. Ein Buch der Nacht, in dem jederlei Exzesse dargestellt und keinerlei Schranken respektiert würden. Ein Buch, bei dem niemand ahnen würde, daß es von ihm ist. Das Manuskript wird von Dresden an Paillard in Paris geschickt, klandestin gedruckt und auf der Rive gauche unterm Ladentisch verkauft. *Memoiren eines russischen Edelmanns.* Ein Buch, das sie, Anna Sergejewna, die wahre Urheberin, nie zu Gesicht bekäme. Mit einem Kapitel, in dem der adlige Autobiograph der kleinen Tochter seiner Geliebten eine Geschichte von·der Verführung eines kleinen Mädchens vorliest, wobei nach und nach deutlich wird, daß er selbst der Verführer gewesen ist. Eine Geschichte voller intimer Details und Anspielungen, die jedoch das kleine Mädchen keineswegs verführen, sondern es im Gegenteil ängstigen, seinen Schlaf beunruhigen und es so sehr an der eigenen Reinheit zweifeln machen, daß es sich dem Mann drei Tage darauf aus Verzweiflung hingibt, auf eine höchst schändliche Weise, wie es einem Kind nie einfiele, wenn ihm die Geschichte, wie es selbst verführt wird und sich hingibt und wie dies bewerkstelligt wird, nicht im voraus tief eingeprägt worden wäre.

Imaginäre Memoiren. Memoiren der Imagination.

Ist das die Antwort auf die Frage, die er sich selbst stellt? Ist es das, wozu sie ihn frei macht: ein Buch des Bösen zu schreiben? Und mit welchem Ziel? Um sich vom Bösen zu befreien oder um sich vom Guten loszureißen?

Keine Sekunde lang in dieser ganzen Träumerei, fällt ihm nun ein (überall im Haus herrscht inzwischen Stille), hat er an Pawel gedacht. Aber jetzt, da ist er wieder, jammernd und bleich und auf der Suche nach einem Platz, wo er seinen Kopf betten kann. Das arme Kind! Das Fest der Sinne, das doch sein Erbe hätte sein sollen, ist ihm gestohlen worden. Er, der nun in Pawels Bett liegt, kann sich der Schauer eines dunklen Triumphgefühls nicht erwehren.

Gewöhnlich hat er die Wohnung an den Vormittagen ganz für sich. Aber heute ist Matrjona nicht zur Schule gegangen: Sie hat

Fieber, hustet trocken und atmet schwer. Weniger denn je vermag er sich aufs Schreiben zu konzentrieren. Er merkt, wie er auf das Tapsen ihrer bloßen Füße im Nebenzimmer horcht; es gibt Momente, wo er schwören könnte, ihren Blick zu spüren, der sich in seinen Rücken bohrt.

Mittags bringt ihm der Hausmeister einen Brief. Er erkennt sofort das graue Papier und das rote Siegel. Das Warten hat ein Ende: Er wird aufgefordert, im Büro des Herrn Justizrats P. P. Maximow vorzusprechen, in der Sache P. A. Issajew.

Von der Swetschnojer Straße geht er zum Bahnhof, um sich einen Platz reservieren zu lassen, und von da zur Polizeiwache. Das Vorzimmer ist voll; er meldet sich am Schalter an und wartet. Schlag vier Uhr legt der Beamte am Schalter seinen Federhalter weg, reckt sich, löscht das Licht und beginnt, die restlichen Antragsteller hinauszutreiben.

»Was soll das heißen?« protestiert er.

»Freitags ist früher Schluß«, sagt der Beamte. »Kommen Sie morgen früh wieder.«

Um sechs wartet er draußen vor Jakowlews Laden. Als Anna Sergejewna ihn sieht, ist sie besorgt. »Matrjoscha –?« fragt sie.

»Sie hat geschlafen, als ich fortging. Ich bin zwischendurch in eine Apotheke gegangen und habe etwas gegen ihren Husten besorgt.« Er holt ein braunes Fläschchen aus der Tasche.

»Danke.«

»Ich bin noch mal zur Polizei vorgeladen worden, wegen Pawels Papieren. Ich hoffe, morgen ist die Sache ein für allemal erledigt.«

Sie gehen eine Weile stumm nebeneinander her. Anna Sergejewna scheint in Gedanken versunken. Endlich sagt sie etwas. »Gibt es einen besonderen Grund, warum Sie diese Papiere haben müssen?«

»Es überrascht mich, daß Sie das fragen. Was hat Pawel denn sonst von sich hinterlassen? Nichts ist mir wichtiger als diese Papiere. Das ist sein Wort an mich.« Und dann, nach einer

Pause: »Wußten Sie, daß er dabei war, eine Erzählung zu schreiben?«

»Er hat Geschichten geschrieben. Ja, das wußte ich.«

»Die eine, an die ich denke, handelte von einem entflohenen Sträfling.«

»Die kenne ich nicht. Er hat Matrjoscha und mir manchmal vorgelesen, was er gerade schrieb, um zu sehen, wie wir es fanden. Aber eine Geschichte über einen Sträfling war nicht dabei.«

»Mir war nicht klar, daß er noch mehr geschrieben hat.«

»O ja, er hat geschrieben. Geschichten, auch Gedichte – aber die Gedichte traute er sich uns nicht zu zeigen. Die Polizisten müssen sie mitgenommen haben, zusammen mit allem anderen. Sie waren lange in seinem Zimmer und haben gesucht. Ich habe es Ihnen noch nicht gesagt. Sogar die Dielen haben sie vom Boden abgehoben und darunter nachgesehen. Sie haben jedes Fetzchen Papier mitgenommen.«

»War es also das, womit Pawel sich beschäftigt hat – mit Schreiben?«

Sie schaut ihn verwundert an. »Was denken Sie denn, womit sonst?«

Er verkneift sich eine jähe Antwort.

»Mit einem Schriftsteller als Vater, was erwarten Sie denn anderes?« fährt sie fort.

»Schriftsteller treten nicht in Familien auf.«

»Vielleicht nicht. Kann ich nicht beurteilen. Aber er muß ja nicht vorgehabt haben, mit Schreiben seinen Unterhalt zu verdienen. Vielleicht war es für ihn einfach eine Art, seinem Vater näherzukommen.«

Er macht eine Geste der Entgeisterung. *Ich hätte ihn doch auch ohne seine Geschichten geliebt!* denkt er. Aber er sagt statt dessen: »Die Liebe seines Vaters muß man sich doch nicht erst verdienen.«

Sie zögert, bevor sie weiterredet. »Da ist etwas, worauf ich Sie wohl besser vorbereite, Fjodor Michailowitsch. Pawel hat einen gewissen Kult mit seinem Vater getrieben – mit Alexander Issajew, meine ich. Ich hätte nicht davon gesprochen, wenn ich nicht erwarten müßte, daß Sie Spuren davon in seinen Papieren finden werden. Sie müssen da tolerant sein. Kinder machen sich gern romantische Ideen über ihre Eltern. Sogar Matrjona –«

»Romantische Ideen über Issajew? Issajew war ein Trunkenbold, ein Niemand, ein schlechter Gatte! Seine Frau, Pawels Mutter, konnte ihn am Ende nicht mehr ertragen. Sie hätte ihn verlassen, wäre er nicht vorher gestorben. Wie soll man sich über einen solchen Menschen romantische Ideen machen?«

»Natürlich indem man ihn durch einen Nebel sieht. Pawel konnte Sie schwerlich durch einen Nebel sehen. Sie waren ihm, wenn ich so sagen darf, zu nah.«

»Und zwar, weil ich derjenige war, der ihn aufziehen mußte, Tag um Tag. Ich habe ihn als Sohn angenommen, als alle anderen ihn im Stich gelassen hatten.«

»Nicht übertreiben! Seine Eltern haben ihn nicht im Stich gelassen, sie sind gestorben. Außerdem, wenn Sie das Recht hatten, ihn als Sohn zu erwählen, warum sollte er kein Recht gehabt haben, sich einen Vater zu wählen?«

»Weil ihm dann jemand Besseres hätte einfallen können als Issajew. Es ist doch eine Krankheit dieses Zeitalters geworden, in dem wir leben, daß junge Menschen ihren Eltern den Rücken kehren, ihrem Vaterhaus und ihrer Erziehung, weil sie nicht mehr nach ihrem Geschmack sind! Nichts kann sie anscheinend mehr befriedigen, es sei denn, sie wären die Söhne und Töchter von Stenka Rasin oder Bakunin.«

»Jetzt reden Sie dummes Zeug! Pawel ist nicht von zu Hause weggelaufen. Sie sind ihm weggelaufen.«

Eine zornige Stille tritt ein. Als sie zur Gorochowaja-Straße kommen, entschuldigt er sich und verläßt sie.

Am Ufer auf und ab gehend, grübelt er darüber nach, was sie gesagt hat. Ohne Zweifel hat er einen schändlichen Zug seiner selbst zum Vorschein kommen lassen, und er verübelt ihr, daß sie diesen Einblick gewonnen hat. Zugleich schämt er sich seiner Kleinlichkeit. Er steckt in einem ganz gewöhnlichen moralischen Dilemma – so gewöhnlich, daß es ihn gar nicht mehr stört und deshalb um so schändlicher sein müßte. Aber etwas anderes macht ihm auch noch zu schaffen, wie eine Nagelspitze, die eben anfängt durch die Schuhsohle zu dringen, etwas, das er nicht definieren kann oder lieber nicht definieren möchte.

Als er in die Wohnung zurückkommt, liegt immer noch Spannung in der Luft. Matrjona ist aufgestanden. Sie hat den Mantel ihrer Mutter über ihr Nachthemd gezogen, läuft aber barfuß herum. »Mir ist so langweilig!« jammert sie immer wieder. Sie schenkt ihm keine Beachtung. Sie setzt sich zwar zu ihnen an den Tisch, mag aber nichts essen. Sie verbreitet einen säuerlichen Geruch, atmet keuchend und hat hin und wieder einen schweren Hustenanfall. »Du solltest lieber im Bett bleiben, meine Kleine«, bemerkt er milde tadelnd. »Sie haben mir gar nichts zu sagen, Sie sind nicht mein Vater!« gibt sie ihm zurück. »Matrjoscha!« ermahnt sie die Mutter. »Na ja, ist er nun mal nicht!« wiederholt sie und verfällt in gekränktes Schweigen.

Nachdem er sich zurückgezogen hat, klopft Anna Sergejewna an seine Tür und tritt ein. Er steht bedächtig auf. »Wie geht's ihr denn?«

»Ich habe ihr etwas von der Medizin gegeben, die Sie gekauft haben, und jetzt scheint sie ruhiger zu sein. Sie sollte nicht aufstehen, aber sie ist dickköpfig, und ich kann sie nicht festbinden. Ich komme, um mich zu entschuldigen – für das, was ich vorhin sagte. Und um zu fragen, was Sie für morgen vorhaben.«

»Sie brauchen sich nicht zu entschuldigen. Der Fehler lag bei mir. Ich habe mir einen Platz im Abendzug reservieren lassen. Aber das kann ich noch ändern.«

»Warum denn? Sie kriegen doch morgen Ihre Papiere. Warum sollten Sie noch mal etwas ändern? Warum länger bleiben als nötig? Sie wollen doch schließlich nicht der ewige Untermieter werden. Gibt es nicht ein Buch, das so heißt?«

»Der ewige Untermieter? Nein, nicht, daß ich wüßte. Alle Vorkehrungen lassen sich ändern, auch die für morgen. Nichts ist endgültig. Aber in diesem Fall liegt es nicht in meiner Hand, sie zu ändern.«

»In wessen Hand dann?«

»In Ihrer.«

»In meiner Hand? Ganz gewiß nicht! Ihre Reisepläne sind Ihre Sache, ich habe nichts damit zu tun. Wir sollten jetzt Abschied nehmen. Morgen früh sehe ich Sie nicht mehr. Ich muß früh aufstehen, es ist Markttag. Sie können den Schlüssel stecken lassen.«

Der Moment ist also da. Er holt tief Luft. Im Kopf ist ihm ganz leer. Aus dieser Leere heraus fängt er an zu reden, fügt sich den Worten, die kommen, geht mit ihnen, wohin sie ihn führen.

»Auf der Fähre, als Sie mich zu Pawels Grab gebracht haben«, sagt er, »da habe ich Sie und Matrjoscha beobachtet, wie Sie an der Reling standen und in den Nebel hinausschauten – Sie erinnern sich, es war neblig an dem Tag –, und da hab' ich mir gesagt: ›Sie wird ihn dir zurückbringen. Sie ist‹« – er holt noch einmal Luft – »›sie ist eine Seelenleiterin.‹ Das war nicht das Wort, das mir damals gleich einfiel, aber jetzt weiß ich, es ist das richtige Wort.«

Sie betrachtet ihn mit ausdrucksloser Miene. Er nimmt ihre Hand zwischen seine Hände.

»Ich möchte ihn zurückhaben«, sagt er. »Sie müssen mir helfen. Ich möchte ihn auf den Mund küssen.«

Während er das sagt, hört er selbst, wie verrückt es klingt. Es scheint, er fliegt an der Grenze des Irrsinns ein und aus wie eine Fliege am offenen Fenster.

Sie hat sich versteift, sie ist bereit zu flüchten. Er packt sie fester, hält sie zurück.

»Das ist die Wahrheit. Das denke ich von Ihnen. Pawel ist nicht durch Zufall zu Ihnen gekommen. Irgendwo stand es geschrieben, daß er von hier weiterzuleiten war . . . in die Nacht.«

Er glaubt selbst, was er sagt, und glaubt es auch wieder nicht. Ein Fragment einer Erinnerung kommt ihm wieder, an ein Gemälde, das er irgendwo in einer Galerie gesehen hat: eine Frau in einem dunklen, strengen Kleid, die an einem Fenster steht, ein Kind zur Seite, und beide blicken in den Sternenhimmel hinauf. Deutlicher als an das Bild selbst erinnert er sich an die vergoldeten Schnörkel des Rahmens.

Ihre Hand liegt leblos zwischen seinen Händen.

»Es steht in Ihrer Macht«, redet er weiter; immer noch läßt er sich von den Worten leiten wie von Signallichtern, will sehen, wo sie ihn hinführen. »Sie können ihn zurückholen. Für eine Minute. Wenigstens für eine Minute!«

Er denkt daran, wie trocken sie ihm bei der ersten Begegnung vorkam. Wie eine Mumie: trockenes Gebein, in Leichentücher gehüllt, die bei der geringsten Berührung zu Staub zerfallen. Als sie nun spricht, kommt die Stimme wie knarrend aus ihrer Kehle. »Sie lieben ihn so sehr«, sagt sie, »Sie werden ihn sicher wiedersehen.«

Er läßt ihre Hand los. Sie zieht sie wieder an sich, wie eine Kette von kleinen Knochen. *Reden Sie mir nicht nach dem Mund!* möchte er sagen.

»Sie sind der Künstler, ein Meister!« sagt sie. »Es liegt bei Ihnen, nicht bei mir, ihn wieder ins Leben zurückzuholen.«

Meister. Es ist ein Wort, das er mit Metall assoziiert, mit der Härtung des Schwertstahls, mit dem Glockengießen. Ein Grobschmiedemeister, ein Gießermeister. *Lebensmeister*: ein seltsamer Ausdruck. Aber er ist bereit, darüber nachzudenken. Er wird für jedes Wort einen Platz haben, egal wie seltsam, egal wie ausgefallen, wenn eine Möglichkeit besteht, daß es ein Anagramm für Pawel sein könnte.

»Ich bin alles andere als ein Meister«, sagt er. »Durch mich geht ein Sprung. Was kann man mit einer gesprungenen Glocke machen? Wenn eine Glocke einen Sprung hat, kann man sie nicht ausbessern.«

Was er sagt, stimmt. Aber gleichzeitig fällt ihm ein, daß eine der Glocken der Dreifaltigkeits-Kathedrale von Sergijew einen Sprung hat, schon seit Katharinas Zeiten. Sie ist nie abgenommen und eingeschmolzen worden. Sie läutet jeden Tag über die Stadt hin. Das Holzbein des heiligen Sergius heißt sie bei den Leuten.

Jetzt klingt Erbitterung aus ihrer Stimme. »Ich fühle mit Ihnen, Fjodor Michailowitsch«, sagt sie, »aber Sie müssen bedenken, Sie sind nicht der erste Vater, der ein Kind verloren hat. Pawel hat zweiundzwanzig Jahre Leben gehabt. Denken Sie an all die Kinder, die schon als Säuglinge sterben.«

»Das heißt –?«

»Das heißt, es ist die Regel und nicht die Ausnahme, daß wir einen Verlust ertragen müssen. Und fragen Sie sich mal: Trauern Sie um Pawel oder um sich selbst?«

Verlust. Eine eiskalte Distanz tritt zwischen sie und ihn. »Ich hab' ihn nicht verloren, er ist nicht verloren«, sagt er durch die zusammengebissenen Zähne.

Sie zuckt die Achseln. »Wenn er nicht verloren ist, dann müssen Sie wissen, wo er ist. Er ist jedenfalls nicht in diesem Zimmer.«

Er blickt im Zimmer umher. Dieses Bündel von Schatten in der Ecke – könnte das nicht die Spur eines Hauches von dem Schatten seines Geistes sein? »Man wohnt doch nicht in einem Zimmer, ohne irgendwas von sich zu hinterlassen«, flüstert er.

»Nein, natürlich geht man nicht fort, ohne etwas zu hinterlassen. Das habe ich Ihnen schon heute nachmittag gesagt. Aber was er hinterlassen hat, ist nicht in diesem Zimmer. Er ist fort von hier, Sie werden ihn hier nicht finden. Sprechen Sie mit Matrjona. Schließen Sie noch Frieden mit ihr, bevor Sie abfahren. Sie hat Ihrem Sohn sehr nah gestanden. Wenn er ein Zeichen hinterlassen hat, dann finden Sie es an ihr.«

»Und an Ihnen?«

»Ich habe ihn sehr gern gehabt, Fjodor Michailowitsch. Er war ein guter und großherziger junger Mann. Als Ihr Sohn hat er kein leichtes Leben gehabt. Er war einsam, er war seiner selbst unsicher, er hatte zu kämpfen, um seinen Weg zu finden. Das alles konnte ich sehen. Aber ich gehöre nicht zu seiner Generation. Mit mir konnte er nicht so sprechen wie mit Matrjona. Er und sie, die beiden konnten zusammen Kinder sein.« Sie macht eine Pause. »Ich hatte immer das Gefühl – lassen Sie mich's jetzt sagen, denn wir wollen offen miteinander reden –, daß das Kind in Pawel zu früh zum Schweigen gebracht worden war, ehe er genug Zeit zum Spielen gehabt hatte. Ich weiß nicht, ob Sie daran schon gedacht haben. Vielleicht nicht. Aber ich bin immer noch erstaunt, wie zornig Sie auf ihn sein konnten wegen etwas so Trivialem, wie morgens nicht aus dem Bett zu kommen.«

»Warum erstaunt?«

»Weil ich von Ihnen – von einem Künstler – mehr Verständnis erwartet hätte. Manche Kinder träumen nachts, manche warten damit bis zum Morgen. Man sollte sich's zweimal überlegen, ob man ein Kind aus seinen Träumen weckt. Wenn Pawel mit Matrjona zusammen war, konnte das Kind in ihm zum Vorschein kommen. Ich bin froh, daß es dazu gekommen ist – daß er das nicht versäumt hat.«

Ein Bild von Pawel, als er sieben war, kommt ihm wieder in den Sinn, wie er in seinem graukarierten Mantel, mit den Ohrenschützern und den Stiefeln, die ihm zu groß waren, im Schnee herumrannte und wie ein Verrückter brüllte. Aus einer Ecke des Bildes drängt sich noch etwas anderes hinein, etwas, das er beiseite stößt.

»Pawel und ich, wir haben uns zum ersten Mal in Semipalatinsk gesehen, als er schon sieben Jahre alt war«, sagt er. »Er konnte sich mit mir nicht anfreunden. Ich war der Fremde, mit dem er und seine Mutter zusammenleben sollten. Ich war der Mann, der ihm seine Mutter wegnahm.«

Seine Mutter, die Witwe. Einer Witwe Sohn. Witwensohn.

Was er weggestoßen hat und was nun, während er redet, beharrlich wiederkehrt, ist ein Geschöpf, das er nur als einen Troll bezeichnen kann, mißgestalt, rothaarig und rotbärtig, nicht größer als ein drei- oder vierjähriges Kind. Pawel rennt und schreit immer noch im Schnee herum; seine Knie stoßen ungelenk aneinander. Und der Troll steht an der Seite und schaut zu. Er trägt eine rostbraune, am Hals aufgeknöpfte Jacke; die Kälte scheint er (oder es) nicht zu spüren.

»... schwierig für ein Kind...« Sie sagt etwas, dem er nur halb zuhört. Wer ist dieses Trollgeschöpf? Er mustert das Gesicht eingehender. Mit einem Schock erkennt er es. Die furchige Haut, die in der Kälte fest und fahl hervortretenden Narben, der dünne Bartwuchs dazwischen – das ist doch wieder Netschajew, ein verkleinerter Netschajew, Netschajew in Sibirien, in der Kindheit seines Sohnes herumspukend! Was bedeutet diese Vision? Er stöhnt leise vor sich hin, und Anna Sergejewna unterbricht sich sofort. »Es tut mir leid«, entschuldigt er sich. Aber sie ist gekränkt. »Sie haben sicher noch zu packen«, sagt sie, und ohne seine Entschuldigungen bis zu Ende anzuhören, geht sie hinaus.

12

Issajew

Auf der Polizei führt man ihn wieder in das gleiche Bürozimmer. Aber der Beamte hinter dem Schreibtisch ist nicht Maximow. Ohne sich vorzustellen, deutet der Mann auf einen Stuhl. »Ihr Name?« sagt er.

Er nennt seinen Namen. »Ich dachte, ich würde mit Herrn Justizrat Maximow sprechen.«

»Dazu kommen wir noch. Beruf?«

»Schriftsteller.«

»Schriftsteller? Was für ein Schriftsteller?«

»Ich schreibe Bücher.«

»Was für Bücher?«

»Geschichten. Bücher mit Geschichten.«

»Für Kinder?«

»Nein, nicht eigens für Kinder. Aber ich würde hoffen, daß Kinder sie auch lesen können.«

»Nichts Unanständiges?«

Nichts Unanständiges? Er überlegt. »Nichts, was ein Kind kränken könnte«, antwortet er schließlich.

»Gut.«

»Aber das Herz hat seine dunklen Seiten«, ergänzt er zögernd. »Man kann's nicht immer sagen.«

Zum ersten Mal hebt der Mann den Blick von seinen Papieren auf. »Was wollen Sie damit sagen?« Er ist jünger als Maximow. Maximows Assistent?

»Nichts. Nichts.«

Der Mann legt seinen Federhalter weg. »Kommen wir mal zu der Sache mit dem verstorbenen Iwanow. Sie waren mit Iwanow bekannt?«

»Ich verstehe nicht. Ich dachte, ich bin wegen der Papiere meines Sohnes hierherbestellt.«

»Alles zu seiner Zeit. Iwanow: Wann hatten Sie zum ersten Mal Kontakt mit Iwanow?«

»Ich habe vor etwa einer Woche zum ersten Mal mit ihm gesprochen. Er lungerte an der Tür zu dem Haus herum, wo ich zur Zeit wohne.«

»Swetschnojer Straße 63.«

»Swetschnojer Straße 63. Es war besonders kalt, und ich bot ihm eine Unterkunft an. Er hat die Nacht in meinem Zimmer verbracht. Am nächsten Tag habe ich gehört, daß es einen Mord gegeben hatte und daß er verdächtigt wurde. Erst später –«

»Iwanow wurde verdächtigt? Eines Mordes verdächtigt? Verstehe ich recht, daß Sie Iwanow für einen Mörder gehalten haben? Warum glaubten Sie das?«

»Bitte lassen Sie mich ausreden! Im Hause kursierte ein Gerücht, das dies besagte, oder vielleicht hatte auch das Kind, von dem ich es hörte, alles mißverstanden – ich weiß nicht, wie das nun kam. Ist das denn wichtig, wenn es doch an der Tatsache, daß der Mann tot ist, nichts ändert? Ich war erstaunt und entsetzt, daß so einer getötet worden sein sollte. Er war doch ganz harmlos.«

»Aber er war nicht, was er zu sein schien, nicht wahr?«

»Sie meinen, ein Bettler?«

»Er war kein Bettler, oder?«

»In einer Hinsicht war er keiner, in anderer Hinsicht doch.«

»Sie drücken sich nicht klar aus. Wollen Sie behaupten, daß Ihnen Iwanows Amtspflichten unbekannt waren? Waren Sie deshalb erstaunt?«

»Ich war erstaunt, daß jemand sein Seelenheil aufs Spiel setzt, um eine so harmlose Null zu töten.«

Der Beamte mustert ihn mit sardonischer Miene. »Eine Null – ist das Ihr christliches Urteil über ihn?«

In diesem Augenblick tritt Maximow selbst in großer Eile ins Zimmer. Unter dem Arm trägt er einen Stapel Akten, die mit blauen Bändern zusammengebunden sind. Er läßt sie auf den Tisch fallen, zieht ein Taschentuch hervor und wischt sich die Stirn. »Heiß ist das hier drin!« murmelt er. Dann sagt er zu seinem Kollegen: »Danke. Sind Sie fertig?«

Ohne ein Wort nimmt der Mann seine Papiere und geht hinaus. Seufzend und sich das Gesicht abtupfend, nimmt Maximow seinen Stuhl ein. »Tut mir so leid, Fjodor Michailowitsch. Nun zu den Papieren Ihres Stiefsohns. Ich bedaure, aber wir müssen eines davon zurückhalten, nämlich die Liste der Personen, die zu liquidieren sind, wie unsere jungen Freunde das nennen – Sie werden mir sicher zustimmen, daß dieses Dokument nicht weiter zirkulieren sollte, weil es nur für Unruhe sorgen würde. Außerdem wird es zu seiner Zeit für die Anklage gegen Netschajew gebraucht werden. Was die übrigen Papiere angeht, so gehören sie Ihnen; wir sind damit fertig, wir haben sozusagen den Honig daraus extrahiert.

Bevor ich sie Ihnen jedoch für immer übergebe, würde ich gern noch eines dazu sagen, wenn Sie die Güte haben, mich bis zu Ende anzuhören.

Wenn ich mich selbst nur als Amtsperson betrachten würde, die bei ihren Dienstpflichten zufällig Ihre Wege gekreuzt hat, so würde ich Ihnen diese Papiere ohne weiteres Gerede zurückgeben. Doch in diesem Falle bin ich nicht nur Amtsträger. Ich bin auch, wenn Sie mir den Ausdruck gestatten, ein Wohlmeinender, einer, dem Ihr wohlverstandenes Interesse am Herzen liegt. Und als solcher habe ich ernste Bedenken, sie Ihnen auszuhändigen. Lassen Sie mich diese Bedenken formulieren. Sie gelten den schmerzlichen Entdeckungen, die hier auf Sie warten – schmerzliche und unnötige Entdeckungen. Wenn es möglich wäre, daß Sie sich überwinden könnten, meinen bescheidenen

Rat anzunehmen, so könnte ich Ihnen einzelne Seiten bezeichnen, bei denen es für Sie besser wäre, sich nicht näher damit zu befassen. Doch natürlich, so wie ich Sie kenne, das heißt, so wie man einen Schriftsteller aus seinen Büchern kennt, nämlich auf eine zwar vertrauliche, aber dennoch beschränkte Weise, kann ich mir denken, daß meine Bemühungen nur die gegenteilige Wirkung haben werden – nämlich, Ihre Neugier zu entfachen. Darum will ich nur folgendes sagen: Machen Sie mir keinen Vorwurf daraus, daß ich diese Papiere gelesen habe – es ist schließlich eine Pflicht, die mir von der Krone auferlegt ist –, und seien Sie nicht wütend auf mich, wenn sich herausstellen sollte, daß ich Ihre Reaktion auf die Papiere richtig vorausgesehen habe. Sofern der weitere Gang der Dinge keine überraschende Wendung nimmt, werden Sie und ich in Zukunft nichts mehr miteinander zu tun haben. Ich sehe keinen Grund, warum Sie sich nicht sagen sollten, daß ich aufhöre zu existieren, ebenso wie man von einer Romangestalt sagen kann, daß sie aufhört zu existieren, sobald das Buch zugeklappt wird. Was mich angeht, so können Sie sicher sein, daß nichts über meine Lippen kommen wird. Niemand wird von mir über diese traurige Episode auch nur eine Silbe hören.«

Mit diesen Worten schiebt ihm Maximow, nur mit dem Mittelfinger der rechten Hand, den überraschend dicken Ordner über den Tisch, der Pawels Papiere enthält.

Er steht auf, nimmt den Ordner, macht seine Verbeugung und will schon gehen, als Maximow noch einmal das Wort ergreift.

»Wenn ich Sie noch einen Moment wegen einer etwas anderen Sache zurückhalten darf: Sie sind nicht zufällig hier in Petersburg mit Netschajews Bande in Berührung gekommen, oder?«

Iwanow! Netschajew! Also das ist der Grund, warum man ihn herbestellt hat! Pawel, die Papiere, Maximows wohlmeinendes Getue – alles nur Nebensache, ein Lockmittel!

»Ich sehe nicht, worauf Sie mit Ihrer Frage hinauswollen«, antwortet er steif. »Ich sehe nicht, welches Recht Sie haben, von mir eine Antwort zu verlangen oder zu erwarten.«

»Keinerlei Recht – beruhigen Sie sich! Ihnen wird nichts vorgeworfen. Nur eine Frage. Und worauf ich damit hinauswill? Ich hätte nicht gedacht, daß das so schwer zu erraten ist. Nachdem wir über Ihren Stiefsohn gesprochen haben, so dachte ich mir, würde es Ihnen nun vielleicht nicht mehr so schwerfallen, auch über Netschajew zu sprechen. Denn bei unserem Gespräch neulich kam es mir so vor, als ob das, was Sie zu sagen bereit waren, manchmal eine doppelte Bedeutung hatte. Hinter einem Wort konnte ein anderes versteckt sein, sozusagen. Was meinen Sie? Habe ich mich geirrt?«

»Was für Worte sollen das gewesen sein? Was soll sich dahinter versteckt haben?«

»Das müßten Sie sagen.«

»Sie haben sich geirrt. Ich spreche nicht in Rätseln. Jedes Wort, das ich gebrauche, bedeutet, was es bedeutet. Pawel ist Pawel und nicht Netschajew.«

Damit dreht er sich um und geht hinaus. Maximow ruft ihn nicht zurück.

Durch die gewundenen Straßen des Moskowskaja-Viertels trägt er seinen Aktenordner zur Swetschnojer Straße, zur Nummer 63, die Treppe hinauf bis zum dritten Stock und in sein Zimmer. Er schließt die Tür.

Er knüpft das Band auf. Sein Herz klopft unangenehm. Daß an dieser Eile etwas nicht ganz geheuer ist, kann er nicht leugnen. Ihm ist, als wäre er ins Knabenalter zurückversetzt, in einen der langen, heißen Nachmittage im Schlafzimmer seines Freundes Albert, wo sie schwitzend die Bücher bestaunten, die sie Alberts Onkel aus seinen Regalen entwendet hatten. Er spürt dieselbe Angst, auf frischer Tat ertappt zu werden (selbst schon eine köstliche Angst), dieselbe Verzückung.

Er erinnert sich, wie Albert ihm zwei kopulierende Fliegen gezeigt hat, das Männchen rittlings auf dem Rücken des Weibchens. Albert hielt sie in der hohlen Hand. »Schau!« sagte er und nahm einen Flügel des Männchens zwischen die Fingerspitzen.

Er zupfte nur leicht, und der Flügel ging ab. Die Fliege kümmerte es nicht. Er riß ihr den zweiten Flügel aus. Die Fliege, mit ihrem nun sonderbar kahlen Rücken, blieb unbeirrt bei ihrer Sache. Mit einem Ausdruck des Abscheus warf Albert das Paar zu Boden und zertrat es.

Er konnte sich vorstellen, der Fliege in die Augen zu blicken, während ihr die Flügel ausgerissen wurden: Er war sicher, daß sie nicht blinzeln würde; vielleicht würde sie ihn gar nicht sehen. Es war, als ob die Seele des Männchens für die Dauer der Paarung in das Weibchen geschlüpft sei. Bei dem Gedanken hatte es ihn geschaudert; er hätte jede Fliege auf Erden einzeln vernichten mögen.

Eine kindliche Reaktion auf einen Akt, den er nicht verstand, den er fürchtete, weil alle in seiner Umgebung tuschelnd und grinsend anzudeuten schienen, daß auch er eines Tages dazu bereit sein müßte. »Ich will nicht, ich will nicht!« stößt das Kind hervor. »Willst was nicht?« antwortet man ihm und schaut ihn plötzlich ratlos und mit großen Augen an. »Meine Güte, wovon redet es bloß, dieses seltsame Kind?«

Der Ordner enthält ein in Leder gebundenes Tagebuch, fünf Schulhefte, zwanzig bis fünfundzwanzig zusammengeklammerte lose Blätter, ein verschnürtes Päckchen Briefe und ein paar gedruckte Broschüren: Zeitungsbeilagen mit Texten von Blanqui und Ischutin, ein Aufsatz von Pisarew. Etwas fremd dazwischen liegt Ciceros *De Officiis*, in Auszügen mit französischer Übersetzung. Auf der letzten Seite findet er zwei handschriftliche Eintragungen, in einer Schrift, die er nicht kennt: *Salus populi suprema lex esto*, und darunter, mit einer helleren Tinte: *Talis pater qualis filius*.

Eine Botschaft oder mehrere – aber von wem an wen?

Er nimmt das Tagebuch und fingert es durch wie ein Spiel Karten, ohne zu lesen. Die zweite Hälfte ist leer. Trotzdem, der Umfang der Aufzeichnungen ist beträchtlich. Er sieht nach dem ersten Datum. 29. Juni 1866, Pawels Namenstag. Das Tagebuch muß wohl ein Geschenk gewesen sein. Geschenk von wem? Er kann sich nicht erinnern. 1866 ist für ihn nur Anjas Jahr, das Jahr, in dem er seine künftige Frau kennengelernt und sich in sie verliebt hat. 1866 war ein Jahr, in dem er sich um Pawel wenig gekümmert hat.

Wie beim Kosten von einem heißen Teller, mißtrauisch und zum Zurückzucken bereit beginnt er den ersten Eintrag zu lesen. Ein etwas mühsames Protokoll darüber, wie Pawel den Tag verbracht hat, Übung eines Tagebuch-Neulings. Keine Vorwürfe, keine Anklagen. Erleichtert klappt er das Buch wieder zu. In Dresden, gelobt er sich, wenn ich mal Zeit habe, werde ich das alles lesen.

Die Briefe sind alle von ihm selbst. Er blättert den letzten auf, den er Pawel vor seinem Tod geschrieben hat. »Ich schicke an Apollon Nikolajewitsch fünfzig Rubel«, liest er. »Das ist alles, was wir im Moment entbehren können. Bitte setze A. N. nicht wegen mehr zu. Du mußt lernen, mit Deinen Mitteln auszukommen.«

Das sind seine letzten Worte an Pawel – wie schäbig! Und das hat Maximow gelesen! Kein Wunder, daß er ihn vor der Lektüre gewarnt hat. Schändlich! Er würde den Brief am liebsten verbrennen, um ihn aus den Annalen zu tilgen.

Er sucht die Geschichte heraus, aus der Maximow ihm vorgelesen hat. Maximow hat recht: Als Figur ist Sergej, der jugendliche Held, der als Anführer einer Studentenrebellion nach Sibirien deportiert worden ist, mißlungen. Aber die Geschichte geht weiter, als er es nach Maximows Worten erwartet hatte. Tagelang flüchten Sergej und Marfa vor den Soldaten, nachdem sie den bösen Grundbesitzer erschlagen haben, kriechen in Ställen und Scheunen unter, begünstigt von Bauern, die ihnen Versteck und Nahrung geben und den Fragen ihrer Verfolger mit undurchdringlicher Dummheit begegnen. Zuerst schlafen sie in keuscher Kampfgenossenschaft Seite an Seite; aber dann kommt zwischen ihnen Liebe auf, eine Liebe, die nicht ohne Gefühl und

Überzeugungskraft geschildert wird. Pawel schreibt sich offenbar an eine leidenschaftliche Liebesszene heran. Auf einer Seite, freilich dick durchgestrichen, gesteht Sergej seiner Marfa, daß sie ihm nun mehr geworden ist als eine Kampfgefährtin und daß sie sein Herz gefangengenommen hat; dies wird ersetzt durch eine viel interessantere Passage, in der er ihr von seiner einsamen Kindheit ohne Brüder und Schwestern und von seiner jugendlichen Unbeholfenheit gegenüber Frauen erzählt. Der Abschnitt endet damit, daß auch Marfa stotternd ihr Liebesgeständnis ablegt. »Sie dürfen... Sie dürfen...«, sagt sie.

Er blättert zurück. »Ich habe keine Eltern«, sagt Sergej zu Marfa. »Mein Vater, mein wirklicher Vater war ein Adliger, den man wegen seiner revolutionären Sympathien nach Sibirien verbannt hatte. Er starb, als ich sieben war. Meine Mutter hat wieder geheiratet. Ihr neuer Gatte mochte mich nicht. Sobald ich alt genug war, schob er mich auf die Kadettenschule ab. Ich war der Kleinste in meiner Klasse; dort lernte ich um meine Rechte kämpfen. Später zogen sie wieder nach Petersburg, richteten dort einen Hausstand ein und ließen mich kommen. Dann starb meine Mutter, und ich war mit meinem Stiefvater allein, einem trübsinnigen Mann, der kaum einmal am Tag das Wort an mich richtete. Ich war einsam; meine einzigen Freunde fand ich unter den Dienern, und nur von ihnen erfuhr ich, was ich vom Leiden des Volkes weiß.«

Nicht unrichtig, nicht vollkommen unwahr, und doch, wie raffiniert verdreht das Ganze! »Er mochte mich nicht« –! Der freundlose Siebenjährige konnte einem ja leid tun, und man konnte sich nur aufrichtig wünschen, ihn zu beschützen, aber wie hätte man ihn lieben können, so argwöhnisch und unfreundlich, wie er war, ein Junge, der sich an seine Mutter klammerte wie ein Blutegel und ihr jede Minute übelnahm, die sie nicht bei ihm war, der sie ein halbes dutzendmal in einer einzigen Nacht mit seiner hohen, fordernden Kinderstimme aus dem Nebenzimmer herbeirief, damit sie die Mücke erschlug, die ihn stach?

Er legt das Manuskript beiseite. Der Vater ein Adliger, so so! Das arme Kind! Die Wahrheit war glanzloser, und die reine Wahrheit war sogar vollkommen banal. Aber wem außer einem Engel, der die guten und bösen Taten des Menschen aufzeichnet, sollte etwas daran liegen, die reine, fade Wahrheit aufzuschreiben? Hat er selbst es mit zweiundzwanzig beim Schreiben mit der Wahrheit so genau genommen?

Er hätte etwas überwältigend Wichtiges zu sagen, das der Junge nun nie mehr wird hören können. Wenn du mit der Kraft zu schreiben gesegnet bist, möchte er sagen, vergiß nie, woher diese Kraft kommt. Du schreibst, *weil* deine Kindheit einsam war, *weil* du nicht geliebt wurdest. (*Aber das ist nicht die reine Wahrheit*, möchte er außerdem sagen – *du wurdest geliebt, du wärest geliebt worden; du hattest es vorgezogen, ungeliebt zu bleiben.* Was für eine Verwirrung, ein Affe an einem Harmonium fände sich besser zurecht!) Wir schreiben nicht aus Reichtum, möchte er sagen, wir schreiben aus Not und Mangel. In deinem Innersten mußt du das doch wissen! Und was deinen sogenannten wirklichen Vater und seine revolutionären Sympathien angeht – was für ein Unsinn! Issajew war ein kleiner Bürohengst, ein Aktenabstauber. Wäre er am Leben geblieben und du wärest in seine Fußstapfen getreten, wäre aus dir auch nichts anderes als ein Büromensch geworden, und du hättest nicht diese Geschichte hinterlassen. (*Ja, ja*, hört er die hohe Kinderstimme, *aber ich wäre am Leben!*)

Junge Männer in Weiß bei diesem französischen Spiel, Krokket, *croixquette*, das Spiel des kleinen Kreuzes, und du zwischen ihnen auf dem Rasen, lebendig! Mein armer Junge! Auf den Straßen von Petersburg, in einer Kopfwendung hier und einer Handbewegung da, sehe ich dich, und jedesmal schlägt mein Herz hoch wie eine Woge. Nirgendwo und überall, in Stücke gerissen wie Orpheus. Jung an Jahren, *chryseos*, golden, gesegnet.

Was mir zu tun bleibt: den Schatz sammeln, die Fetzen zusammenfügen. Dichter, Sänger, Leierspieler, Beschwörer, Herr der Auferstehung, dies alles zu sein, bin ich aufgerufen. Und die

Wahrheit? Steife Schultern, über den Schreibtisch gebeugt, und der Schmerz eines langsam schlagenden Herzens. Ein Schnekkenherz.

Um den Sargdeckel aufzuheben und dich auf die kalte, glatte Stirn zu küssen, bin ich zu spät gekommen. Hätte ich dich nur einmal mit meinen Lippen streifen können, die so zartfühlend sind wie die Fingerspitzen der Blinden, so hättest du dieses Leben nicht in Bitterkeit gegen mich verlassen. Aber nun bist du hingegangen unter dem Namen Issajew, und ich alter Mann, ich alter Pilger kann dir nur nachlaufen, in Verfolgung eines Schattens, violett in grau, eines Echos.

Immerhin bin ich da, ich und nicht dein Vater Issajew. Wenn du ertrinkend nach Issajew die Hand ausstreckst, greifst du nach einem Phantom. Im Rathaus von Semipalatinsk, in einer Kammer an den Hintertreppen findet sich in staubigen Akten vielleicht noch seine Unterschrift; im übrigen bleibt keine Spur von ihm außer in dieser Erinnerung, der Erinnerung des Mannes, der seine Witwe und sein Kind umarmte.

13

Die Verkleidung

Die Akte über Pawel ist geschlossen; nichts dürfte ihn in Petersburg mehr halten. Der Zug fährt um acht Uhr ab; am Dienstag könnte er bei Frau und Kind in Dresden sein. Aber als die Stunde näher rückt, erscheint es ihm immer undenkbarer, daß er die Bilder von dem Hausaltar nehmen, die Kerze ausblasen und Pawels Zimmer einem Fremden überlassen könnte.

Aber wenn er heute abend nicht abfährt, wann wird er's dann tun? »Der ewige Untermieter« – wo Anna Sergejewna bloß den Ausdruck herhat? Wie lange kann er hier noch auf eine Geistererscheinung warten? Es sei denn, er stellt sein Verhältnis zu dieser Frau auf eine andere Grundlage, eine ganz andere. Aber was wird dann aus seiner Frau?

Seine Gedanken bilden Strudel, er weiß nicht, was er will, er weiß nur, daß der Acht-Uhr-Termin über ihm hängt wie ein Todesurteil. Er geht zum Hausmeister und erreicht nach langem Zureden, daß er einen Boten mit seiner Fahrkarte zum Bahnhof schickt, um seine Reservierung auf morgen ändern zu lassen.

Als er zurückkommt, ist er verdutzt, die Tür offen und jemand in seinem Zimmer zu finden: eine Frau, die ihm den Rücken zukehrt und den Schrein betrachtet. Für einen Moment voller Schuldbewußtsein denkt er, seine Frau sei nach Petersburg gekommen, um ihm nachzustellen. Dann erkennt er, wen er vor sich hat, und ein Ausruf der Entrüstung entringt sich seiner Kehle: Sergej Netschajew, in demselben blauen Kleid und Hütchen wie schon einmal.

In diesem Augenblick kommt Matrjona aus der Wohnung herüber. Bevor er etwas sagen kann, ergreift sie die Initiative. »Sie dürfen die Leute doch nicht so beschleichen!« ruft sie aus.

»Aber was macht ihr beide denn in meinem Zimmer?«

»Wir haben genauso ein Recht wie –« legt sie stürmisch los. Netschajew unterbricht sie.

»Jemand hat die Polizei zu uns geführt«, sagt er. Er tritt näher heran. »Hoffentlich nicht Sie.«

Durch den Lavendelduft hindurch kann er den sauren Männerschweiß riechen. Der Puder an Netschajews Hals bildet Streifen; Bartstoppeln brechen durch.

»Das ist eine schändliche Beschuldigung, die Sie da erheben, höchst unwürdig! Ich wiederhole: Was machen Sie in meinem Zimmer?« Er wendet sich zu Matrjona hin: »Und du – du bist krank, du gehörst ins Bett!«

Ohne seine Worte zu beachten, zieht sie Pawels Koffer hervor. »Ich habe ihm gesagt, er kann Pawel Alexandrowitschs Anzug haben«, sagt sie, und dann, bevor er etwas einwenden kann: »Ja, er kann ihn haben! Pawel hat ihn mit seinem eigenen Geld gekauft, und Pawel war sein Freund.«

Sie schnallt den Koffer auf und nimmt den weißen Anzug heraus. »Da!« sagt sie trotzig.

Netschajew wirft einen raschen Blick auf den Anzug, breitet ihn auf dem Bett aus und beginnt sein Kleid aufzuknöpfen.

»Bitte erklären Sie –«

»Keine Zeit. Ein Hemd brauch’ ich auch.«

Netschajew zieht die Arme aus den Kleiderärmeln. Das Kleid fällt ihm zu Füßen, und er steht in schmuddliger Baumwollunterwäsche und schwarzen Lackstiefeln vor ihnen. Strümpfe trägt er nicht; seine Beine sind schlank und behaart.

Ohne jede Spur von Verlegenheit beginnt Matrjona, Netschajew beim Ankleiden zu helfen. Er möchte protestieren, aber was kann er schon zu den jungen Leuten sagen, wenn sie nicht hören wollen, wenn sie sich gegen die alten einig sind?

161

»Was ist denn aus Ihrer finnischen Freundin geworden? Ist sie nicht bei Ihnen?«

Netschajew schlüpft in die Jacke. Sie ist ihm zu lang, um die Schultern zu weit. Er ist nicht so gut gebaut wie Pawel, kein so ansehnlicher Junge. Er empfindet einen bitteren Stolz auf seinen Sohn. Es hat den Falschen erwischt!

»Ich mußte mich von ihr trennen«, sagt Netschajew. »Es war nötig, schnell zu verschwinden.«

»Mit anderen Worten, Sie haben sie im Stich gelassen.« Und dann, bevor Netschajew etwas erwidern kann: »Waschen Sie sich das Gesicht! Sie sehen aus wie ein Clown.«

Matrjona huscht davon und kommt mit einem nassen Lappen wieder. Netschajew wischt sich das Gesicht ab. »Die Stirn auch!« sagt sie. »Da!« Sie nimmt ihm den Lappen aus der Hand und wischt den Puder ab, der in seinen Augenbrauen verklumpt ist.

Die kleine Schwester. Ob sie zu Pawel auch so gewesen ist? Etwas nagt an seinem Herzen: Neid.

»Glauben Sie wirklich, Sie können der Polizei entkommen, wenn Sie mitten im Winter wie ein Badegast herumlaufen?«

Netschajew geht auf den Spott nicht ein. »Ich brauche Geld«, sagt er.

»Von mir kriegen Sie keines.«

Netschajew wendet sich an das Kind. »Hast du etwas Geld?«

Sie flitzt aus dem Zimmer. Sie hören, wie ein Stuhl über den Boden geschleift wird. Matrjona kommt wieder mit einem Napf voller Münzen. Sie schüttet sie aufs Bett und beginnt zu zählen. »Nicht genug!« brummt Netschajew, wartet aber dennoch ab. »Fünf Rubel und fünfzehn Kopeken«, meldet sie.

»Ich brauche mehr.«

»Dann gehn Sie auf die Straße und betteln Sie! Von mir kriegen Sie's nicht. Gehn Sie und betteln Sie im Namen des Volkes um Almosen!«

Sie funkeln sich an.

»Warum wollen Sie ihm kein Geld geben?« sagt Matrjona. »Er ist Pawels Freund.«

»Ich habe nichts zu verschenken.«

»Das ist nicht wahr! Mama haben Sie erzählt, Sie hätten Geld wie Heu. Warum geben Sie ihm nicht die Hälfte ab? Pawel Alexandrowitsch hätte's getan.«

Pawel und der Herr Jesus! »So was hab' ich nie gesagt. Ich habe nicht viel Geld.«

»Los, geben Sie's her!« Netschajew packt ihn beim Arm, seine Augen blitzen. Wieder kann er den Angstschweiß des jungen Mannes riechen. Wild entschlossen, aber voller Angst – der arme Kerl! Dann, absichtlich, verschließt er sich allem Mitleid. »Auf keinen Fall!«

»Warum sind Sie denn so *gemein*?« bricht es aus Matrjona heraus; sie stößt das Wort mit aller Verachtung hervor, deren sie fähig ist.

»Ich bin nicht gemein.«

»Und ob Sie gemein sind! Sie waren gemein zu Pawel, und jetzt sind Sie gemein zu seinen Freunden. Sie haben Geld wie Heu, behalten aber alles für sich.« Sie wendet sich an Netschajew: »Er kriegt Tausende von Rubeln für seine Bücher, und die behält er alle für sich. Es stimmt! Pawel hat mir's erzählt.«

»Was für ein Unsinn! Pawel hatte von Geldangelegenheiten keine Ahnung.«

»Es stimmt! Pawel, hat in Ihrem Schreibtisch nachgesehen. Er hat Ihre Rechnungsbücher gesehen.«

»Ach was, Pawel! Pawel kann gar keine Rechnungsbücher lesen, der sieht nur, was er sehen will. Ich habe jahrelang Schulden mit herumgeschleppt, die du dir gar nicht vorstellen kannst.« Er wendet sich an Netschajew. »Dieses Gespräch ist lächerlich. Ich habe kein Geld für Sie übrig. Ich meine, Sie sollten machen, daß Sie hier fortkommen.«

Aber Netschajew hat es nicht mehr so eilig. Er grinst sogar. »Das Gespräch ist überhaupt nicht lächerlich«, sagt er. »Im Gegenteil sehr lehrreich. Ich habe die Väter schon immer im Verdacht gehabt, daß ihre einzige echte Sünde, die sie nie eingestehen, der Geiz ist. Sie möchten alles für sich behalten. Sie wollen den Geldbeutel nicht hergeben, auch nicht, wenn es Zeit wird. Der Geldbeutel ist alles, worauf es ihnen ankommt; was das für Folgen hat, ist ihnen egal. Ich hatte nicht geglaubt, was Ihr Stiefsohn mir erzählt hat, weil ich gehört hatte, daß Sie ein Spieler sind, und ich dachte, den Spielern liegt nichts am Geld. Aber das Geld hat ja noch eine andere Seite, nicht wahr? Daran hätte ich denken sollen. Sie müssen einer von denen sein, die spielen, weil sie nie genug bekommen können, die immer noch mehr wollen.«

Es ist ein absurder Vorwurf. Er denkt an Anja in Dresden, wie sie knausern muß, damit das Kind genug zu essen und anzuziehen hat. Er denkt an seine eigenen gewendeten Kragen und an die Löcher in seinen Socken. Er denkt an die Briefe, die er Jahr um Jahr hat schreiben müssen, jeder einzelne eine Übung in Selbsterniedrigung, an Strachow und Krajewski, an Ljubimow und besonders an Stellowski, mit Bitten um Vorschüsse. *Dostoëvski l'avare* – grotesk! Er greift in seine Tasche und holt die letzten Rubel heraus. »Da!« ruft er aus und hält sie Netschajew unter die Nase, »das ist alles, was ich habe.«

Netschajew betrachtet kühl die vorgestreckte Hand, dann, mit einer einzigen zupackenden Bewegung, schnappt er sich das Geld, alles bis auf eine Münze, die herabfällt und unters Bett rollt. Matrjona taucht ihr nach.

Er versucht sein Geld zurückzunehmen, rangelt sogar mit dem Jüngeren. Aber Netschajew hält ihn sich mühelos vom Leibe, während er zugleich das Geld in seiner Tasche verschwinden läßt. »Moment... Moment«, murmelt Netschajew. »Von Herzen wollen Sie's mir doch geben, ich weiß doch, Fjodor Michailowitsch, Ihrem Sohn zuliebe!« Netschajew tritt einen Schritt zurück und streicht sich den Anzug glatt, wie um das Prachtstück vorzuführen.

Was für ein Poseur, was für ein Heuchler! Das ist also die

Volksrache! Und dennoch kann er nicht leugnen, daß ihn eine gewisse Belustigung beschleicht, Übermut, erkennt er, der Übermut des verschwenderischen Gatten. Natürlich ist das etwas, wofür er sich schämen muß, diese Anwandlungen von Leichtsinn. Natürlich, wenn er dann heimkommt, völlig blank, und seiner Frau alles beichtet, mit gesenktem Kopf, wenn er ihre Vorwürfe über sich ergehen läßt und ihr gelobt, nie wieder rückfällig werden zu wollen, meint er es ehrlich. Aber im tiefsten Grund seines Herzens, in einer Schicht unterhalb der Ehrlichkeit, wo nur Gott hinsehen kann, da weiß er, daß er und nicht sie im Recht ist. Geld ist dazu da, daß man es ausgibt, und welche Form des Geldausgebens wäre reiner als das Glücksspiel?

Matrjona hält die Hand vor sich ausgestreckt; ein Fünfzig-Kopeken-Stück liegt darin. Sie scheint nicht recht zu wissen, wem sie es geben soll. Er stupst die Hand zu Netschajew hin. »Gib's ihm, er braucht es.« Netschajew steckt die Münze ein.

Gut, erledigt! Jetzt ist er an der Reihe, den mittellosen Tugendbold zu spielen, und Netschajew muß beschämt den Kopf senken und sich beschimpfen lassen. Aber was hat er denn zu sagen? Nichts, gar nichts.

Netschajew wartet nicht, bis ihm etwas einfällt. Er rollt das blaue Kleid zusammen. »Versteck das irgendwo«, weist er Matrjona an – »nicht in der Wohnung, anderswo!« Er gibt ihr auch den Hut und die Perücke, stopft die Umschläge der Hose in die engen Schäfte seiner kleinen Stiefel, zieht den Mantel an und streicht sich zerstreut über den Kopf. »Hab' zuviel Zeit verloren!« brummt er. »Haben Sie –« Er schnappt sich eine Pelzmütze vom Stuhl und geht zur Tür. Dann fällt ihm etwas ein, und er dreht sich noch mal um. »Sie sind ein interessanter Mensch, Fjodor Michailowitsch. Wenn Sie eine Tochter im richtigen Alter hätten, wäre ich nicht abgeneigt, sie zu heiraten. Sie wäre ein außergewöhnliches Mädchen, ganz gewiß. Aber Ihr Stiefsohn, der war ganz anders, überhaupt keine Ähnlichkeit mit Ihnen. Ich bin mir nicht sicher, was ich mit ihm hätte anfangen können. Er hatte nicht – na ja, was man so braucht. Das ist nur meine Meinung, wenn Sie sie hören wollen.«

»Und was braucht man denn so?«

»Er hatte ein bißchen zuviel von einem Heiligen. Sie haben recht, wenn Sie Kerzen für ihn anzünden.«

Während er spricht, hat er gedankenlos seine Hand über der Kerze geschwenkt, so daß die Flamme ins Tanzen kommt. Nun steckt er einen Finger direkt in die Flamme und hält ihn dort still. Die Sekunden vergehen: eine, zwei, drei, vier, fünf. Sein Gesichtsausdruck verändert sich nicht. Er könnte in Trance sein.

Er zieht die Hand zurück. »Das hat er nicht gehabt. Sogar ein bißchen weibisch ist er gewesen.«

Er legt einen Arm um Matrjona und drückt sie. Sie läßt es sich bedenkenlos gefallen, legt den blonden Kopf an seine Brust und erwidert seine Umarmung.

»Wachsam, wachsam!« flüstert Netschajew auf deutsch, in vielsagendem Ton. Über Matrjonas Kopf hinweg droht er ihm mit dem verbrannten Finger. Dann verschwindet er.

Er braucht ein Weilchen, um die fremden Silben zu erfassen. Auch als er das Wort erkannt hat, versteht er's noch nicht. Wachsam: wachsam weswegen?

Matrjona ist am Fenster und beugt sich hinaus, um auf die Straße zu blicken. Sie hat ein paar schnellfließende Tränen in den Augen, ist aber zu aufgeregt, um traurig zu sein. »Ob er in Sicherheit ist, was glauben Sie?« fragt sie; und dann, ohne eine Antwort abzuwarten: »Soll ich mit ihm gehen? Er kann sagen, er ist blind, und ich muß ihn führen.« Aber das ist nur ein flüchtiger Einfall.

Er tritt dicht hinter sie. Es ist fast dunkel; Schneefall setzt ein; bald wird ihre Mutter heimkommen.

»Hast du ihn gern?« fragt er.

»Mm.«

»Ein unruhiges Leben hat er, wie?«

»Mm.«

Sie hört ihm kaum zu. Was für ein ungleicher Kampf! Wie könnte er mit so einem jungen Mann konkurrieren, der aus dem Nirgendwo kommt und ins Nirgendwo verschwindet, einen Hauch von Abenteuern und Geheimnissen um sich verbreitend. Ein unruhiges Leben, kann man wohl sagen: Wer hier *wachsam* sein muß, ist sie.

»Warum hast du ihn so gern, Matrjoscha?«

»Weil er Pawel Alexandrowitschs bester Freund ist.«

»Ob das wohl stimmt?« gibt er zu bedenken. »Ich glaube, ich bin Pawel Alexandrowitschs bester Freund. Ich werde immer noch sein Freund sein, wenn alle andern ihn vergessen haben. Ich bin sein Freund fürs Leben.«

Sie wendet sich vom Fenster weg und blickt ihn sonderbar an; sie scheint gleich etwas sagen zu wollen. Was wohl? »Sie sind bloß Pawel Alexandrowitschs Stiefvater«? Oder etwas ganz anderes: »Sprechen Sie doch nicht immer mit dieser Onkelstimme, wenn Sie mit mir reden«?

Sie schiebt sich die Haare aus dem Gesicht – eine Verlegenheitsgeste, wie er inzwischen weiß – und versucht unter seinem Arm durchzuschlüpfen. Er läßt sie nicht durch, stellt sich ihr in den Weg. »Ich muß doch...«, flüstert sie, »ich muß doch die Kleider verstecken.«

Er hält noch einen Moment stand, um sie ihre Machtlosigkeit spüren zu lassen. Dann tritt er beiseite. »Schmeiß sie unten ins Klo«, sagt er. »Da wird niemand nachsehen.«

Sie verzieht die Nase. »Unten?« sagt sie. »Ins...?«

»Ja, tu, was ich dir sag'! Oder gib sie her und geh wieder zu Bett. Ich tu's für dich.«

Nicht für Netschajew. Aber für dich.

Er wickelt die Sachen in ein Handtuch und schleicht die Treppe hinunter zum Abort. Aber dann kommen ihm Bedenken. Kleidungsstücke zwischen menschlichem Unrat: Ob er die Kloakenreiniger da nicht unterschätzt?

Er bemerkt den Hausmeister, der ihn aus seiner Loge beobachtet, und wendet sich zielstrebig zur Straße hin. Dann fällt ihm ein, daß er ja keinen Mantel anhat. Als er die Treppe wieder hinaufsteigt, steht er plötzlich Amalia Karlowna gegenüber, der alten Frau aus dem ersten Stock. Sie hält einen Teller mit Zimtplätzchen vor sich in der Hand, als ob sie ihn damit begrüßen wollte. »Einen schönen guten Tag«, sagt sie zeremoniös. Er brummt einen Gruß und drängt sich vorbei.

Was sucht er denn? Ein Loch, eine Spalte, wo er das Bündel, das nun so plötzlich *seines* und so schwer loszuwerden ist, hineinstopfen kann, daß es verschwunden und vergessen ist. Ohne jeden Grund steht er nun da wie ein Mädchen mit einem totgeborenen Kind oder ein Mörder mit einer blutigen Axt. Seine Wut auf Netschajew nimmt wieder zu. *Warum muß ich das für Sie riskieren*, möchte er schreien, *wo Sie mir doch völlig egal sind?* Aber es scheint, er protestiert zu spät. In dem Augenblick, als er Matrjona das Bündel abnahm, ist etwas umgeschlagen; es gibt kein Zurück mehr.

Am Ende des Korridors, wo ein Zimmer leer steht, liegt ein Haufen Schutt und Gipsstaub. Er scharrt unschlüssig mit der Stiefelspitze darin herum. Ein Maurer setzt seine Kelle ab und betrachtet ihn mißtrauisch durch die offene Tür.

Wenigstens ist kein Iwanow mehr da, der ihm nachläuft. Aber vielleicht ist Iwanow inzwischen durch jemand anders ersetzt worden. Wer könnte der neue Spitzel sein? Ob womöglich grade dieser Arbeiter hier dafür bezahlt wird, daß er ihn im Auge behält? Oder der Hausmeister?

Er verstaut das Bündel unter seiner Jacke und geht wieder zur Straße hinaus. Der Wind ist wie eine Mauer aus Eis. Er geht um die erste Straßenecke, dann um noch eine. Er ist in derselben Sackgasse, wo er die Hündin gefunden hat. Heute ist nichts von ihr zu sehen. Ob die Hündin in der Nacht, als er sie hier angekettet ließ, gestorben ist?

Er legt das Bündel in eine Ecke. Die am Hut festgesteckten Haarlocken flattern im Wind – ein komischer Anblick und unheimlich zugleich. Wo Netschajew wohl die Locken herhat – von einer seiner Schwestern? Wie viele kleine Schwestern er wohl hat, die alle darauf brennen, sich für ihn die Mädchenlocken abzuschnipseln?

Er zieht die Nadeln aus dem Hut und bemüht sich vergebens, ihn zu zerreißen; dann knüllt er ihn zusammen und stopft ihn in das Abflußrohr, an dem neulich die Hündin festgekettet war. Er versucht auch noch das Kleid hineinzustopfen, aber das Rohr ist zu eng.

Er spürt die Blicke, die sich ihm in den Rücken bohren. Er dreht sich um. Aus einem Fenster im zweiten Stock schauen zwei Kinder zu ihm herab, dahinter, schattenhaft, steht eine größere dritte Person.

Er versucht den Hut wieder herauszuziehen, aber er steckt nun zu tief in dem Rohr. Er flucht auf die eigene Dummheit. Wenn das Rohr verstopft ist, werden die Abflüsse überlaufen; jemand wird nachsehen, was los ist, und der Hut wird gefunden. Wer wird schon einen Hut in ein Abflußrohr stopfen – wer, wenn nicht einer, der etwas zu verbergen hat?

Er muß wieder an Iwanow denken – Iwanow, der nun schon so oft so genannte, daß der Name auf ihm sitzt wie ein Hut. Iwanow ist ermordet worden. Aber Iwanow trug keinen Hut, oder jedenfalls keinen Damenhut. Also kann der Hut keine Spur sein, die zu Iwanow führt. Andererseits, könnte der Hut nicht Iwanows Mörder gehören? Wie leicht für eine Frau, einen Mann umzubringen: ihn in ein dunkles Gäßchen locken, sich an eine Mauer gelehnt von ihm nehmen lassen, und dann, beim Höhepunkt, die Stelle zwischen den Rippen zu ertasten und ihm eine Hutnadel ins Herz stoßen – eine Hutnadel, so daß kein Blut austritt und nur eine nadelstichgroße Wunde zurückbleibt.

Er läßt sich in dem Winkel, wo er die Hutnadel hingeworfen hat, auf die Knie nieder, aber es ist zu dunkel, als daß er sie finden könnte. Er braucht eine Kerze. Aber welche Kerze würde bei diesem Wind nicht ausgehen?

Er ist so müde, daß es ihm schwerfällt, wieder aufzustehen. Ist er krank? Hat er sich bei Matrjona angesteckt? Oder ist wieder ein Anfall im Kommen? Ob es das ist, was sich in dieser schieren Erschöpfung ankündigt?

Auf allen vieren, den Kopf erhoben und witternd wie ein wildes Tier, versucht er seine Aufmerksamkeit ganz auf seinen inneren Horizont zu konzentrieren. Doch wenn dies ein Anfall ist, was nun über ihn kommt, dann kommt es auch über seine Sinne. Seine Sinne sind so taub wie seine Hände.

14

Die Polizei

Er hat den Schlüssel in der Wohnung gelassen, darum muß er anklopfen. Anna Sergejewna macht auf und sieht ihn überrascht an. »Haben Sie Ihren Zug verpaßt?« fragt sie. Dann bemerkt sie sein aufgelöstes Äußeres – die zitternden Hände, die Feuchtigkeit, die ihm vom Bart tropft. »Ist etwas nicht in Ordnung? Sind Sie krank?«

»Nein, nicht krank. Ich habe die Abreise verschoben. Ich erkläre Ihnen alles später.«

Es ist noch jemand im Zimmer, an Matrjonas Bett: anscheinend ein Arzt, ein junger Mann, nach deutscher Art glattrasiert. In der Hand hält er das braune Fläschchen aus der Apotheke; er schnuppert daran und korkt es mißbilligend wieder zu. Er läßt seine Tasche zuschnappen und zieht den Vorhang vor den Alkoven. »Ich sagte gerade, Ihre Tochter hat eine Entzündung der Bronchien«, sagt er, zu ihm hergewandt. »Die Lungen sind gesund. Es ist auch –«

Er unterbricht ihn. »Nicht meine Tochter. Ich bin hier nur Untermieter.«

Mit einem ungeduldigem Achselzucken wendet der Arzt sich wieder an Anna Sergejewna. »Es ist auch – ich darf nicht versäumen, Ihnen das zu sagen – ein gewisses hysterisches Moment vorhanden.«

»Was bedeutet das?«

»Es bedeutet, daß wir keine gründliche Besserung erwarten können, solange sie sich in ihrem jetzigen erregten Zustand befindet. Ihre Erregung ist ein Teil dessen, was ihr fehlt. Sie muß beruhigt werden. Sobald das einmal erreicht ist, kann sie in ein paar Tagen wieder zur Schule gehen. Sie ist physisch gesund, von der Konstitution her fehlt ihr nichts. Darum empfehle ich zur Behandlung vor allem Stille, Ruhe und Frieden. Sie soll im Bett bleiben und nur leichte Mahlzeiten zu sich nehmen. Geben Sie ihr möglichst keine Milch in irgendeiner Form. Ich lasse Ihnen eine Salbe zum Einreiben auf der Brust und einen Schlaftrunk hier, den Sie ihr bei Bedarf als Sedativ geben. Geben Sie ihr aber wohlgemerkt nur die Dosis für ein Kind, einen halben Teelöffel.«

Sobald der Arzt fort ist, versucht er Anna Sergejewna alles zu erklären. Aber sie ist nicht in der Stimmung, ihn anzuhören. »Matrjoscha sagt, Sie haben sie angebrüllt«, unterbricht sie ihn in einem scharfen Flüsterton. »Das dulde ich nicht!«

»Das stimmt nicht! Ich habe sie nicht angebrüllt.« Obwohl sie flüstern, ist er sicher, daß Matrjona ihnen hinter dem Vorhang zuhört und triumphiert. Er nimmt Anna Sergejewna beim Arm, zieht sie in sein Zimmer hinüber und schließt die Tür. »Sie haben doch gehört, was der Arzt gesagt hat – sie ist übererregt. Natürlich kann man nicht jedes Wort glauben, das sie in diesem Zustand sagt. Hat sie Ihnen alles erzählt, was heute vormittag hier los war?«

»Sie sagt, ein Freund von Pawel war hier, und Sie waren sehr grob zu ihm. Meinen Sie das?«

»Ja –«

»Dann lassen Sie mich ausreden. Was zwischen Ihnen und Pawels Freunden los ist, geht mich nichts an. Aber Sie haben auch gegen Matrjoscha die Beherrschung verloren und sind grob zu ihr gewesen. Das lasse ich mir nicht gefallen.«

»Der Freund, von dem sie Ihnen erzählt hat, ist Netschajew, Netschajew selbst und niemand anders. Hat sie das auch erwähnt? Netschajew, auf der Flucht vor der Gerichtsbarkeit, war heute hier, in Ihrer Wohnung! Können Sie mir einen Vorwurf daraus machen, daß ich etwas barsch gegen sie gewesen bin, weil sie ihn hereingelassen hatte und dann auch noch für ihn – für diesen Heuchler und Schauspieler – gegen mich Partei genommen hat?«

»Trotzdem haben Sie kein Recht, sich gegen Matrjoscha gehenzulassen! Wie soll sie wissen, daß Netschajew ein schlechter Mensch ist? Wie soll ich es wissen? Sie sagen, er ist ein Heuchler. Und was sind Sie? Und wie verhalten Sie sich? Handeln Sie immer ehrlich? Das kann ich nicht glauben.«

»Das können Sie nicht sagen. Ich handle ehrlich. Früher vielleicht manchmal nicht, aber jetzt tu' ich's – jetzt vor allem. Das ist die Wahrheit.«

»Jetzt? Warum jetzt plötzlich? Warum sollte ich Ihnen das glauben? Warum können Sie das selbst glauben?«

»Weil ich nicht will, daß Pawel sich für mich schämen muß.«

»Pawel? Pawel hat nichts damit zu tun.«

»Ich will nicht, daß Pawel sich seines Vaters schämen muß, jetzt, wo er alles sieht. Das ist es, was sich geändert hat: Es gibt nun ein Maß aller Dinge, auch der Wahrheit, und dieses Maß ist Pawel. Daß ich gegen Matrjona die Beherrschung verloren habe, tut mir leid, ich bedaure es und werde mich bei ihr entschuldigen. Aber, wie Sie sicher wissen« – er breitet hilflos die Arme aus – »Matrjona mag mich nun mal nicht.«

»Sie versteht nicht, was Sie hier machen, das ist alles. Sie hat wohl verstanden, warum Pawel bei uns gewohnt hat – wir haben schon öfter an Studenten vermietet –, aber ein älterer Untermieter ist etwas anderes. Und mir fällt es allmählich auch schwer. Ich will Sie nicht vor die Tür setzen, Fjodor Michailowitsch, aber ich muß gestehen, daß ich erleichtert war, als Sie ankündigten, Sie würden heute abreisen. Die letzten vier Jahre haben Matrjona und ich ein sehr ruhiges und gleichmäßiges Leben gehabt. Darin haben unsere Untermieter uns nie stören dürfen. Nun aber, seit Pawel tot ist, haben wir nur noch Aufregung. Das ist nicht gut für ein Kind. Matrjona wäre jetzt nicht krank, wenn im Haus nicht alles so unruhig und unvorhersehbar wäre. Was der Arzt gesagt hat, stimmt: Sie ist aufgeregt, und Aufregung macht ein Kind anfällig.«

Er wartet darauf, daß sie zu dem Punkt kommt, der sicherlich der Kern der Sache ist, nämlich daß Matrjona klar ist, was zwischen ihrer Mutter und ihm vorgeht, und daß sie in rasender Eifersucht um den Alleinbesitz der Mutter kämpft. Aber anscheinend ist Anna Sergejewna noch nicht bereit, dies offen zur Sprache zu bringen.

»Ich bedauere die Aufregung, ich bedaure das alles. Es war mir unmöglich, heute abend schon abzufahren, wie ich vorgehabt hatte – von den Gründen will ich jetzt nicht reden, sie sind nicht wichtig. Ich werde noch einen Tag bleiben, oder höchstens zwei, bis meine Freunde mir mit Geld aushelfen. Dann bezahle ich, was ich Ihnen schuldig bin, und verschwinde.«

»Nach Dresden?«

»Nach Dresden oder in eine andere Unterkunft – ich kann es noch nicht sagen.«

»Schön, Fjodor Michailowitsch! Doch was das Geld angeht, so lassen Sie uns gleich jetzt reinen Tisch zwischen uns machen. Ich möchte nicht auf einer langen Liste von Leuten stehen, bei denen Sie Schulden haben.«

An ihrem Zorn ist etwas, das er nicht versteht. Sie hat noch nie so verletzend zu ihm gesprochen.

Er setzt sich hin und schreibt an Maikow. »Sie werden mit Erstaunen hören, lieber Apollon Nikolajewitsch, daß ich noch immer in Petersburg bin. Dies ist hoffentlich das letzte Mal, daß ich Ihre Freundlichkeit in Anspruch nehmen muß. Tatsache ist, daß ich in einer solchen Klemme bin, daß ich, wenn ich meinen Mantel nicht versetzen will, meine Unterkunft nicht bezahlen kann, um von der Rückkehr zu meiner Familie ganz zu schweigen. Zweihundert Rubel würden mir weiterhelfen.«

An seine Frau schreibt er: »Ich habe mich dummerweise von einem Freund von Pawel anpumpen lassen. Maikow wird mich

174

wieder mal retten müssen. Ich telegraphiere, sobald meine Verpflichtungen hier erfüllt sind.«

Also wird die Schuld wieder einmal auf Fedjas großmütiges Herz geschoben. Aber in Wahrheit ist Fedjas Herz nicht großmütig. Fedjas Herz –

Es klopft laut an die Wohnungstür. Bevor Anna Sergejewna öffnen kann, ist er an ihrer Seite. »Das muß die Polizei sein«, flüstert er, »wer käme sonst zu dieser Zeit? Lassen Sie mich versuchen, mit denen fertigzuwerden. Bleiben Sie bei Matrjona. Es ist das Beste, wenn die sie nicht befragen.«

Er macht die Tür auf. Vor ihm steht die Finnin, flankiert von zwei Polizisten in blauer Uniform, der eine davon ein Offizier.

»Ist das der Mann?« fragt der Offizier.

Die Finnin nickt.

Er tritt beiseite, und die Polizisten treten ein, das Mädchen vor sich herschiebend. Er sieht mit Erschrecken, wie sehr sich das Äußere der Finnin verändert hat. Ihr Gesicht ist teigig weiß, sie bewegt sich wie eine Puppe, deren Glieder an Schnüren gezogen werden.

»Können wir in mein Zimmer gehen?« sagt er. »Hier ist ein krankes Kind, das nicht gestört werden darf.«

Der Polizeioffizier schreitet durchs Zimmer und reißt den Vorhang auf. Anna Sergejewna kommt zum Vorschein, die sich schützend über ihre Tochter beugt. Sie fährt herum, mit blitzenden Augen. »Lassen Sie uns in Ruhe!« zischt sie. Langsam zieht der Offizier den Vorhang wieder zu.

Er bringt die Leute in sein Zimmer. Etwas daran, wie die Finnin mit den Füßen schlurft, kommt ihm bekannt vor. Dann sieht er's: Sie hat Ketten an den Fußknöcheln.

Der Offizier inspiziert den Hausaltar und das Foto. »Wer ist das?«

»Mein Sohn.«

Da stimmt etwas nicht, an dem Altar ist etwas verändert. Ein Kälteschauer durchläuft ihn, als er erkennt, was es ist.

Das Verhör beginnt.

»Ein Mann namens Sergej Gennadijewitsch Netschajew – ist der heute hier gewesen?«

»Eine Person, von der ich vermute, daß sie Netschajew ist, die aber nicht unter diesem Namen auftritt, ist hier gewesen, ja.«

»Unter welchem Namen tritt er auf?«

»Unter einem Frauennamen. Er war als Frau verkleidet. Er trug einen dunklen Mantel über einem dunkelblauen Kleid.«

»Und warum hat diese Person Sie aufgesucht?«

»Um Geld zu erbitten.«

»Aus keinem andern Grund?«

»Aus keinem andern Grund, den ich kenne. Ich bin kein Freund von ihm.«

»Haben Sie ihm Geld gegeben?«

»Ich habe es ihm verweigert. Er hat sich dann aber genommen, was ich hatte, und ich habe ihn nicht daran gehindert.«

»Wollen Sie sagen, daß er Sie beraubt hat?«

»Er hat das Geld gegen meinen Willen genommen. Einen Versuch, es ihm wieder abzunehmen, hielt ich nicht für ratsam. Wenn Sie wollen, können Sie das Raub nennen.«

»Wieviel war es?«

»Etwa dreißig Rubel.«

»Was war sonst noch?«

Er riskiert einen Blick zu der Finnin hinüber. Ihre Lippen beben geräuschlos. Was die Polizisten mit ihr, seit sie in ihren Händen ist, gemacht haben, hat ihr Gebaren völlig verändert. Sie steht da wie ein Tier im Schlachthaus, das den Axthieb erwartet.

»Wir haben über meinen Sohn gesprochen. Netschajew war ein Freund meines Sohnes, gewissermaßen. Das war der Grund, warum er in dieses Haus kam. Mein Sohn hat hier gewohnt. Sonst wäre Netschajew nicht hergekommen.«

»Wie meinen Sie das – ›sonst wäre er nicht hergekommen‹? Wollen Sie sagen, er hat erwartet, Ihren Sohn hier zu treffen?«

»Nein. Niemand von den Freunden meines Sohnes erwartet,

ihn jemals wieder zu treffen. Ich meine, daß Netschajew hergekommen ist, nicht weil er von mir Sympathie erwartet hat, sondern wegen dieser alten Freundschaft.«

»Ja, über die kriminelle Bandenzugehörigkeit Ihres Sohnes
wissen wir Bescheid.«

Er zuckt die Achseln. »Vielleicht war das gar nicht kriminell.
Vielleicht auch keine Bandenzugehörigkeit – vielleicht nur
Freundschaft. Aber lassen wir das auf sich beruhen. Das ist eine
Frage, die nie vor Gericht auftauchen wird.«

»Wissen Sie, wo Netschajew von hier aus hingegangen ist?«

»Keine Ahnung.«

»Zeigen Sie mir Ihre Papiere.«

Er gibt ihm seinen Paß – seinen eigenen, nicht den von Issajew.
Der Offizier steckt ihn ein und setzt die Mütze auf. »Sie melden
sich morgen früh auf der Wache in der Sadowaja-Straße und machen eine vollständige Aussage. Auf derselben Wache melden
Sie sich jeden Vormittag, sieben Tage die Woche, bis auf weiteres. Sie dürfen Petersburg nicht verlassen. Ist das klar?«

»Und auf wessen Kosten soll ich hierbleiben?«

»Das ist nicht meine Sorge.«

Er gibt seinem Begleiter ein Zeichen, die Gefangene abzufüh-
ren. Aber an der Tür sträubt sich die Finnin, die bis dahin kein
Wort gesagt hat. »Ich habe Hunger!« sagt sie kläglich, und als ihr
Bewacher sie packt und sie hinauszuschieben versucht, stemmt
sie die Füße gegen die Schwelle und hält sich am Türrahmen fest.
»Ich habe Hunger, ich brauche was zu essen!«

Ihr Schrei hat etwas Jammervolles und Verzweifeltes. Obwohl Anna Sergejewna näher bei ihr ist, richtet sich die Bitte
unverkennbar an das Kind, das in aller Stille aus dem Bett gekommen ist und mit dem Daumen im Mund das Geschehen beobachtet.

»Laß mich!« sagt Matrjona und ist schon zum Küchenschrank
geflitzt. Sie kommt mit einem Kanten Roggenbrot und einer
Gurke zurück; auch ihren kleinen Geldbeutel hat sie mitge-

bracht. »Da nehmen Sie alles!« sagt sie in heller Aufregung und drückt der Finnin die Eßwaren und das Geld in die Hände. Dann tritt sie einen Schritt zurück, schüttelt ruckartig den Kopf und macht einen seltsamen, altmodischen Knicks.

»Kein Geld!« fährt der Bewacher grimmig dazwischen, und sie muß den Geldbeutel zurücknehmen.

Kein Wort des Dankes von der Finnin, die nach ihrer kurzen Auflehnung wieder in Passivität verfallen ist. Als ob man den Lebensfunken, denkt er, aus ihr herausgeprügelt hätte. Ob man sie wirklich geschlagen hat – oder noch schlimmer? Und ob Matrjona das irgendwie weiß? Kommt ihr Mitleid daher? Aber wie kann ein Kind so etwas wissen?

Sobald die Polizisten fort sind, kehrt er in sein Zimmer zurück, bläst die Kerze aus, legt die Ikone, Bilder und Kerze auf den Boden und nimmt die Fahne mit den drei Streifen weg, die über die Kommode gebreitet ist. Dann geht er wieder in die Wohnung hinüber. Anna Sergejewna sitzt bei Matrjona am Bett und näht. Er wirft die Fahne aufs Bett. »Wenn ich mit Ihrer Tochter spreche, verliere ich sicher wieder die Beherrschung«, sagt er, »darum sollten lieber Sie als ich sie fragen, wie das hier in mein Zimmer kommt.«

»Wovon reden Sie? Was ist das?«

»Fragen Sie Matrjona.«

»Eine Fahne«, sagt Matrjona mürrisch.

Anna Sergejewna breitet die Fahne auf dem Bett aus. Sie ist über einen Meter lang und offenbar viel benutzt worden, denn die Farben – Weiß, Rot und Schwarz in gleich großen vertikalen Streifen – sind verwittert und verwaschen. Wo mag das Ding wohl geflattert haben – etwa vom Dach des Putzmacherladens von Madame La Fay?

»Wem gehört das?« fragt Anna Sergejewna.

Er wartet, daß das Kind antwortet.

»Dem Volk. Es ist die Volksfahne«, sagt Matrjona schließlich mit Widerstreben.

»Das genügt«, sagt Anna Sergejewna. Sie gibt ihrer Tochter einen Kuß auf die Stirn. »Zeit, daß du schläfst.« Sie zieht den Vorhang zu.

Fünf Minuten später steht sie bei ihm im Zimmer, die Fahne klein zusammengefaltet in der Hand. »Erklären Sie mir das«, sagt sie.

»Was Sie da haben, ist die Fahne der Volksrache. Es ist die Fahne des Aufstandes. Wenn Sie von mir hören wollen, wofür die Farben stehen, kann ich es Ihnen sagen. Oder fragen Sie Matrjona selbst, ich bin sicher, sie weiß es. Ich kann mir nichts denken, was herausfordernder und belastender wäre, als diese Fahne aufzuhängen. Matrjona hat sie in meiner Abwesenheit in meinem Zimmer ausgebreitet, so daß die Polizisten sie sehen konnten. Ich verstehe nicht, was in sie gefahren ist. Ist sie denn verrückt geworden?«

»Gebrauchen Sie dieses Wort nicht in bezug auf Matrjona! Sie hatte doch keine Ahnung, daß die Polizei kommen würde. Und was die Fahne angeht, wenn die soviel Ärger macht, dann werde ich sie gleich nehmen und verbrennen.«

»Verbrennen?« Er ist ganz verblüfft. Wie einfach! Warum hat er das blaue Kleid nicht verbrannt?

»Aber eins will ich Ihnen sagen«, fügt sie hinzu, »damit ist die Angelegenheit dann bitte zu Ende, ein für allemal! Sie ziehen Matrjona in Affären hinein, die ein Kind überhaupt nichts angehen.«

»Sie sprechen mir aus der Seele. Aber nicht ich ziehe sie da hinein. Es ist Netschajew.«

»Das macht keinen Unterschied. Wenn Sie nicht hier wären, käme auch kein Netschajew.«

15

Der Keller

Während der Nacht hat es stark geschneit. Als er ins Freie kommt, blendet ihn das grelle Weiß wie mit einem Schlag. Er bleibt stehen und duckt sich; er hat das Gefühl zu kreiseln, nicht rechtsherum, sondern kopfüber. Wenn er weiterzugehen versucht, befürchtet er, würde er vornüber fallen und sich überschlagen.

Das kann nur das Vorspiel zu einem Anfall sein. In Momenten von Schwindel und Herzklopfen, von Erschöpfung und Reizbarkeit hat ein Anfall sich nun schon seit Tagen angekündigt, ohne zu kommen. Es sei denn, man wollte den Gesamtzustand, in dem er sich befindet, als einen Anfall bezeichnen.

Vor dem Hauseingang zur Nummer 63 stehend und ganz mit den Vorgängen in seinem Innern beschäftigt, hört er nichts um sich herum, bis ihn jemand beim Arm packt. Er schrickt zusammen und öffnet die Augen. Vor ihm steht Netschajew.

Netschajew grinst und bleckt die Zähne. Seine Furunkel sind fahl von der Kälte. Er versucht sich loszureißen, aber Netschajew hält ihn nur um so fester.

»Das ist tolldreist«, sagt er. »Sie hätten Petersburg verlassen sollen, solange Sie noch konnten. Sie werden sicher geschnappt.«

Mit der einen Hand an seinem Oberarm und der anderen um sein Handgelenk dreht Netschajew ihn herum. Seite an Seite, wie ein widerspenstiger Hund mit seinem Herrn, gehen sie die Swetschnojer Straße entlang.

»Aber vielleicht wünschen Sie sich insgeheim, daß man Sie erwischt.«

Netschajew trägt eine schwarze Mütze, deren Ohrenklappen hin und her baumeln, als er den Kopf schüttelt. Er spricht in einem nachsichtigen, leiernden Ton. »Sie schreiben den Leuten immer perverse Motive zu, Fjodor Michailowitsch. So sind die Menschen nicht. Überlegen Sie mal: Warum sollte ich mir wünschen, erwischt und eingelocht zu werden? Außerdem, wer wird schon auf ein Paar wie uns beide achten, Vater und Sohn auf einem Spaziergang?« Und er begleitet seine Worte mit einem unverkennbar gutgelaunten Lächeln.

Sie sind nun am Ende der Straße. Mit leichtem Druck steuert ihn Netschajew nach rechts.

»Haben Sie eine Ahnung, was Ihre Freundin jetzt durchmacht?«

»Meine Freundin? Sie meinen das finnische Mädchen? Sie wird nicht weich werden, ich habe Vertrauen zu ihr.«

»Das würden Sie nicht sagen, wenn Sie sie gesehen hätten.«

»Sie haben sie gesehen?«

»Die Polizei brachte sie mit in die Wohnung, um mich zu identifizieren.«

»Macht nichts, ich habe keine Angst um sie, sie ist tapfer, sie wird ihre Pflicht tun. Hatte sie eine Gelegenheit, mit der kleinen Tochter Ihrer Wirtin zu sprechen?«

»Mit Matrjona? Warum sollte sie?«

»Nichts weiter, nichts weiter. Sie ist so kinderlieb. Sie ist ja selbst noch ein Kind: sehr schlicht, sehr offen.«

»Die Polizei hat mich verhört. Sie wird mich noch mal verhören. Ich habe nichts verheimlicht. Ich werde auch nichts verheimlichen. Ich warne Sie, Sie können Pawel nicht gegen mich ausspielen.«

»Ich brauche Pawel nicht gegen Sie auszuspielen. Ich kann Sie gegen sich selbst ausspielen.«

Sie sind nun in der Sadowaja-Straße, im Heumarkt-Viertel.

Er macht sich ganz steif und bleibt stehen. »Sie haben Pawel eine Liste der Leute gegeben, die Sie umgebracht haben wollten«, sagt er.

»Über die Liste haben wir schon gesprochen – wissen Sie nicht mehr? Es war eine von vielen. Eine von vielen Abschriften von vielen Listen.«

»Das ist nicht meine Frage. Ich möchte wissen –«

Netschajew wirft den Kopf in den Nacken und lacht. Eine Dampfwolke steigt aus seinem Mund auf. »Sie wollen wissen, ob Sie auch darauf stehen!«

»Ich möchte wissen, ob das der Grund war, aus dem sich Pawel mit Ihnen überworfen hat – weil er meinen Namen auf der Liste gesehen und protestiert hat.«

»Was für eine verrückte Idee, Fjodor Michailowitsch! Natürlich standen Sie auf keiner Liste. Sie sind eine viel zu wertvolle Person. Wie dem auch sei, unter uns gesagt, es macht keinen Unterschied, welche Namen auf den Listen stehen. Wichtig ist nur, daß *die* wissen, daß sie mit Vergeltung rechnen müssen, und vor Angst zittern. Das Volk versteht dergleichen Maßnahmen und ist damit einverstanden. Das Volk interessiert sich nicht für Einzelfälle. Seit unvordenklichen Zeiten hat das Volk zu leiden; jetzt verlangt es, daß *die* auch mal an die Reihe kommen und zu leiden haben. Also keine Sorge, Ihre Stunde hat noch nicht geschlagen. Wir wären sogar froh, wenn wir Menschen wie Sie zur Mitarbeit gewinnen könnten.«

»Menschen wie mich? Was für Menschen sind denn wie ich? Soll ich für Sie Pamphlete schreiben?«

»Natürlich nicht. Ihr Talent ist nicht von der Art, dafür sind Sie zu aufrichtig. Kommen Sie, gehn wir ein Stück. Ich möchte Ihnen etwas zeigen. Ich möchte ein Samenkorn in Ihre Seele versenken.«

Netschajew nimmt seinen Arm, und sie gehen weiter, die Sadowaja-Straße entlang. Zwei Offiziere in den olivgrünen Mänteln der Dragoner kommen ihnen entgegen. Netschajew macht ihnen den Weg frei und hebt eine Hand, munter salutierend. Die Offiziere nicken ihm zu.

»Ich habe ein Buch von Ihnen gelesen, *Schuld und Sühne*«, nimmt Netschajew das Gespräch wieder auf. »Das hat mich auf den Gedanken gebracht. Es ist ein vortreffliches Buch; ich habe noch nie etwas dergleichen gelesen. Es gab Stellen, wo ich Angst hatte – Raskolnikows Krankheit und so weiter. Sie müssen schon von vielen Seiten Lob dafür gehört haben. Trotzdem, ich sage es Ihnen –« Er klatscht sich eine Hand vor die Brust und stößt sie dann vor, als ob er sich das Herz herausrisse. Wie absonderlich diese Geste ist, scheint ihm nun selbst klarzuwerden, denn er errötet.

Es ist die erste unkalkulierte Handlung, die er von Netschajew gesehen hat, und sie überrascht ihn. Ein jungfräuliches Herz, denkt er, das sich über die eigenen Regungen wundert. Wie dieses Geschöpf des Doktor Frankenstein, wenn es zum Leben erwacht. Er spürt einen ersten Anflug von Mitleid für diesen starrsinnigen, wenig anziehenden jungen Mann.

Sie sind nun mitten im Heumarkt. Netschajew führt ihn durch die engen Straßen voller Verkaufstische und Karren, durch Gedränge und Schwaden von menschlichen Ausdünstungen.

In einem Hauseingang bleiben sie stehen. Netschajew zieht einen blauen Wollschal aus der Tasche. »Ich muß Sie bitten, sich die Augen verbinden zu lassen«, sagt er.

»Wo führen Sie mich hin?«

»Zu etwas, das ich Ihnen zeigen möchte.«

»Aber wo führen Sie mich hin?«

»Dahin, wo ich zur Zeit wohne, unters Volk. So wird es für uns beide leichter. Sie werden dann mit reinem Gewissen aussagen können, daß Sie nicht wissen, wo ich zu finden bin.«

Mit der Binde vor den Augen kann er sich wieder dem Wohlgefühl der Benommenheit überlassen. Netschajew führt ihn; er wird von Vorüberkommenden gestreift und angerempelt; einmal tritt er fehl, und man muß ihm aufhelfen.

Von der Straße biegen sie in einen Hof ab. Aus einer Kneipe kommen Gesang und das Klimpern einer Gitarre, vergnügtes Gejohle. Es riecht nach Ausgüssen und Fischabfällen.

Man führt ihm die Hand zu einem Geländer. »Vorsicht, Stufen!« sagt Netschajews Stimme. »Hier ist es so dunkel, daß Sie ohne die Binde auch nicht viel sehen würden.«

Er schlurft eine Treppe hinunter wie ein alter Mann. Die Luft ist feuchtkalt und unbewegt. Von irgendwoher hört er ein langsames Tröpfeln von Wasser. Es ist, als ob sie in einen Keller hinabsteigen.

»Da sind wir«, sagt Netschajew. »Ziehen Sie den Kopf ein.«

Sie bleiben stehen. Netschajew nimmt ihm die Binde ab. Sie stehen am Fuß einer unbeleuchteten Holztreppe. Vor ihnen ist eine verschlossene Tür. Netschajew klopft viermal, dann dreimal. Sie warten. Man hört nichts als das Tröpfeln. Netschajew wiederholt das Klopfzeichen. Keine Antwort. »Wir müssen etwas warten«, sagt er. »Kommen Sie!«

Er klopft an die Tür auf der anderen Seite der Treppe, drückt sie auf und tritt ein.

Sie befinden sich nun in einem Kellerraum, der so niedrig ist, daß er sich bücken muß; Licht fällt nur durch ein kleines Ölpapierfenster in Kopfhöhe herein. Der Boden ist nackter Stein; sobald er darauf steht, spürt er, wie ihm die Kälte in die Stiefel hinaufkriecht. Die Wände entlang, dicht überm Boden, verlaufen Röhren. Es riecht nach feuchtem Gips und feuchtem Backstein. Obwohl das nicht sein kann, scheinen Wasserschwälle die Wände hinabzufließen.

Am anderen Ende des Kellers ist ein Seil gespannt, auf dem Wäsche hängt, grau und feuchtkalt wie der ganze Raum. Unter der Wäscheleine steht ein Bett, auf dem drei Kinder sitzen, alle in der gleichen Haltung, mit dem Rücken zur Wand, die Knie angezogen bis unters Kinn und die Arme um die Knie geschlungen. Sie sind barfüßig und tragen leinene Kittel. Das älteste ist ein Mädchen. Ihr Haar ist fettig und ungekämmt, die Oberlippe mit

Rotz bedeckt, den sie gleichmütig mit der Zunge aufleckt. Von den beiden andern kann das eine noch kaum entwöhnt sein. Sie machen keine Bewegung und kein Geräusch. Aus entzündeten Augen erwidern sie ohne Neugier den Blick der Eindringlinge.

Netschajew zündet eine Kerze an und stellt sie in eine Nische in der Wand.

»Wohnen Sie hier?«

»Nein. Aber das ist nicht wichtig.« Netschajew beginnt auf und ab zu gehen. Wieder hat er einen Eindruck von gefesselter Energie. Er stellt sich Pawel neben Netschajew vor. Pawel hatte keinen solchen Antrieb. Es fällt ihm nicht mehr schwer, zu verstehen, warum Pawel diesen Mann als Führer anerkannt hat.

»Ich will Ihnen sagen, warum ich Sie hierhergebracht habe, Fjodor Michailowitsch«, beginnt Netschajew. »In dem Raum nebenan haben wir eine Druckerpresse, eine Handpresse. Natürlich ist sie illegal. Der Idiot, der den Schlüssel hat, ist leider fortgegangen, obwohl er versprochen hatte, er würde dasein. Ich biete Ihnen an, von dieser Presse Gebrauch zu machen, bevor Sie aus Petersburg abreisen. Was immer Sie zu sagen für richtig halten, können wir binnen Stunden in Tausenden von Exemplaren verbreiten. Zu einer Zeit wie dieser, wo wir an der Schwelle großer Ereignisse stehen, kann ein Beitrag von Ihnen eine gewaltige Wirkung haben. Ihr Name gilt viel, besonders unter den Studenten. Wenn Sie bereit wären, unter Ihrem Namen die Geschichte zu veröffentlichen, wie Ihr Stiefsohn ums Leben gekommen ist, werden die Studenten unweigerlich in gerechter Empörung auf die Straße gehen.« Er hört auf, hin und her zu laufen, und sieht ihn direkt an. »Es tut mir leid, daß Pawel Issajew tot ist. Er war ein guter Kamerad. Aber wir dürfen nicht nur in die Vergangenheit blicken. Wir müssen aus seinem Tod eine Flamme entfachen. Er würde mir zustimmen. Er würde Sie auffordern, Ihren Zorn in den Dienst einer guten Sache zu stellen.«

Bei diesen Worten scheint ihm klarzuwerden, daß er zu weit

gegangen ist. Halbherzig korrigiert er sich. »Ihren Zorn und Ihren Schmerz, meine ich. Damit er nicht umsonst gestorben ist.«

Eine Flamme entfachen – das ist zuviel! Er wendet sich zum Gehen. Aber Netschajew packt ihn und hält ihn fest. »Sie können noch nicht gehen«, sagt er durch die Zähne. »Wie können Sie Rußland im Stich lassen und in Ihre erbärmliche bourgeoise Existenz zurückkehren? Wie können Sie eine Szene wie diese hier ignorieren« – er schwenkt die Hand über den Keller hin –, »eine Szene, wie man sie in diesem Land tausendfach, millionenfach sehen kann? Was ist aus Ihnen geworden? Glimmt in Ihnen denn kein Funke mehr? *Sehen* Sie nicht, was Sie vor Augen haben?«

Er dreht sich um und blickt durch den feuchten Kellerraum. Was sieht er? Drei frierende, hungrige Kinder in Erwartung des Todesengels. »Ich sehe ebensogut wie Sie«, sagt er. »Sogar besser.«

»Nein! Sie glauben zu sehen, aber Sie sehen nichts! Beim Sehen kommt es nicht nur auf die Augen an, sondern auf das richtige Verständnis. Was Sie sehen, sind nur die erbärmlichen materiellen Umstände in diesem Keller, in dem zu leben eine Strafe ist, zu der nicht mal eine Ratte oder eine Küchenschabe verdammt sein sollte. Sie sehen das Elend von drei verhungernden Kindern; wenn Sie etwas warten, können Sie auch noch ihre Mutter sehen, die sich auf den Straßen feilbieten muß, um eine Brotrinde heimbringen zu können. Sie sehen, wie die Ärmsten unserer Armen in Petersburg leben müssen. Aber das heißt nicht sehen, das heißt nur Details bemerken! Sie verkennen die *Kräfte*, von denen das Leben, zu dem diese Menschen verdammt sind, bestimmt wird. Die *Kräfte*: für die sind Sie blind.«

Mit einem Finger zieht er eine Linie vom Boden zu seinen Füßen (er bückt sich, bis er den Boden berührt, und sein Finger wird feucht) durch das trübe Fenster nach draußen in die Weiten des Himmels.

»Die Linien enden hier, aber was glauben Sie, wo sie beginnen? Sie beginnen in den Ministerien, beim Schatzamt, an den

Börsen und in den Handelsbanken. Sie beginnen in den Kanzleien Europas. Da beginnen die Kräftelinien und strahlen in alle Richtungen aus, bis sie in Kellern wie diesem hier enden, im Leben dieser Unterirdischen. Wenn Sie *das* schreiben würden, könnten Sie die Welt wahrhaft aufwecken. Doch natürlich«, sagt er mit einem bitteren Lachen, »wenn Sie das schrieben, würden Sie es nicht publizieren dürfen. Geschichten über das stumme Leiden der Armen, die dürfen Sie nach Herzenslust schreiben und bekommen dafür Beifall, aber die reine Wahrheit, die ließe man Sie niemals publizieren! Das ist der Grund, warum ich Ihnen unsere Druckerei zur Verfügung stelle. Fangen Sie an! Erzählen Sie denen von Ihrem Stiefsohn und davon, warum er geopfert wurde.«

Geopfert. Vielleicht sind seine Gedanken abgeschweift, oder vielleicht ist er auch bloß müde, aber er versteht nicht, wie oder für wen Pawel geopfert worden sein soll. Auch das leidenschaftliche Gerede von den Kräftelinien berührt ihn nicht. Und er ist nicht in der Stimmung, sich Predigten anzuhören. »Was ich sehe, das sehe ich«, sagt er frostig. »Ihre Linien sehe ich nicht.«

»Dann könnten Sie ebensogut immer noch die Binde vor den Augen tragen! Muß ich Ihnen denn eine Lehre erteilen? Der abscheuliche Anblick von Hunger, Armut und Krankheit bedrückt Sie. Aber Hunger, Armut und Krankheit sind nicht der Feind. Sie sind nur Formen, in denen die *realen* Kräfte sich in der Welt manifestieren. Der Hunger ist keine Kraft – er ist ein Medium, wie das Wasser eines ist. Die Armen leben im Hunger wie die Fische im Wasser. Die realen Kräfte haben ihren Ursprung in den Zentren der Macht, im Zusammenspiel der Interessen, das dort stattfindet. Sie sagten mir, Sie hätten Angst, daß Ihr Name auf unseren Listen stehen könnte. Ich versichere Ihnen noch mal, ich schwöre Ihnen, er steht nicht drauf. Auf unseren Listen stehen nur die Namen der Spinnen und Blutsauger, die in der Mitte der Netze sitzen. Sobald die Spinnen und ihre Netze einmal vernichtet sind, werden Kinder wie diese hier frei sein. In ganz Rußland werden die Kinder dann aus ihren Kellerlöchern hervorkriechen können. Es wird Brot, Kleider und Häuser, richtige Häuser, für alle geben. Und Arbeit wird es auch geben – viel Arbeit! Die erste Arbeit wird sein, die Banken, die Börsen und die Ministerien dem Erdboden gleichzumachen, so gründlich, daß sie nie wieder aufgebaut werden.«

Die Kinder, die zuerst anscheinend zugehört hatten, haben das Interesse verloren. Das Kleinste ist zur Seite gekippt und mit dem Kopf auf dem Schoß seiner Schwester eingeschlafen. Die Schwester ist jünger als Matrjona, aber auch, wie sie ihm vorkommt, stumpfsinniger, schicksalsergebener. Ob sie schon angefangen hat, Männern gefällig zu sein?

Noch etwas daran, wie die Kinder sie stumm beobachten, findet er seltsam. Seit sie hier drinnen sind, hat Netschajew nicht mit den Kindern gesprochen, und nichts deutet darauf hin, daß er sie auch nur beim Namen kennt. Ob sie für ihn wohl mehr sind als Schulbeispiele für die städtische Armut? *Muß ich Ihnen denn eine Lehre erteilen?* Er erinnert sich an eine boshafte Bemerkung der Prinzessin Obolonskaja: Der junge Netschajew habe Lehrer werden wollen, sei aber bei dem Examen durchgefallen und habe sich dann, aus Rache an seinen Prüfern, der Revolution zugewandt. Ist dieser Netschajew im Herzen also auch wieder nur ein Pädagoge wie sein Lehrmeister Jean-Jacques?

Und das mit den Linien. Er weiß immer noch nicht recht, was Netschajew mit diesen Linien meint. Er braucht *ihm* doch nicht zu erklären, daß die Bankiers das Geld horten, daß die Habgier ihnen das Herz schrumpfen macht. Aber Netschajew will auf etwas anderes hinaus. Auf was? Sollen Zahlenreihen durch das Ölpapierfenster hereinkommen und diesen Kindern in die leeren Bäuche hauen?

Ihm ist wieder schwindlig. *Ihnen eine Lehre erteilen.* Er holt tief Luft. »Haben Sie fünf Rubel?« fragt er.

Netschajew tastet zerstreut in seiner Tasche.

»Diese Kleine da« – er nickt zu dem Mädchen hin –, »wenn Sie die mal tüchtig waschen, ihr das Haar schneiden und ihr ein neues Kleid anziehen, dann könnte ich Sie an ein Etablissement verweisen, wo sie Ihnen heute noch, in einer Nacht, für Ihre investierten fünf Rubel hundert Rubel erwirtschaften könnte. Und wenn Sie sie anständig ernähren, sie sauber halten und nicht überanstrengen oder ihre Gesundheit vernachlässigen, dann könnte sie Ihnen mindestens noch fünf Jahre lang Nacht für Nacht fünf Rubel einbringen. Ganz leicht!«

»Was –?«

»Hören Sie mich bis zu Ende an! In den Kellern von Petersburg gibt es genug Kinder, und auf den Straßen gibt es genug Herren mit Geld in den Taschen und mit Appetit auf junges Fleisch, um allen armen Leuten in der Stadt den Wohlstand zu bringen. Alles, was nötig ist, ist ein kühler Kopf. Auf dem Rükken seiner Kinder könnte das Kellervolk ans Licht des Tages erhoben werden.«

»Worauf wollen Sie hinaus mit dieser perversen Parabel?«

»Ich spreche nicht in Parabeln. Das Leiden der Unschuldigen empört mich ebenso wie Sie. Ich schätze Sie nicht falsch ein, Sergej Gennadijewitsch. Lange Zeit mochte ich nicht glauben, daß mein Sohn zu Ihren Anhängern gehört haben könnte. Nun fange ich an zu verstehen, was er in Ihnen gesehen hat. Der Geist der Gerechtigkeit ist Ihnen angeboren, und er ist noch nicht erstickt. Ich bin sicher, wenn dieses Kind, die Kleine hier, von einem unserer Petersburger Lebemänner in ein dunkles Gäßchen gelockt würde und Sie kämen dazu – wenn Sie zum Beispiel ein wachsames Auge auf das Mädchen gehabt hätten –, dann würden Sie nicht zögern, dem Mann ein Messer in den Rücken zu stoßen, um die Kleine zu retten. Oder, wenn es zu spät wäre, um sie zu retten, dann wenigstens um sie zu rächen.

Dies ist keine Parabel; es ist eine Geschichte über Kinder und ihre Verwendungsmöglichkeiten. Mit Hilfe eines Kindes könnten Petersburgs Straßen von einem Blutsauger befreit werden, womöglich gar von einem blutsaugerischen Bankier. Und zu ge-

gebener Zeit könnten dann auch die Frau des Toten und seine Kinder auf den Straßen zum Einsatz gebracht werden, um der gleichmachenden Gerechtigkeit vollends Genüge zu tun.«

»Sie Schwein!«

»Nein, Sie verkennen meine Rolle in der Geschichte. Ich bin nicht das Schwein. Ich bin nicht der Herr, der in dem Gäßchen wie ein Schwein abgestochen wird. Ich sage's noch mal: keine Parabel, sondern eine Geschichte. Geschichten können von anderen Menschen handeln, man ist nicht verpflichtet, sich selbst darin ein Plätzchen zu reservieren. Doch wenn der Geist der Gerechtigkeit es Ihnen nicht erlaubt, das Leiden der unschuldigen Kinder zu ignorieren, nicht mal mit einer Geschichte, dann gibt es viele andere Möglichkeiten, die Spinnen, die sich an ihnen mästen, zu bestrafen. Man muß zum Beispiel nicht unbedingt ein Kind sein, um einen Mann in ein dunkles Gäßchen zu locken. Man muß sich nur den Bart abrasieren, das Gesicht pudern, ein Damenkleid anziehen und darauf achten, sich im Schatten zu halten.«

Nun lächelt Netschajew, oder vielmehr, er bleckt die Zähne. »Das ist alles aus einem Ihrer Bücher. Das gehört alles zu Ihren perversen Vorspiegelungen!«

»Vielleicht. Aber ich habe immer noch eine Frage. Wenn es Ihnen heute freisteht, sich zu verkleiden und zu sein, wer Sie wollen, zu tun, was der Geist der Gerechtigkeit Ihnen eingibt (ein Geist, den Sie, glaube ich, immer noch im Herzen tragen) –, wie wird das dann aber morgen sein, wenn erst der Sturm der Volksrache das Seine getan hat und alle Menschen gleichgemacht sind. Werden Sie dann immer noch sein dürfen, wer Sie wollen? Wird dann jeder von uns endlich sein dürfen, wer er sein will?«

»Das wird dann nicht mehr nötig sein.«

»Nicht mehr nötig, sich zu verkleiden? Nicht mal beim Karneval?«

»Was für ein blödsinniges Gespräch. Karneval wird nicht mehr nötig sein.«

»Kein Karneval mehr? Keine Feiertage?«

»Es wird Erholungstage geben. Die Leute werden die Wahl haben, ob sie sich ausruhen oder aufs Land fahren wollen, um bei der Ernte zu helfen.«

»Ja, von dieser Erntehilfe habe ich gehört. Ohne Zweifel werden wir bei der Arbeit singen. Aber ich komme auf meine Frage zurück. Was wird aus mir, welches ist mein Platz in Ihrem Utopia? Wird es weiterhin erlaubt sein, mich als Frau zu verkleiden, wenn der Geist es mir einflüstert oder wie ein junger Dandy in einem weißen Anzug herumzulaufen, oder habe ich dann nur noch Anspruch auf *einen* Namen, *ein* Alter, *eine* Familienzugehörigkeit?«

»Das zu sagen, steht mir nicht zu. Das Volk wird Ihnen die Antwort geben. Das Volk wird Ihnen sagen, was Ihnen erlaubt ist.«

»Aber was sagen *Sie*, Sergej Gennadijewitsch? Denn wenn Sie nicht einer aus diesem Volk sind, was sind Sie dann, und was für eine Zukunft haben Sie? Werde ich weiterhin die Freiheit haben, mich auszugeben als was ich will – als einen jungen Mann zum Beispiel, der seine Mußestunden damit verbringt, Listen der Leute, die er nicht leiden kann, zu diktieren und sich blutrünstige Strafen für sie auszudenken, oder als den Lagerverwalter, dessen Amt es ist, immer wieder frische Sägespäne für den Korb unter der Guillotine zu bestellen? Werde ich so frei sein? Oder darf ich nie vergessen, was ich Sie in Genf einmal sagen hörte: Leute wie Kopernikus hätten wir genug gehabt, und wenn noch mal ein Kopernikus käme, dann sollte man ihm die Augen ausstechen.«

»Sie delirieren. Sie sind nicht Kopernikus.«

»Sie haben recht, ich bin nicht Kopernikus. Wenn ich zum Himmel aufblicke, sehe ich nur die Sterne, die über uns wachten, als wir geboren wurden, und die noch immer über uns wachen werden, wenn wir sterben, egal wie wir uns verkleiden, egal wie tief die Keller sind, in denen wir uns verstecken.«

»Ich verstecke mich nicht, ich verschmelze einfach mit dem unsichtbaren Volk dieser Stadt und mit den Bedingungen, die mich hervorgebracht haben. Nur daß Sie eben diese Bedingungen nicht sehen können.«

»Darf ich mal offen sein? Sie reden Unsinn. Ich sehe zwar keine Kräftelinien und Zahlenreihen am Himmel, aber blind bin ich nicht.«

»Keiner ist so blind wie der, der nicht sehen will! Sie sehen Kinder, die in einem Keller verhungern. Sie weigern sich zu sehen, wovon die Lebensbedingungen dieser Kinder abhängig sind. Wie können Sie das Sehen nennen? Denn natürlich, Sie und die Leute, von denen Sie bezahlt werden, ziehen aus verhungernden, hohlwangigen Kindern einen Vorteil. Das ist es doch, wovon Sie und Ihresgleichen gern etwas lesen: von seelenvollen, hohlwangigen Kindern mit zarten Piepsstimmchen. Wollen Sie von mir mal die Wahrheit über den Hunger hören? Wenn diese hohlwangigen Kinder Sie anblicken, wissen Sie, was die dann sehen? Sie sehen fette Backen und eine fleischige Zunge. Diese armen Unschuldigen würden über Sie herfallen wie die Ratten und Sie auffressen, wenn sie nicht wüßten, daß Sie stark genug sind, sie abzuwehren. Aber davon wollen Sie lieber nichts wissen. Sie wollen lieber drei kleine Engelein bei ihrem kurzen Besuch auf Erden sehen.

Je länger ich mit Ihnen rede, Fjodor Michailowitsch, desto weniger verstehe ich, wie Sie dieses Buch über Raskolnikow schreiben konnten. Raskolnikow war wenigstens lebendig, jedenfalls bis ihn das Fieber umwarf, oder was es war. Wissen Sie, wie Sie mir jetzt vorkommen? Wie ein alter Gaul mit Scheuklappen, der immer im Kreis herumläuft und tagaus, tagein immer wieder dieselbe alte Geschichte abspult. Mit welchem Recht wollen Sie mir etwas von Verkleidungen erzählen? Sie wären nicht imstande, sich zu verkleiden, um Ihr Leben zu retten. Sie sind nur noch ein dürrer alter Mann, ein dürrer alter Ackergaul, der nicht mehr lange zu leben hat. Ist es nicht an der Zeit, daß Sie versuchen, am Leben der Unterdrückten *teilzunehmen*, statt zu Hause zu sitzen, über sie zu schreiben und das Geld zu zählen, das Sie damit verdienen? Aber ich sehe, Sie werden allmählich zappelig. Vermutlich wollen Sie jetzt schleunigst nach Hause, damit Sie diesen Keller und diese Kinder in Ihrem Notizblock festhalten können, bevor die Erinnerung verblaßt. Sie widern mich an!«

Er hält inne, kommt näher, späht ihm ins Gesicht. »Gehe ich zu weit, Fjodor Michailowitsch?« fährt er in milderem Ton fort. »Verletze ich die Grenzen des Anstands und lege bloß, was man nicht bloßlegen darf? Wir haben Sie *durchschaut*, wir alle, auch Ihr Stiefsohn. Warum so still auf einmal? Trifft es Sie bis auf die Knochen?« Er holt den Schal wieder aus der Tasche. »Sollen wir Ihnen die Binde wieder anlegen?«

Bis auf die Knochen? Na ja, vielleicht. Nicht die Beschuldigung als solche, aber die Stimme, die er heraushört: Pawels Stimme. Pawel, wie er sich bei seinem Freund über ihn beklagt hat – in Worten, die der gut verwahrt hat wie ein Gift.

Entmutigt schiebt er den Schal weg. »Warum versuchen Sie mich zu provozieren?« sagt er. »Sie haben mich nicht hierhergebracht, um mir Ihre Druckerpresse zu zeigen oder die hungernden Kinder. Das sind doch nur Vorwände. Was wollen Sie wirklich von mir? Wollen Sie mich in eine solche Wut bringen, daß ich losgehe und Sie an die Polizei verrate? Warum haben Sie Petersburg nicht verlassen? Statt sich aus dem Staub zu machen, wie es jeder Vernünftige tun würde, benehmen Sie sich wie Jesus vor Jerusalem und warten auf den Esel, der Sie in die Arme Ihrer Verfolger trägt. Machen Sie sich Hoffnung, daß ich den Esel spiele? Sie bilden sich ein, Sie seien der Fürst in seinem Versteck, der Fürst und der Märtyrer, der darauf wartet, daß man ihn ruft. Sie möchten Jesus sein Ostern stehlen. Dies ist schon das zweite Mal, daß Sie mich in Versuchung bringen, aber ich fühle mich nicht versucht.«

»Hören Sie auf, vom Thema abzuschweifen! Wir reden jetzt über Rußland und nicht über Jesus. Und hören Sie auf, mir die Schuld zuzuschieben! Wenn Sie mich verraten sollten, dann deshalb, weil Sie mich hassen!«

»Ich hasse Sie nicht. Dazu habe ich keinen Grund.«

»Doch, Sie hassen mich! Sie möchten sich an mir rächen, weil ich den Menschen die Augen dafür öffne, was ihr wirklich seid, Sie und Ihre Generation.«

»Und wie sind wir wirklich, ich und meine Generation?«

»Das will ich Ihnen sagen. Eure Zeit ist um. Aber statt still von der Bildfläche zu verschwinden, möchtet ihr die ganze Welt mit ins Verderben ziehen. Ihr könnt nicht verwinden, daß Jüngere und Stärkere, die eine bessere Welt schaffen werden, euch die Zügel aus der Hand nehmen. So seid ihr wirklich. Und erzählen Sie mir bloß nicht, auch Sie seien mal ein Revolutionär gewesen, der für seine Überzeugungen nach Sibirien gegangen ist. Ich weiß zuverlässig, daß man Sie sogar in Sibirien wie einen Hochwohlgeborenen behandelt hat. Sie haben die Leiden des Volkes nicht zu teilen brauchen, es war nur Theater. Ihr alten Männer widert mich an! An dem Tag, an dem ich fünfunddreißig werde, schieß' ich mir eine Kugel durch den Kopf, das schwör' ich!«

Die letzten Worte kommen mit einer so nachdrücklichen Verdrossenheit heraus, daß ein Grinsen sich nicht unterdrücken läßt; Netschajew selbst wird rot vor Verlegenheit.

»Ich hoffe, Sie bekommen vorher noch die Gelegenheit, Vater zu werden, damit Sie wissen, was es heißt, aus diesem Becher zu trinken.«

»Ich werde nie Vater werden«, brummt Netschajew.

»Wie wollen Sie das wissen? Da können Sie nie sicher sein. Ein Mann kann nur den Samen ausstreuen; nachher hat der Same sein Eigenleben.«

Netschajew schüttelt entschieden den Kopf. Wie er das wohl meint? Daß er keinen Samen ausstreut? Daß er gelobt hat, keusch zu bleiben wie Jesus?

»Da können Sie nie sicher sein«, wiederholt er leise. »Aus dem Samen wird der Sohn, aus dem Prinzen der König. Wenn Sie eines Tages auf dem Thron sitzen (angenommen, Sie hätten sich bis dahin noch nicht das Hirn aus dem Schädel geknallt) und das

194

ganze Land ist voller kleiner Prinzen, die sich in die Keller und Dachkammern verkriechen und gegen Sie Intrigen spinnen, was wollen Sie dann tun? Ihre Soldaten losschicken, daß sie denen die Köpfe abhacken?«

Netschajew schaut finster drein. »Sie wollen mich wütend machen mit Ihren albernen Parabeln. Über Ihren Vater weiß ich Bescheid, Pawel Issajew hat mir's erzählt: was das für ein schäbiger kleiner Tyrann war; wie alle Leute ihn haßten, bis seine eigenen Bauern ihn umbrachten. Sie glauben, weil Sie und Ihr Vater einander gehaßt haben, dürfte die Weltgeschichte aus nichts anderem bestehen als aus dem Streit zwischen Vätern und Söhnen. Sie verstehen nicht, was die Revolution bedeutet. Die Revolution ist das Ende von allem, was alt ist, auch dem Gezänk zwischen Vätern und Söhnen. Sie ist das Ende jeder Erbfolge und aller Dynastien. Und sie erneuert sich immer wieder, wenn sie die echte Revolution ist. Mit jeder neuen Generation wird die alte Revolution umgewälzt, und die Geschichte fängt von vorn an. *Das* ist der neue Gedanke, der wahrhaft neue Gedanke. Das Jahr eins, die Carte blanche! Wenn alles neu erfunden wird, alles ausgetilgt und wiedergeboren: Recht, Moral, Familie – alles! Wenn alle Sträflinge befreit und alle Verbrechen vergeben werden. Der Gedanke ist so unerhört, daß ihr ihn nicht verstehen könnt, Sie und Ihre Generation. Oder vielmehr, Sie verstehen ihn nur allzu gut und möchten ihn im Keim ersticken.«

»Und wie steht's mit dem Geld? Wenn alle Verbrechen vergeben sind, werden Sie dann das Geld neu verteilen?«

»Wir werden mehr tun als das. Dann und wann, wenn die Leute es am wenigsten erwarten, werden wir das vorhandene Geld für wertlos erklären und neues drucken. Das war der Fehler, den die Franzosen gemacht haben – das alte Geld weiter zirkulieren zu lassen. Die Franzosen haben keine echte Revolution gemacht, weil sie nicht den Mut hatten, bis zur letzten Konsequenz zu gehen. Sie beseitigen die Aristokraten, aber nicht die alte Denkweise. In unseren Schulen werden wir die Denkweise des Volkes lehren, die bisher immer unterdrückt wurde. Alle werden da noch einmal in die Schule gehen müssen, auch die Professoren. Die Bauern werden die Lehrer sein und die Professoren die Schüler. In unseren Schulen werden wir neue Männer und Frauen hervorbringen. Jeder wird mit einem neuen Charakter wiedergeboren.«

»Und Gott? Was wird Gott davon halten?«

Der junge Mann lacht laut auf vor hellem Vergnügen. »Gott? Gott wird neidisch sein.«

»Also sind Sie gläubig?«

»Natürlich sind wir gläubig. Was hätte es sonst für einen Sinn? Dann könnte man ebensogut eine Lunte an alles legen und die Welt in Asche verwandeln. Nein, wir werden zu Gott gehen und uns vor seinen Thron stellen und ihn abberufen. Und er wird kommen! Er wird keine andere Wahl haben, er wird uns anhören müssen. Dann reden wir endlich alle miteinander von gleich zu gleich.«

»Und die Engel?«

»Die Engel werden sich in Kreisen um uns aufstellen und ihre Hosiannas singen. Die Engel werden hellauf entzückt sein. Auch sie werden befreit und können nun auf Erden wie gewöhnliche Menschen umgehen.«

»Und die Seelen der Toten?«

»Sie fragen und fragen! Die Seelen der Toten auch, Fjodor Michailowitsch, wenn Sie wollen. Wir werden die Seelen der Toten wieder auf Erden umgehen lassen – auch Pawel Issajew, wenn Sie wollen. Es gibt keine Grenzen für das, was wir tun können.«

Welch ein Scharlatan! Aber er weiß nicht mehr, wer das Heft in der Hand hat – ob er mit Netschajew sein Spiel treibt oder Netschajew mit ihm. Alle Schranken scheinen sogleich in sich zusammenzufallen: die Schranken gegen die Tränen, die Schranken gegen das Lachen. Wenn Anna Sergejewna da wäre – der

Gedanke kommt ihm ungebeten –, könnte er nun die Worte zu ihr sagen, die ihm die ganze Zeit gefehlt haben.

Er tritt einen Schritt vor, und mit Riesenkräften, wie ihm scheint, drückt er Netschajew an seine Brust. Er umschlingt den jungen Mann, drückt ihm die Arme an die Seiten, atmet den säuerlichen Geruch seiner pickligen Haut ein, lacht und weint und küßt ihn erst auf die linke Wange, dann auf die rechte. Hüfte an Hüfte und Brust an Brust mit ihm steht er da und umklammert ihn.

Von der Treppe hört man klappernde Schritte. Netschajew reißt sich los. »Da sind sie endlich!« ruft er. Seine Augen glänzen triumphierend.

Er dreht sich um. In der Tür steht eine Frau in Schwarz, mit einem unpassenden weißen Hütchen. In dem trüben Licht und mit den Tränen in den Augen kann er schlecht erkennen, wie alt sie ist.

Netschajew scheint enttäuscht zu sein. »Ah!« sagt er. »Entschuldige! Komm rein.«

Aber die Frau bleibt stehen, wo sie ist. Unterm Arm trägt sie etwas, das in ein weißes Tuch gewickelt ist. Die Kinder haben feinere Nasen als er. Alle zusammen kommen sie ohne ein Wort vom Bett heruntergerutscht und schlüpfen an den beiden Männern vorüber. Das Mädchen zieht das Tuch herunter, und der Geruch von frischem Brot erfüllt den Raum. Ohne ein Wort bricht das Mädchen Stücke von dem Laib ab und gibt sie ihren Brüdern. An die Röcke ihrer Mutter gedrängt, die Augen stumpf und leer, stehen sie da und kauen. Wie Tiere, denkt er: Sie wissen, wo es herkommt, und es ist ihnen egal.

16

Die Druckerpresse

Er macht eine Verbeugung vor der Frau. Unter dem albernen Hütchen sieht ein eher schüchternes mädchenhaftes Sommersprossengesicht hervor. Er spürt ein Aufflackern sexuellen Interesses, das aber gleich wieder erstirbt. Er sollte eine schwarze Krawatte tragen oder eine schwarze Armbinde, nach italienischer Manier, dann wäre sein Personenstand klarer – auch für ihn selbst. Er ist kein vollwertiger Mann mehr, nur noch ein halber. Oder er könnte sich ein Medaillon mit Pawels Bildnis ans Revers stecken. Die bessere Hälfte ist ihm genommen, die Hälfte, die noch bevorstand.

»Ich muß gehen«, sagt er.

Netschajew sieht ihn geringschätzig an. »Bitte«, sagt er. »Niemand hält Sie zurück.« Dann sagt er zu der Frau: »Er denkt, ich weiß nicht, wo er hingeht.«

Eine haltlose Bemerkung, scheint ihm. »Was glauben Sie, wo ich hingehe?«

»Muß ich das aussprechen? Ist das jetzt nicht Ihre Gelegenheit zur Rache?«

Rache: Nach dem, was eben geschehen ist, wirkt das Wort, wie wenn man ihm ins Gesicht spuckte. Netschajews Wort, Netschajews Welt – eine Welt der Rache. Was hat das mit ihm zu tun? Aber das scheußliche Wort ist ihm nicht ohne Grund an den Kopf geworfen worden. Etwas fällt ihm wieder ein: Netschajews Benehmen bei ihrer ersten Begegnung – das Geraschel von Röcken an der Rückenlehne seines Stuhls, der Druck mit dem Fuß unter dem Tisch, der schamlose und doch linkische Einsatz des Körpers. Hat der Junge überhaupt eine klare Vorstellung davon, was er will, oder probiert er einfach irgendwas aus, um zu sehen, wo es hinführt? *Er ist wie ich, ich war wie er,* denkt er, *nur daß ich nicht den Mut hatte.* Und dann: *Hat Pawel deshalb auf ihn gehört: weil er lernen wollte, mutig zu sein? Ist er deshalb bei Nacht auf den Turm gestiegen?*

Es wird immer deutlicher: Netschajew wird nicht Ruhe geben, bis er der Polizei in die Hände gefallen ist, bis er auch das gekostet hat. Um seinen Mut und seine Entschlossenheit auf die Probe zu stellen. Und er wird die Probe bestehen – kein Zweifel. Er wird nicht zusammenbrechen. Egal, wie sie ihn prügeln oder hungern lassen, er wird nicht klein beigeben, er wird nicht mal krank werden. Er wird keine Zähne mehr im Mund haben und immer noch lächeln. Brüllend, stark wie ein Löwe wird er seine zerbrochenen Gliedmaßen herumschleppen.

»*Wollen* Sie denn, daß ich Rache nehme? *Wollen* Sie denn, daß ich jetzt losgehe und Sie verrate? Wollen Sie das erreichen mit dem ganzen Theater, mit Ihren Labyrinthen und Augenbinden?«

Netschajew lacht aufgeregt, und er weiß nun, daß sie sich nicht mißverstehen. »Warum sollte ich das wollen?« antwortet Netschajew in leisem, spöttischem Ton und mit einem Seitenblick zu dem kleinen Mädchen hin, als ob er es in den Scherz einbeziehen wollte. »Ich bin kein verirrter Jüngling wie Ihr Stiefsohn. Wenn Sie zur Polizei gehen wollen, sagen Sie's nur frei heraus. Machen Sie mir keine Gefühle vor, tun Sie nicht so, als ob Sie nicht mein Feind wären! Über Ihr sentimentales Theater weiß ich Bescheid. Mit Frauen machen Sie das auch, da bin ich mir sicher. Mit Frauen und kleinen Mädchen.« Er wendet sich an das Mädchen. »Damit kennst du dich aus, nicht? Wie die Männer dieses Schlages, wenn sie dir weh tun, Tränen vergießen, um ihr Gewissen zu salben und sich an der Seele zu kitzeln.«

Erstaunlich für einen jungen Mann wie ihn, wieviel er schon aufgeschnappt hat! Mehr als ein Straßenmädchen, denn seine eigene Durchtriebenheit kommt hinzu. Er kennt sich aus. Ein bißchen mehr davon hätte Pawel auch gutgetan. Dieser schmierige, watschelige alte Landjunker in seiner Geschichte – wie hieß der doch, Karamzin? – hatte mehr Blut in den Adern als der so mühsam konstruierte, pedantische junge Held. Zu früh abgeschlachtet – ein schlimmer Fehler!

»Ich habe nicht die Absicht, Sie zu verraten«, sagt er müde. »Gehn Sie heim zu Ihrem Vater. Sie haben doch irgendwo einen Vater, in Iwanowo, soviel ich weiß. Gehn Sie zu ihm, knien Sie vor ihm nieder und bitten Sie ihn, daß er Sie versteckt. Er wird es tun. Was ein Vater für seinen Sohn tut, hat keine Grenzen.«

Netschajew bricht in lautes, prustendes Gelächter aus. Es hält ihn nicht mehr auf seinem Platz, er stapft durch den Keller und schiebt sich die Kinder aus dem Weg. »Mein Vater! Was wissen Sie von meinem Vater? Ich bin nicht so ein Trottel wie Ihr Stiefsohn! Ich klammere mich nicht an Menschen, die mich unterdrücken. Ich bin mit sechzehn aus dem Haus meines Vaters fortgegangen und nie zurückgekehrt. Wissen Sie, warum? Weil er mich geschlagen hat. Ich habe ihm gesagt: ›Schlag mich noch einmal, und du siehst mich nie wieder.‹ Also hat er mich geschlagen und mich nie wiedergesehen. Seit dem Tag ist er nicht mehr mein Vater. Ich bin jetzt mein eigener Vater. Ich habe mich neu erschaffen. Ich brauche keinen Vater, der mich versteckt. Wenn ich mich verstecken muß, wird das Volk mir dabei helfen.

Sie sagen, was ein Vater für seinen Sohn tut, hat keine Grenzen. Wissen Sie, daß mein Vater meine Briefe der Polizei vorlegt? Ich schreibe meinen Schwestern, er stiehlt ihnen die Briefe und schreibt sie für die Polizei ab. *Und dafür wird er bezahlt.* Da haben Sie seine Grenzen. Es zeigt auch, wie die Polizei sich ins Zeug legt, daß sie für so etwas bezahlt. Sie klammert sich an Strohhalme. Denn ich habe nichts getan, das man mir beweisen könnte – nichts!«

Wie er sich ins Zeug legt! Um verraten zu werden, einen Vater zu finden, der ihn verrät.

»Man kann Ihnen vielleicht nichts beweisen, aber die Polizei weiß ebensogut wie Sie und ich, daß Sie nicht unschuldig sind. Beim Aufstellen von Listen ist es nicht geblieben, nicht wahr? Sie haben Blut an den Händen, nicht wahr? Ich frage Sie nicht, um ein Geständnis zu hören. Trotzdem, ganz hypothetisch gefragt, *warum tun Sie das?*«

»Hypothetisch? Weil einen niemand ernst nimmt, wenn man nicht tötet. Es ist der einzige Beweis von Ernsthaftigkeit, der gilt.«

»Aber warum wollen Sie ernst genommen werden? Warum nicht so lange wie möglich jung und sorglos bleiben? Für die Ernsthaftigkeit haben Sie nachher noch Zeit genug. Und denken Sie doch bitte auch mal einen Moment an die etwas Schwächeren unter Ihren Kameraden, die den Fehler gemacht haben, Sie ernst zu nehmen. Denken Sie mal an Ihre finnische Freundin und daran, was sie infolgedessen im Augenblick durchmacht.«

»Hören Sie auf mit Ihrem Gefasel von meiner sogenannten finnischen Freundin! Für die ist gesorgt, und sie braucht jetzt nicht mehr zu leiden! Und erzählen Sie mir nicht, daß ich erst das Alter abwarten müßte, bevor man mich ernst nimmt. Ich habe gesehen, was aus einem wird, wenn man alt wird. Wenn ich alt bin, werde ich nicht mehr ich sein.«

Das ist eine Einsicht, wie er sie Pawel zugetraut hätte, aber nicht Netschajew. Wie schade, daß sie vergeudet ist! »Ich wünschte mir«, sagt er, »ich könnte Sie und Pawel zusammen gehört haben.« Was er nicht sagt, ist: Wie zwei Schwerter, zwei blanke Schwerter.

Aber wie raffiniert von Netschajew, daß er ihn gegen das Mitleid schon vorgewarnt hat! Denn Mitleid ist das Gefühl, das ihn nun überkommen will: Mitleid mit einem Kind, das allein im stürmischen Meer mit den Wellen kämpft und untergeht. Irrt er sich, wenn er Netschajews düstere Miene (denn er ist überraschenderweise still geworden), seinen grüblerischen Blick ein bißchen zu einstudiert findet – und vielleicht sogar in hinterhältiger Absicht? Aber wie lange ist es her, daß man Worten, die von Herzen kommen, zutrauen durfte, daß sie zu Herzen gehen? Dies ist die Epoche der Schauspielerei und der Verkleidung. Pawel war zu sehr Kind und zu altmodisch, um darin zu gedeihen. Pawels Held spricht mit der Heldin in der komischen, stottrigen, altertümlichen Sprache des Herzens. »Ich wünschte... ich wünschte...« – »Sie dürfen... Sie dürfen...« Aber Pawel hat wenigstens versucht, sich in einen anderen hineinzuversetzen. Netschajew als Schriftsteller – unvorstellbar. Ein Egoist und Schlimmeres. Und ein schlechter Liebhaber ist er auch, aber gewiß! Gefühllos, unfähig zum Einverständnis. Unreif in seinem Empfinden, verkümmert wie ein Zwerg. Ein Mann der Zukunft, des nächsten Jahrhunderts, mit monströsem Kopf und monströsen Begierden und nichts sonst. Einsam, allein. Der richtige Platz für ihn: ein Thron in einem kahlen Raum. Der Thron der Ideen. Ein Papst der Ideen, fader Ideen. Dann schütze Gott die Gläubigen, schütze Gott die Regierten!

Gepolter auf der Treppe unterbricht seine Gedanken. Netschajew springt zur Tür, horcht und geht dann hinaus. Man hört wütendes Geflüster und das Geräusch eines Schlüssels im Schloß. Dann wird es still.

Die Frau, immer noch mit dem weißen Hütchen auf dem Kopf, hat sich auf den Bettrand gesetzt, ihr jüngstes Kind an der Brust. Als sie seinem Blick begegnet, wird sie rot; dann reckt sie trotzig das Kinn vor. »Herr Ischutin hat gesagt, Sie könnten uns helfen«, sagt sie.

»Herr Ischutin?«

»Herr Ischutin, Ihr Freund.«

»Warum hätte er das sagen sollen? Er kennt doch meine Lage.«

»Wir werden rausgesetzt wegen der Miete. Für diesen Monat habe ich bezahlt, aber die rückständige Miete kann ich nicht auch noch bezahlen. Es ist zu viel.«

Das Kind hört auf zu saugen und fängt an zu zappeln. Sie läßt es los. Der Junge rutscht von ihrem Schoß herunter und watschelt aus dem Raum. Sie hören, wie er sich draußen unter der Treppe leise jammernd entleert.

»Er ist schon seit Wochen krank«, klagt sie.

»Zeigen Sie mir Ihre Brüste!«

Sie öffnet einen zweiten Knopf und entblößt beide Brüste. Die Warzen stehen vor in der Kälte. Sie nimmt sie zwischen die Finger, hebt sie an und massiert sie ein wenig. Ein Tropfen Milch bildet sich.

Er hat fünf Rubel, von Anna Sergejewna geliehen. Er gibt ihr zwei. Sie nimmt die Münzen wortlos und wickelt sie in ein Taschentuch.

Netschajew kommt zurück. »Also hat Ihnen Sonja schon von ihren Sorgen erzählt«, sagt er. »Ich dachte mir, Ihre Wirtin könnte etwas für sie tun. Sie ist eine sehr großmütige Frau, nicht? Das sagte jedenfalls Issajew.«

»Das kommt nicht in Frage! Wie könnte ich –?«

Die junge Frau – ob sie wirklich Sonja heißt? – schaut verlegen weg. Ihr Kleid, aus billigem geblümtem Stoff, nichts für den Winter, ist vorn durchgeknöpft. Sie zittert allmählich vor Kälte.

»Darüber reden wir später noch«, sagt Netschajew. »Ich möchte Ihnen die Presse zeigen.«

»Ihre Presse interessiert mich nicht.«

Aber Netschajew hält ihn beim Arm und bringt ihn, halb zerrend und halb steuernd, zur Tür. Wieder erstaunt ihn die eigene Passivität. Es ist, als ob er sich moralisch in Trance befindet. Was würde Pawel denken, wenn er sähe, wie er sich von seinem Mörder ausnützen läßt? Oder ist es womöglich Pawel selbst, der ihn lenkt?

Die Druckmaschine erkennt er sofort: dasselbe altmodische Ding, Modell Albion-of-Birmingham, wie sein Bruder eines hatte, für Flugblätter und Reklamezettel. Von wegen Tausende von Exemplaren – höchstens zweihundert die Stunde.

»Die Quelle der Macht für jeden Schriftsteller«, sagt Netschajew und gibt der Maschine einen Klaps. »Ihre Erklärung wird heute abend noch an die Zellen verteilt und morgen auf den Straßen. Oder wenn Ihnen das lieber ist, können wir sie auch zurückhalten, bis Sie über die Grenze sind. Wenn Ihnen die Sache je zur Last gelegt wird, können Sie sagen, es war eine Fälschung. Das schadet dann ja nichts mehr – seine Wirkung hat es inzwischen getan.«

Es ist noch jemand im Raum, ein Mann, älter als Netschajew, hager, dunkelhaarig, mit fahlem Gesicht und glanzlosen dunklen Augen, über den Setztisch gebeugt, das Kinn in die Hände gestützt. Er schenkt ihnen keine Beachtung, und Netschajew stellt ihn auch nicht vor.

»Meine Erklärung?« sagt er.

»Ja, Ihre Erklärung. Egal, was Sie darin zu sagen für richtig halten. Sie können sie gleich hier und jetzt niederschreiben, das erspart uns Zeit.«

»Und was, wenn ich es nun für richtig halte, die Wahrheit zu sagen?«

»Was Sie auch schreiben, werden wir verbreiten, ich versprech's.«

»Die Wahrheit – das kann aber mehr werden, als mit einer Handpresse zu schaffen ist.«

»Laß ihn in Ruhe!« Die Stimme kommt von dem Mann am Setztisch, der immer noch in einen Text, der vor ihm liegt, vertieft ist. »Er ist ein Schriftsteller, er arbeitet nicht so.«

»Wie arbeitet er denn?«

»Schriftsteller haben ihre eigenen Regeln. Sie können nicht arbeiten, wenn ihnen Leute über die Schulter sehen.«

»Dann müssen sie neue Regeln lernen. Das stille Kämmerlein ist ein Luxus, auf den wir verzichten können. Das Volk braucht kein stilles Kämmerlein.«

Jetzt, wo er Publikum hat, hat sich Netschajew wieder auf seinen alten Stil besonnen. Er dagegen hat diese lausbübischen Provokationen nun mehr als satt. »Ich muß gehen«, sagt er noch einmal.

»Wenn Sie nicht schreiben, werden wir für Sie schreiben müssen.«

»Was sagen Sie da? Für mich schreiben?«

»Ja.«

»Und meinen Namen drunter setzen?«

»Ihren Namen – eine andere Möglichkeit haben wir nicht.«

»Niemand wird Ihnen das abnehmen. Niemand wird Ihnen glauben.«

»Die Studenten werden's glauben – Sie haben allerhand Anhänger unter den Studenten, wie schon gesagt. Die Studenten glauben alles. Besonders wenn sie nicht erst ein dickes Buch lesen müssen, um zu erfahren, was es heißen soll.«

»Hör bloß auf, Sergej Gennadijewitsch!« sagt der Mann am Setztisch. Sein Ton klingt nicht belustigt. Er hat Ringe unter den Augen und zieht nervös an einer Zigarette. »Was hast du bloß gegen Bücher? Was hast du gegen die Studenten?«

»Was nicht auf einer Seite gesagt werden kann, lohnt sich nicht zu sagen. Außerdem, warum sollen manche Leute sich den Luxus leisten können, Bücher zu lesen, wenn andere überhaupt nicht lesen können? Denkst du, Sonja nebenan hat Zeit, Bücher zu lesen? Und die Studenten schwatzen mir zuviel. Die sitzen herum und diskutieren und verzetteln ihre Energie. Die Universität ist der Ort, wo du lernst, so lange zu diskutieren, daß du nie dazu kommst, irgendwas wirklich zu tun. Das ist wie mit den Juden – warum sie dem Samson das Haar abschneiden. Diskussionen sind einfach eine Falle. Sie glauben, sie können die Welt durch Reden verbessern. Sie verstehen nicht, daß alles erst schlimmer werden muß, ehe es besser werden kann.«

Sein Genosse gähnt, doch sein Desinteresse scheint Netschajew nur anzuspornen. »Es stimmt! Das ist der Grund, warum man sie provozieren muß. Wenn man sie sich selbst überläßt, fallen sie immer wieder ins Schwatzen und Debattieren zurück, und alles verläuft im Sande. Ihr Stiefsohn war auch so einer, Fjodor Michailowitsch – immer nur reden! Menschen, die leiden, brauchen keine Reden, sie brauchen Taten. Unsere Aufgabe ist, sie zu Taten zu bewegen. Wenn wir sie zu Taten anstacheln können, ist die Schlacht schon halb gewonnen. Vielleicht werden sie niedergemacht, und die Unterdrückung verschärft sich, aber das erzeugt nur mehr Leiden, mehr Empörung und mehr Verlangen nach der Tat. So greift eins ins andere. Außerdem, wie kann es gerecht sein, wenn manche leiden, solange noch nicht alle leiden? Und dann werden die Ereignisse sich auch beschleunigen. Sie werden staunen, wie schnell die Geschichte vorankommen kann, wenn wir ihr erst mal Beine gemacht haben. Die Zyklen werden immer kürzer und kürzer werden. Wenn wir heute zur Tat schreiten, wird die Zukunft dasein, ehe wir's uns versehen.«

»Fälschung ist also erlaubt. Alles ist erlaubt.«

»Warum nicht? Das ist nichts Neues. Alles ist erlaubt, um der Zukunft willen – sogar Gläubige sagen das. Es würde mich nicht wundern, wenn es auch in der Bibel stünde.«

»Es steht dort bestimmt nicht. Nur die Jesuiten reden so, und ihnen wird nicht vergeben werden. Und Ihnen auch nicht.«

»Keine Vergebung? Wer will das wissen? Wir reden jetzt über eine Flugschrift, Fjodor Michailowitsch. Wen kümmert schon, wer eine Flugschrift tatsächlich verfaßt hat? Worte sind wie der Wind, heute hier, morgen da. Worte sind niemandes Eigentum. Wir sprechen von Menschenmassen. Gewiß haben Sie schon in einer Masse gestanden. Eine Masse interessiert sich nicht für die Feinheiten der Autorschaft. Eine Masse hat keinen Intellekt, nur Leidenschaften. Oder meinten Sie etwas anderes?«

»Ich meine, wenn Sie im Namen der Zukunft wissentlich Leiden über diese elenden Kinder nebenan heraufbeschwören, dann wird Ihnen nicht vergeben werden, niemals.«

»Wissentlich? Was soll das heißen? Sie reden immer nur davon, was im Innern der Köpfe vorgeht. Die Geschichte besteht nicht aus Gedanken, sie wird nicht in den Köpfen der Menschen gemacht. Geschichte wird auf den Straßen gemacht. Und sagen

Sie bloß nicht, ich würde jetzt ja auch *Gedanken* aussprechen. Das ist nur so eine Argumentationsfinte, mit der man die Studenten konfus macht. Ich spreche keine Gedanken aus, und selbst wenn ich es einmal tue, macht es nichts. Ich kann im einen Augenblick das eine denken und im nächsten etwas anderes, und das schadet kein bißchen, solange ich *handle*. Das Volk *handelt*. Außerdem, Sie irren sich! Sie kennen Ihre Theologie nicht. Haben Sie noch nie von der Pilgerfahrt der Muttergottes gehört? Am Tag nach dem jüngsten Tag, wenn alles entschieden ist und die Pforten der Hölle versiegelt sind, wird die Muttergottes von ihrem Thron im Himmel herabsteigen und eine Pilgerfahrt zur Hölle antreten, um für die Verdammten zu bitten. Sie wird niederknien und nicht wieder aufstehen wollen, ehe Gott nicht umgestimmt und allen vergeben worden ist, sogar den Lästerern und den Atheisten. Darum sind Sie im Irrtum, Ihre eigenen Bücher widersprechen Ihnen.« Und Netschajew wirft ihm einen strahlenden Triumphblick zu.

Vergebung für alle. Ihm wird schwindlig, wenn er nur daran denkt. *Und sie sollen vereint sein, Vater und Sohn.* Kann dies deshalb nicht die Wahrheit sein, weil das Schandmaul eines Lästerers sie spricht? Wer wollte vorschreiben, wo sie Herberge finden mag, die Muttergottes? Wenn Christus verborgen ist, warum sollte er sich dann nicht hier, in diesen Kellern verbergen? Warum sollte er nicht in diesem Augenblick hier sein, in dem kleinen Jungen an der Brust der Frau nebenan, in dem Mädchen mit den stumpfen, erfahrenen Augen oder in Sergej Netschajew selbst?

»Sie fordern Gott heraus. Wenn Sie auf Gottes Gnade setzen, sind Sie mit Gewißheit verloren. Sie dürfen nicht mal daran denken – hören Sie auf mich! –, oder Sie werden fallen.«

Seine Stimme ist so belegt, daß er die Worte kaum aussprechen kann. Zum ersten Mal blickt Netschajews Genosse von seinem Setztisch auf und mustert ihn mit Interesse.

Als ob er seine Schwäche spürte, stößt Netschajew nach; er belästigt ihn wie ein bissiger Hund. »Achtzehn Jahrhunderte sind seit Gottes Zeitalter vergangen, fast neunzehn! Wir stehen an der Schwelle eines neuen Zeitalters, in dem uns jeder Gedanke erlaubt ist. Es gibt nichts, das wir nicht denken können. Das wissen Sie doch auch. Sie müssen es wissen – denn das sagte doch Raskolnikow in Ihrem Buch, bevor er krank wurde.«

»Sie sind verrückt, Sie verstehen nicht zu lesen«, brummt er. Aber er hat verloren, und er weiß es. Er hat verloren, weil er in dieser Diskussion sich selbst nicht glaubt. Und er glaubt sich selbst nicht, weil er verloren hat. Alles bricht zusammen, die Logik, die Vernunft. Er schaut Netschajew an und sieht nur einen im Wüstenlicht blinkenden Kristall, undurchdringlich in sich verschlossen.

»Vorsicht!« sagt Netschajew und droht ihm vielsagend mit dem Zeigefinger. »Überlegen Sie sich gut, mit welchen Worten Sie mich bedenken! Ich bin aus Rußland: Wenn Sie sagen, ich bin verrückt, sagen Sie, Rußland ist verrückt.«

»Bravo!« sagt der Mann am Setztisch und klatscht ihm Beifall, in flauem Spott.

Zum letzten Mal versucht er, sich zu einer Entgegnung aufzuraffen: »Nein, das stimmt nicht, das ist Sophisterei. Sie sind nur ein Teil von Rußland, nur ein Teil seiner Verrücktheit. Ich bin derjenige« – er legt sich die Hand aufs Herz und läßt sie gleich wieder sinken, als ihm die Affektiertheit der Geste klar wird – »ich bin derjenige, der die Verrücktheit mit sich herumträgt. Sie ist mein Schicksal, meine Bürde, nicht Ihre. Sie sind noch viel zu sehr Kind, als daß Sie sich eine solche Last schon aufladen könnten.«

»Auch bravo!« sagt der Mann am Setztisch und klatscht wieder. »Jetzt hat er dich drangekriegt, Sergej!«

»Darum schlage ich Ihnen eine Abmachung vor«, drängt er weiter. »Einverstanden, ich schreibe für Ihre Presse. Ich werde die Wahrheit sagen, die ganze Wahrheit auf einer Seite, wie Sie es verlangen, meine Bedingung ist, daß Sie drucken, was ich schreibe, ohne ein Wort zu ändern, und es herausbringen.«

»Einverstanden!« Netschajew glüht nun geradezu vor Siegesfreude. »Solche Abmachungen liebe ich! Gib ihm Federhalter und Papier.«

Der andere legt ein Brett über den Setztisch und legt Papier darauf.

Er schreibt: »In der Nacht des 12. Oktober im Jahre des Herrn 1869 ist mein Stiefsohn Pawel Alexandrowitsch Issajew vom Schrotturm am Stoljarni-Kai zu Tode gestürzt. Ein Gerücht wurde in Umlauf gesetzt, daß sein Tod durch das Dritte Büro der Kaiserlichen Polizei herbeigeführt worden sei. Dieses Gerücht beruht auf einer willkürlichen Erfindung. Ich glaube, daß mein Stiefsohn von seinem falschen Freund Sergej Gennadijewitsch Netschajew ermordet wurde.

Gott sei seiner Seele gnädig.

F. M. Dostojewskij

18. November 1869.«

Ein wenig zitternd reicht er Netschajew das Blatt.

»Ausgezeichnet!« sagt Netschajew und gibt es dem anderen weiter. »Die Wahrheit aus der Sicht eines Blinden.«

»Drucken Sie's!«

»Setz es ab!« befiehlt Netschajew dem anderen. Der andere sieht ihn mit einem festen, fragenden Blick an. »Ist es wahr?«

»*Wahr? Was ist Wahrheit?*« schreit Netschajew, daß es durch den ganzen Keller hallt. »Setz es ab! Wir haben schon genug Zeit vergeudet.«

In diesem Moment wird ihm klar, daß er in eine Falle gegangen ist.

»Lassen Sie mich noch was ändern«, sagt er. Er nimmt das Blatt wieder an sich, zerknüllt es und steckt es sich in die Tasche. Netschajew versucht nicht, ihn zu hindern. »Zu spät, kein Widerruf!« sagt er. »Sie haben es geschrieben, vor einem Zeugen. Wir werden es drucken, wie ich versprochen habe. Wort für Wort.«

Eine Falle, eine üble Falle! Er ist also gar nicht, wie er gedacht hatte, nur eine Figur aus den Kulissen, die unversehens in einen Streit zwischen seinem Stiefsohn und dem Anarchisten Sergej Netschajew hineingezogen wird. Pawels Tod war nur der Köder, der ihn von Dresden nach Petersburg gelockt hat. Auf ihn selbst hatte man es abgesehen, die ganze Zeit schon. Man hat ihn aus seinem Versteck gelockt, und nun hat Netschajew zugeschlagen und hält ihn an der Kehle.

Er blickt Netschajew grimmig an, aber der weicht keinen Zollbreit zurück.

17

Das Gift

Die Sonne steht tief an dem blassen, klaren Himmel. Als er aus dem Gewirr der Nebenstraßen auf den Wosnessenski-Prospekt hinauskommt, muß er die Augen schließen; die taumelige Benommenheit ist wieder da; fast sehnt er sich nach der Annehmlichkeit, sich mit verbundenen Augen einer leitenden Hand überlassen zu können.

Den Mahlstrom von Petersburg hat er satt. Dresden lockt wie ein Atoll des Friedens – Dresden, seine Frau, seine Bücher und Papiere, die tausend kleinen Annehmlichkeiten, die das Zuhause ausmachen, nicht zuletzt der Genuß frischer Unterwäsche. Und das, wo er doch, ohne seinen Paß, nicht abfahren kann! »Pawel!« flüstert er. Das Zauberwort wiederholend. Aber die Verbindung zu Pawel hat er verloren und ebenso auch zu der Logik, die ihm sagen könnte, warum er, weil Pawel hier gestorben ist, nun in Petersburg festsitzt. Was ihn noch hält, ist nicht mehr die Erinnerung an Pawel, auch nicht Anna Sergejewna, sondern die Fallgrube, die ihm Pawels Verräter gegraben hat. Als er statt nach links zur Swetschnojer Straße nach rechts abbiegt, in Richtung der Sadowaja-Straße und der Polizeiwache, hofft er mürrisch, daß Netschajew ihm auf den Fersen ist und ihn beobachtet.

Das Wartezimmer ist so voll wie beim vorigen Mal. Er reiht sich in die Schlange ein. Nach zwanzig Minuten erreicht er den Schalter. »Dostojewskij, melde mich wie gewünscht«, sagt er.

»Gewünscht von wem?« Der Beamte am Schalter ist ein junger Mann, nicht mal in Uniform.

Er hebt gereizt die Hände. »Wie soll ich das wissen? Ich wurde aufgefordert, mich hier zu melden, und da bin ich.«

»Nehmen Sie Platz, jemand wird sich um Sie kümmern.«

Sein Zorn kocht über. »Wieso um mich kümmern, ich hab' das nicht nötig, es genügt, daß ich hier bin! Sie haben mich jetzt in Person hier gesehen, was wollen Sie denn noch? Und wie soll ich Platz nehmen, wenn kein Platz frei ist?«

Der Beamte ist sichtlich verdutzt über seine Heftigkeit; auch andere im Raum beobachten ihn neugierig.

»Notieren Sie jetzt meinen Namen, und damit hat sich's!« verlangt er.

»Ich kann doch nicht einfach einen Namen aufschreiben«, antwortet der Beamte milde, »woher soll ich wissen, ob es Ihr Name ist? Zeigen Sie mir mal Ihren Paß!«

Er kann nicht mehr an sich halten. »Erst konfiszieren Sie meinen Paß, und nun verlangen Sie, daß ich ihn vorzeige! Was für ein Schwachsinn! Ich möchte den Herrn Justizrat Maximow sprechen.«

Aber wenn er geglaubt hat, den Beamten mit Maximows Namen einschüchtern zu können, hat er sich geirrt. »Justizrat Maximow ist nicht zu erreichen. Am besten, Sie nehmen Platz und beruhigen sich. Jemand wird sich um Sie kümmern.«

»Und wann wird das sein?«

»Wie soll ich das wissen? Sie sind nicht der einzige, der Probleme hat.« Er deutet auf das volle Wartezimmer. »Im Falle, daß Sie eine Beschwerde haben, erfordert es das Verfahren, daß Sie sie schriftlich einreichen. Wir können hier gar nicht tätig werden, bevor wir nicht etwas Schriftliches vorliegen haben – etwas Handfestes sozusagen. Sie hören sich doch an wie ein gebildeter Mensch und werden das sicher verstehen.« Und er wendet sich dem nächsten in der Reihe zu.

In seinen Gedanken besteht kein Zweifel, daß er, wenn er jetzt mit Maximow sprechen könnte, Netschajew preisgeben würde, um dafür seinen Paß zurückzubekommen. Wenn er überhaupt nicht gezögert hätte, dann nur weil er überzeugt ist, daß verraten zu werden – und zwar von ihm, Dostojewskij, verraten zu werden – genau das ist, was Netschajew sich wünscht. Oder ist alles noch schlimmer, noch verwickelter? Wäre es möglich, daß hinter Netschajews allzu vielen Anspielungen auf seinen, Dostojewskijs, Hang zum Verrat eine Absicht steckt, ihn zu verwirren und zu hemmen? Bei jeder Wendung des Spiels, so kommt es ihm vor, ist er an die Wand gespielt worden – vieleicht deshalb, weil er an die Wand gespielt werden will, an die Wand gespielt von einem Spieler, der vom Tag ihrer ersten Begegnung an oder vielleicht noch früher erkannt hat, welche Lust er daran findet, sich zu ergeben, übertölpelt, umgarnt und verführt zu werden, und der dieses Wissen für seine eigenen Zwecke ausgenutzt hat. Wie anders soll er sich die eigene stupide Passivität erklären, diesen halbbetäubten Zustand seines Gewissens?

Ob es mit Pawel genauso war? War Pawel im tiefsten Grunde der Sohn seines Stiefvaters, verführbar durch das sinnliche Versprechen der Verführung?

Netschajew hat die Bankiers mit Spinnen verglichen, aber im Moment fühlt er selbst sich wie eine Fliege, die Netschajew ins Netz gegangen ist. Nur einer fällt ihm ein, der eine noch größere Spinne sein könnte als Netschajew: Maximow, wie er an seinem Schreibtisch sitzt und sich die Lippen leckt, in Erwartung des nächsten Opfers. Der wird Netschajew frühstücken, hofft er, mit Haut und Haar, seine Knochen zermalmen und die trockenen Reste wieder ausspucken.

Also ist er nach all der Selbstbeweihräucherung nun so tief gesunken, daß er die schäbigste Rache nicht verschmäht. Wieviel tiefer kann er noch fallen? Er erinnert sich an Maximows Bemerkung: wohl dem Vater in dieser Zeit, der nur Töchter hat! Wenn schon Söhne, dann zeugt man sie besser aus der Ferne, wie ein Frosch oder Fisch.

Er stellt sich die Spinne Maximow im Kreis seiner Familie vor, zwischen seinen drei Töchtern, die ihm um den Bart gehen und ihn leise zischend mit ihren Klauen streicheln – und auch gegen ihn verspürt er den heftigsten Groll.

Er hat auf eine schnelle Antwort von Apollon Maikow gehofft, aber der Hausmeister versichert unerbittlich, daß keine Nachricht für ihn gekommen sei.

»Sind Sie sicher, daß mein Brief überbracht worden ist?«

»Fragen Sie mich nicht, fragen Sie den Jungen, der ihn mitgenommen hat.«

Er versucht den Jungen zu finden, aber niemand weiß, wo er ist.

Soll er noch mal schreiben? Wenn der erste Hilferuf Maikow erreicht hat, aber nicht beachtet worden ist, wäre ein zweiter dann nicht allzu demütigend? Ein Bettler ist er ja noch nicht. Die unerfreuliche Wahrheit ist allerdings, daß er von Tag zu Tag von Anna Sergejewnas Mildtätigkeit lebt. Er kann auch nicht damit rechnen, daß sein Aufenthalt in Petersburg noch viel länger unbemerkt bleibt. Die Neuigkeit wird bald die Runde machen, wenn sie überhaupt noch eine Neuigkeit ist, und dann könnte ein halbes Dutzend Gläubiger Verfahren einleiten, um ihn festsetzen zu lassen. Daß er keinen Pfennig hat, würde ihn nicht schützen: Ein Gläubiger könnte sich leicht ausrechnen, daß zur Not seine Frau, die Familie seiner Frau oder auch Schriftstellerkollegen das Geld auftreiben würden, um ihn vor Schande zu bewahren.

Um so mehr Grund, aus Petersburg zu verschwinden! Er muß seinen Paß zurückbekommen; wenn ihm das nicht gelingt, muß er es noch einmal riskieren, mit Issajews Papieren zu reisen.

Er hat Anna Sergejewna versprochen, ab und zu nach dem kranken Kind zu sehen. Er findet den Vorhang vor dem Alkoven offen. Matrjona hat sich im Bett aufgesetzt.

»Wie geht's?« fragt er.

Sie gibt keine Antwort, mit ihren eigenen Gedanken beschäftigt.

Er tritt näher, legt ihr die Hand auf die Stirn. Sie hat rote Flecken auf den Wangen, und ihr Atem geht flach, aber Fieber hat sie nicht.

»Fjodor Michailowitsch«, sagt sie, langsam sprechend und ohne ihn anzusehen, »tut es weh, wenn man stirbt?«

Er wundert sich, daß ihr Sinnieren in diese Richtung geht. »Meine liebe Matrjoscha«, sagt er, »du stirbst schon nicht! Leg dich hin und schlaf schön, und wenn du wieder aufwachst, wird es dir bessergehen. In ein paar Tagen gehst du wieder zur Schule – du hast doch gehört, was der Doktor gesagt hat.«

Aber während er noch spricht, schüttelt sie schon den Kopf. »Ich meine nicht mich«, sagt sie. »Tut es weh – verstehen Sie? –, wenn ein Mensch stirbt?«

Nun weiß er, sie meint es ernst. »In dem Moment?«

»Ja. Nicht wenn er schon vollkommen tot ist, sondern kurz vorher.«

»Wenn man aber schon weiß, daß man tot ist?«

»Ja.«

Dankbarkeit überkommt ihn. Seit Tagen hat sie sich gegen ihn verschlossen gezeigt, sich in Verstocktheit und kindische Launen verkrochen, ihrer Erbitterung freien Lauf gelassen und ihm das kostbare Andenken an Pawel verweigert, das sie in sich trägt. Jetzt ist sie wieder die alte.

»Den Tieren fällt das Sterben nicht schwer«, sagt er behutsam. »Vielleicht könnten wir von ihnen etwas lernen. Vielleicht ist das der Grund, warum sie hier bei uns auf Erden sind – um uns zu zeigen, daß Leben und Sterben nicht so schwer sind, wie wir meinen.«

Er macht eine Pause, dann setzt er noch einmal an.

»Was uns am Sterben am meisten schreckt, ist nicht der Schmerz. Es ist die Angst, wir müßten diejenigen zurücklassen, die uns gern haben, und ganz allein weitergehen. Aber so ist es nicht, es ist einfach nicht so. Wenn wir sterben, tragen wir die Menschen, die wir gern haben, in der Brust mit uns. So hat

Pawel dich mitgenommen, als er gestorben ist, und mich auch und deine Mutter. Er trägt uns alle immer noch bei sich. Pawel ist nicht allein.«

Aber mit träger, zerstreuter Miene sagt sie: »Ich hatte nicht an Pawel gedacht.«

Er ist irritiert, er versteht nicht; aber es müssen noch ein paar Sekunden vergehen, bis er begreift, was er alles nicht versteht.

»An wen denkst du denn?«

»An das Mädchen, das am Sonnabend hier war.«

»Ich weiß nicht, welches Mädchen du meinst.«

»Sergej Gennadijewitschs Freundin.«

»Die Finnin? Du meinst, weil die Polizisten sie hergebracht haben? Du darfst nicht hier liegen und dir darüber Sorgen machen!« Er nimmt ihre Hand und tätschelt sie beschwichtigend. »Niemand muß sterben! Die Polizei bringt niemanden um! Sie werden sie nach Karelien zurückschicken, weiter nichts. Schlimmstenfalls behalten sie sie eine Weile im Gefängnis.«

Sie entzieht ihm ihre Hand und kehrt das Gesicht zur Wand hin. Ihm dämmert allmählich, daß er sie wohl auch jetzt noch nicht versteht; vielleicht will sie gar nicht, daß man sie beschwichtigt und ihre kindlichen Ängste zerstreut – vielleicht will sie sogar, auf indirekte Art, ihm etwas sagen, was er nicht weiß.

»Hast du Angst, man wird sie hinrichten? Ist es das, was du befürchtest? Wegen etwas, wovon du weißt, daß sie es getan hat?«

Sie schüttelt den Kopf.

»Dann mußt du's mir sagen. Weiter raten kann ich nicht.«

»Sie haben alle einen Eid geschworen, daß sie sich niemals gefangennehmen lassen. Sie haben geschworen, daß sie sich vorher umbringen.«

»Es ist leicht, so einen Eid zu schwören, Matrjoscha, aber viel schwerer, ihn zu halten, besonders wenn man von seinen Freunden im Stich gelassen worden ist und ganz auf sich allein gestellt ist. Das Leben ist kostbar, sie hat recht, wenn sie daran festhält, du darfst ihr keine Vorwürfe machen.«

Sie grübelt noch eine Weile und zupft zerstreut an den Bettlaken herum. Die nächsten Worte sagt sie leise murmelnd und mit gesenktem Kopf, so daß er sie kaum verstehen kann: »Ich habe ihr Gift gegeben.«

»Was hast du ihr gegeben?«

Sie streicht sich das Haar aus dem Gesicht, und er sieht, was sie dahinter versteckt hat: die zarteste Andeutung eines Lächelns.

»Gift«, sagt sie genauso leise. »Tut Gift weh?«

»Und wie hast du das gemacht?« fragt er, um Zeit zu gewinnen, während seine Gedanken durcheinander rennen.

»Als ich ihr das Brot gegeben hab'. Niemand hat es gesehen.«

Er erinnert sich an die Szene, die ihn so seltsam berührt hatte: der altmodische Knicks, mit dem sie der Gefangenen Nahrung reichte.

»Wußte sie's?« flüstert er mit trockenem Mund.

»Ja.«

»Bist du sicher? Bist du sicher, daß sie wußte, was es war?«

Sie nickt. Und wenn er sich daran erinnert, wie hölzern, wie undankbar ihm die Finnin in dem Augenblick vorgekommen war, kann er nicht mehr zweifeln.

»Aber wie bist du denn an das Gift gekommen?«

»Sergej Gennadijewitsch hat es für sie dagelassen.«

»Was hat er sonst noch dagelassen?«

»Die Fahne.«

»Die Fahne und was noch?«

»Noch ein paar Sachen. Er hat mich gebeten, ich sollte darauf aufpassen.«

»Zeig mal.«

Sie kriecht aus dem Bett, kniet sich hin und tastet zwischen den Sprungfedern herum. Sie holt ein in Leinen eingewickeltes Päckchen hervor. Er öffnet es auf dem Bett. Eine amerikanische

Pistole mit Patronen. Einige Flugblätter. Ein kleiner baumwollener Beutel mit einer langen Zugschnur.

»Da ist das Gift drin«, sagt Matrjona.

Er zieht die Öffnung auf und streut den Inhalt aufs Bett: drei Glaskapseln mit einem feinen grünen Pulver darin.

»Das hast du ihr gegeben?«

Sie nickt. »Sie hätte eigentlich eine um den Hals tragen müssen, hatte aber keine.« Fix wirft sie sich die Schnur um den Hals, so daß der Beutel wie ein Medaillon zwischen ihren Brüsten hängt. »Hätte sie eine umgehabt, hätten die Polizisten sie nicht gekriegt.«

»Und darum hast du ihr eine von denen hier gegeben.«

»Sie brauchte sie für ihren Eid. Für Sergej Gennadijewitsch tut sie alles.«

»Vielleicht. Das sagt jedenfalls Sergej Gennadijewitsch. Trotzdem, wenn du ihr das Gift nicht gegeben hättest, wäre es für sie leichter gewesen, ihr Versprechen gegen Sergej Gennadijewitsch nicht zu halten – und es ist ja schwer, es zu halten, nicht wahr?«

Sie zieht die Nase kraus, eine Miene, die er nun schon kennt: Sie fühlt sich in die Ecke gedrängt, und das gefällt ihr nicht. Trotzdem redet er ihr weiter zu.

»Findest du nicht, daß Sergej Gennadijewitsch mit dem Tod ein bißchen leichtsinnig umgeht? Erinnerst du dich an den Bettler, der neulich umgebracht wurde? Das hat Sergej Gennadijewitsch getan, oder er hat jemand anderm gesagt, daß er es tun sollte, und derjenige hat ihm gehorcht, genau wie du ihm gehorcht hast.«

Sie zieht wieder die Nase kraus. »Warum? Warum sollte er den umbringen wollen?«

»Vermutlich als Botschaft an alle Welt – daß er, Sergej Gennadijewitsch Netschajew ein Mann ist, mit dem nicht zu scherzen ist. Oder vielleicht wollte er auch nur sehen, ob die Person, der er den Mord befohlen hat, ihm gehorchen würde. Ich weiß es nicht.

Ich kann ihm nicht ins Herz sehen und will es auch nicht mehr.«

Matrjona denkt ein Weilchen nach. »Ich mochte ihn nicht«, sagt sie schließlich. »Er stank nach Fisch.«

Er sieht sie lange an, ohne zu blinzeln, und sie erwidert den Blick rückhaltlos.

»Aber Sergej Gennadijewitsch magst du?«

»Ja.«

Was er sie eigentlich fragen wollte, was er aber nicht über die Lippen bringt, ist: Liebst du ihn? Würdest du alles für ihn tun? Aber sie versteht sehr wohl, was er meint, und hat ihm seine Antwort schon gegeben. Also bleibt eigentlich nur noch eine Frage zu stellen: »Mehr als Pawel?«

Sie zögert. Er kann sehen, wie sie die eine Liebe gegen die andere abwägt, die eine in der rechten Hand, die andere in der linken, wie zwei Äpfel. »Nein«, sagt sie endlich, mit etwas, das er nur als Anmut bezeichnen kann, »Pawel mag ich immer noch am liebsten.«

»Denn verschiedener kann man ja nicht sein, nicht, als die beiden – wie Kalk und Käse!«

»Kalk und Käse?« Sie findet die Idee spaßig.

»Sagt man so. Wie Mann und Maus. Oder Katz und Maus.«

Die neuen Vergleiche bedenkt sie mißtrauisch. »Sie machen beide gern Spaß – machten gern Spaß«, hält sie dagegen, über das Verb stolpernd.

Er schüttelt den Kopf. »Nein, da irrst du dich. Sergej Gennadijewitsch hat nichts von einem Spaßmacher. So was wie ein Geist steckt zwar in ihm, aber das ist kein Geist, der Spaß macht.« Er beugt sich näher zu ihr, streicht ihr eine Haarsträhne aus dem Gesicht, berührt ihre Wange. »Hör mir mal zu, Matrjoscha. Du kannst diese Sachen hier nicht vor deiner Mutter verstecken.« Er zeigt auf die Tötungswerkzeuge. »Ich geh' sie für dich wegwerfen, wie ich das Kleid weggeworfen habe. Egal, was Netschajew sagt, du kannst sie nicht behalten. Das ist zu gefährlich. Verstehst du?«

Sie öffnet die Lippen, ihre Mundwinkel beben. Sie wird gleich weinen, denkt er. Aber es kommt ganz anders. Als sie die Augen hebt, fühlt er sich von einem Blick umfangen, der schamlos und spöttisch zugleich ist. Sie rückt von ihm ab und entzieht sich seiner Hand; sie wirft die Haare zurück. »Nein!« sagt sie. Das Lächeln auf ihrem Gesicht ist aufreizend, herausfordernd. Dann ist die Anwandlung verflogen, und sie ist wieder ein Kind wie zuvor, verwirrt und beschämt.

Es ist unmöglich, daß wirklich geschehen ist, was er eben gesehen hat. Was er gesehen hat, stammt nicht aus der Welt, die er kennt, sondern aus einer anderen Existenz. Es ist, als ob er zum ersten Mal einen Anfall bewußt miterlebt hätte; als ob er zum ersten Mal mit offenen Augen gesehen hätte, wo er sich befindet, wenn er einen Anfall hat. Er muß sich nun sogar fragen, ob *Anfall* noch das richtige Wort ist, ob das Wort nicht vielmehr *Besessenheit* lautet, und zwar seit langem schon, ob nicht alles, was ihm in den letzten zwanzig Jahren unter dem Namen »Anfall« zugestoßen ist, nur ein Vorgefühl dessen gewesen ist, was nun mit ihm geschieht, das Zucken und Zittern des Körpers ein lang hingezogenes Präludium zum Beben der Seele.

Der Tod der Unschuld. Noch nie im Leben hat er sich so allein gefühlt. Er ist wie ein Wanderer auf einer weiten Ebene. Über ihm ballen sich Gewitterwolken; Blitze flammen über den Horizont; Dunkelheit vervielfacht sich, Schicht auf Schicht. Nirgendwo ist Schutz; wenn er einst ein Ziel hatte, so hat er es längst verloren. Je länger die Wolken sich sammeln, desto schwerer werden sie. *Laß doch alles losbrechen!* betet er: Was soll die Verzögerung?

Es ist sechs Uhr, und die Straßen sind immer noch voller Menschen, als er mit seinem Päckchen davonhastet. Er geht die Gorochowaja-Straße entlang bis zum Fontanka-Kanal und mischt sich unter die Trauben von Menschen, die über die Brücke gehen. In der Mitte bleibt er stehen und beugt sich übers Geländer.

Das Wasser ist inzwischen zugefroren, bis auf eine ausgezackte Rinne in der Mitte. Was für ein Gerümpel muß da jetzt unter dem Eis auf dem Boden des Kanals liegen! Nach dem Abtauen im Frühjahr könnte man eine reiche Ernte schuldbeladener Geheimnisse herausfischen: Messer, Äxte, blutbefleckte Kleidungsstücke. Und noch Schlimmeres. Den Geist zu töten ist leicht; schwerer, zu beseitigen, was danach übrigbleibt. Der Begräbnisgottesdienst mit all seinen Litaneien wendet sich, um die Wahrheit zu sagen, nicht an die Seele, sondern an den widerspenstigen Körper, der beschworen wird, nicht mehr aufzustehen und wiederzukehren.

Behutsam, wie einer, der in den eigenen Wunden stochert, läßt er darum Pawel wieder in seine Gedanken ein. Unter seiner Decke von Schnee und Erdreich auf der Jelagin-Insel existiert Pawel noch immer, stur und unbefriedet. Pawel verkrampft sich im Widerstand gegen die Kälte, gegen die Äonen, die er überdauern muß bis zum Tag der Auferstehung, wenn die Gruften aufgerissen werden und die Gräber ins Licht gähnen; er bleckt die Zähne, wie es kahle Schädel zu tun pflegen, erträgt, was er ertragen muß, bis wieder die Sonne auf ihn scheint und die angespannten Glieder erschlaffen dürfen. Das arme Kind!

Ein junges Paar ist neben ihm stehengeblieben. Der Mann mit dem Arm um die Schultern der Frau. Er rückt von ihnen ab. Unter der Brücke fließt das schwarze Wasser träge dahin, es schwappt gegen eine zerbrochene, mit Eiszapfen behangene Kiste. Das Päckchen, in Leinwand und mit einer Schnur zusammengebunden, hält er über das Geländer und wiegt es in der Hand. Die junge Frau blickt zu ihm her und blickt wieder weg. In der Sekunde gibt er dem Päckchen einen leichten Stoß.

Es fällt aufs Eis, dicht neben dem offenen Wasser, und bleibt da liegen, gut sichtbar für jedermann.

Er kann es nicht glauben. Er steht doch direkt über der Wasserrinne, und doch hat er's falsch gemacht! Eine parallaktische Täuschung? Fallen Gegenstände denn nicht vertikal?

»Jetzt haben Sie ein Problem!« sagt eine Stimme links von ihm. Er fährt zusammen. Ein Mann mit Arbeitermütze, alt, graubärtig, grinst ihn breit an. Was für eine Teufelsfratze! »Mindestens noch eine Woche lang nicht fest genug, daß Sie drauf gehen können, würd' ich sagen. Was wollen Sie jetzt machen?«

Zeit für einen Anfall, denkt er. Dann wäre der Becher voll. Er stellt sich vor, wie es wäre, wenn er jetzt zuckend und mit Schaum vor dem Mund hier zusammenbräche: eine Menge würde sich um ihn drängen, und der Graubart würde allen zeigen, wo die Pistole auf dem Eis liegt. Ein Anfall wie ein Blitzschlag vom Himmel, um den Sünder niederzustrecken. Aber es kommt kein Blitz. »Kümmern Sie sich um Ihren eigenen Dreck!« murmelt er und macht, daß er fortkommt.

18

Das Tagebuch

Zum dritten Mal hat er sich hingesetzt, um Pawels Papiere zu lesen. Was ihm dabei so schwerfällt, kann er nicht sagen, aber seine Aufmerksamkeit schweift immer wieder vom Sinn der Worte zu den Worten selbst ab, zu den Buchstaben auf dem Papier, den Tintenspuren von Handbewegungen, den dunklen Stellen, die die Finger darauf hinterlassen haben. Es gibt Momente, wo er die Augen schließt und die Seite mit den Lippen berührt. Kostbar, sagt er sich, jeder Krakel auf dem Papier ist mir teuer.

Aber sein Widerstreben kommt noch von etwas anderem. Es hat etwas Ungehöriges, so in Pawels Angelegenheiten zu schnüffeln, und die Vorstellung, im »Nachlaß« eines Kindes zu lesen, findet er geradezu obszön.

Pawels sibirische Erzählung ist ihm vielleicht für immer durch Maximows Spott verleidet. Er kann nicht bestreiten, daß die Schreibweise als solche juvenil und epigonal ist. Und doch, so wenig würde genügen, um der Geschichte Leben einzuhauchen! Es juckt ihn in den Fingern, zur Feder zu greifen, die langen Passagen voller Meinungen und Doktrinen zu streichen und die Lebensfunken hinzuzusetzen, nach denen die Sache schreit. Der junge Sergej ist ein selbstgerechter Schnösel, der ein bißchen Distanz vertragen kann; man müßte ihn mit mehr Humor ansehen, besonders was die feierlichen Kasteiungen angeht, die er seinem Körper zumutet. Was das Bauernmädchen zu ihm hinzieht, können jedenfalls nicht die Verheißungen des Ehelebens sein (Mahlzeiten aus trockenem Brot und Kohlrüben, soweit sich das absehen läßt; schlafen auf nackten Brettern), sondern das Gehabe eines Mannes, der sich für ein geheimnisumwittertes Schicksal bereithält. Wo hat er das her? Von Tschernyschewski, sicher, aber wenn man hinter den zurückgeht, dann aus den Evangelien, von Jesus – eine Jesus-Imitation, die auf ihre Weise ebenso stupid und pervertiert ist wie die des Atheisten Netschajew: ein Jesus, der Jünger um sich schart und mit ihnen auszieht, Todesurteile zu vollstrecken. Ein Rattenfänger, hinter dessen Flöte eine Horde Schweine hertanzt. »Sie tut alles für ihn«, hat Matrjona von dem Schweinemädchen Katri gesagt. Alles tun, jede Demütigung erdulden, den Tod erdulden. Jede Scham weggeätzt, jede Selbstachtung. Was sich wohl zwischen Netschajew und seinen Frauen in dem Zimmer über Madame La Fays Laden abgespielt hat? Und Matrjona – ob sie auch schon für diesen Harem abgerichtet wurde?

Er klappt Pawels Manuskript zu und schiebt es beiseite. Wenn er anfinge, daran zu schreiben, käme gewiß ein Greuel zustande.

Dann ist da noch das Tagebuch. Als er darin blättert, bemerkt er zum ersten Mal eine Spur von Bleistift-Zeichen, saubere dünne Striche, die nicht von Pawels Hand sind und daher nur von Maximow stammen können. Für wen können sie bestimmt gewesen sein? Wahrscheinlich für einen Abschreiber; doch in seiner jetzigen Verfassung kann er nicht umhin, sie als Hinweise für ihn sebst aufzufassen.

»Heute A. getroffen«, lautet die angestrichene Eintragung für den 11. November 1868, vor fast genau einem Jahr. 14. November: ein kryptisches »A.« 20. November: »A. bei Antonow.« Von da an hat jede Erwähnung von »A.« einen Bleistiftstrich am Rande.

Er blättert weiter zurück. Das früheste »A.« steht unter dem 6. Juni, abgesehen von einer Stelle unter dem 14. Mai: »Langes Gespräch mit – –«, mit einem Strich und einem Fragezeichen am Rand.

14. September 1869, ein Monat vor seinem Tod: »Skizze zu einer Geschichte (Idee von A.). Ein verschlossenes Tor, vor dem wir stehen. Hämmern dagegen, rufen, daß man uns einlassen soll. Alle paar Tage wird es einen Spalt weit geöffnet, und ein Wächter winkt einen von uns hinein. Dem Auserwählten wird alles abgenommen, was er besitzt, auch die Kleider. Er wird Diener, lernt Verbeugungen machen und mit gedämpfter Stimme sprechen. Als Diener wählen sie die aus, die sie für die Fügsamsten, die am leichtesten Zähmbaren halten. Den Starken wird der Eintritt verwehrt.

Thema: Ausbreitung des Geistes unter den Dienern. Erst Murren, dann Zorn, Aufsässigkeit, dann schwören alle Hand in Hand einen Racheeid. Endet mit einem treuen alten Faktotum, weißhaarig, großväterlich, der mit einem Kerzenhalter kommt, um ›auch sein Teil zu tun‹ (sagt er): steckt die Vorhänge in Brand.«

Eine Idee für eine Fabel, eine Allegorie, nicht für eine Geschichte. Kein Eigenleben, kein Zentrum. Kein Geist.

6. Juli 1869: »Mit der Post zehn Rubel von der Snitkina, zu meinem Namenstag (verspätet), mit Anweisung, dem Meister nichts davon zu sagen.«

»Die Snitkina«: Anja, seine Frau. »Der Meister«: er selbst. Ob Maximow das gemeint hat, als er ihn vor kränkenden Passagen warnte? Wenn ja, dann müßte Maximow wissen, daß dies ein Pygmäenpfeil ist. Er kann noch ganz anderes ertragen, viel mehr.

Er blättert weiter zurück zu den früheren Tagen.

26. März 1867: »Letzte Nacht auf der Straße fast in F. M. hineingerannt. Schien ihm peinlich zu sein (kam er von einer Hure?), darum mußte ich mich betrunkener stellen, als ich war. Er ›lenkte meine Schritte heimwärts‹ (spielt gern den gütig verzeihenden Vater des verlorenen Sohns), bahrte mich aufs Sofa wie einen Leichnam, wobei er flüsternd mit der Snitkina zankte. Ich hatte die Schuhe verloren (vielleicht verschenkt). Es endete damit, daß F. M. in Hemdsärmeln kam und mir die Füße

waschen wollte. Alles sehr peinlich. Heute morgen der S. gesagt, ich *muß* meine eigene Bude haben. Kann sie nicht mal ihre Künste spielen lassen und ihn rumkriegen! Aber sie hat zuviel Angst vor ihm. «

Kränkend? Ja, es kränkt ihn allerdings, soweit muß er Maximow recht geben. Doch wenn etwas ihn dazu bewegen könnte, nicht weiterzulesen, dann nicht die Kränkung, sondern die Furcht. Furcht zum Beispiel, daß sein Vertrauen zu seiner Frau untergraben würde. Furcht auch um sein Vertrauen auf Pawel.

Für wen diese boshaften Seiten wohl gedacht waren? Ob Pawel sie womöglich geschrieben hat, damit sie seinem Vater vor Augen kämen, und dann gestorben ist, um die Entgegnung auf seine Vorwürfe abzuschneiden? Natürlich nicht; was für ein Irrsinn, so was zu denken! Es ist mehr so wie die Briefe einer Frau an ihren Liebhaber, geschrieben im Gedanken an das Phantombild des Ehemanns, der ihr über die Schulter sieht. Jedes Wort zweifach gezielt; für den einen Leidenschaft und Versprechen der Hingabe; für den anderen Beschwerde und Vorwurf. Gespaltene Worte aus gespaltenem Herzen. Könnte Maximow das erkannt haben?

2. Juli 1867, drei Monate später: »Befreiung des Leibeigenen! Endlich frei! F. M. mit Braut zum Bahnhof gebracht. Dann sofort gekündigt bei dieser *unmöglichen* Pension, in der er mich untergebracht hat (*eigene* Tasse, *eigener* Serviettenring, Ausgeherlaubnis bis halb elf). V. G. hat mir versprochen, daß ich bei ihm wohnen kann, bis ich etwas anderes finde. Muß den alten Maikow überreden, daß er mir das Geld gibt, damit ich die Miete selbst zahlen kann. «

Er blättert zerstreut hin und her. Vergebung: Hat er denn kein Wort der Vergebung, wenn auch noch so verhüllt und indirekt? Unmöglich, bis an sein Lebensende ein Kind in sich zu tragen, das kein letztes Wort der Vergebung für ihn hat.

In dem Bleisarg ein silberner Sarg. In dem silbernen Sarg ein goldener Sarg. In dem goldenen Sarg der Leichnam eines jungen

Mannes in weißen Kleidern, die Hände über der Brust gekreuzt. Zwischen den Fingern ein Telegramm. Er späht auf das Telegramm, bis ihm die Augen tränen, sucht nach dem Wort der Vergebung, das nicht dasteht. Das Telegramm ist Hebräisch, Altsyrisch, in Schriftzeichen, die er noch nie gesehen hat.

Jemand klopft an die Tür. Es ist Anna Sergejewna, in Straßenkleidung. »Ich muß Ihnen noch danken, daß Sie sich um Matrjoscha gekümmert haben. Hat sie Ihnen Mühe gemacht?«

Er braucht einen Moment, um sich zu sammeln; dann erinnert er sich, daß sie ja nichts von den abscheulichen Zwecken weiß, zu denen Netschajew ihre Tochter verwendet hat.

»Überhaupt keine Mühe. Was macht sie Ihnen jetzt für einen Eindruck?«

»Sie schläft, ich will sie nicht wecken.«

Sie bemerkt die auf dem Bett ausgebreiteten Papiere.

»Ich sehe, nun lesen Sie doch noch Pawels Papiere. Ich will Sie nicht stören.«

»Nein, bleiben Sie noch! Es ist keine angenehme Sache.«

»Fjodor Michailowitsch, ich bitte Sie noch einmal, lesen Sie keine Dinge, die nicht für Sie bestimmt waren! Sie werden sich nur selbst weh tun.«

»Ich wollte, ich könnte Ihren Rat befolgen. Leider bin ich dazu nicht hier – mir Kränkungen zu ersparen. Ich habe eben Pawels Tagebuch durchgeblättert und bin auf einen Vorfall gestoßen, an den ich mich nur allzu gut erinnere, aus dem vorvorigen Jahr. Erhellend, ihn mit den Augen des anderen zu sehen. Pawel kam mitten in der Nacht nach Hause, hilflos, er hatte getrunken. Ich mußte ihn ausziehen, und dabei fiel mir etwas auf, was ich noch nie bemerkt hatte – wie klein seine Zehennägel waren, als ob sie seit seiner Kindheit nicht mehr gewachsen wären. Er hatte breite, fleischige Füße – wie sein Vater, vermutlich – mit winzigen Zehennägeln. Er hatte seine Schuhe verloren oder verschenkt; seine Füße waren wie Eisblöcke.«

Pawel, wie er nach Mitternacht auf Strümpfen durch die kalten Straßen irrte. Ein verlorener Engel, ein unvollkommener Engel, einer der von Gott Verstoßenen. Mit den Füßen eines Wanderers, der auf unserer großen Mutter wandelt, mit den Füßen eines Bauern, nicht eines Tänzers.

Dann, wie er auf dem Sofa lag, den Kopf hin und her wälzend, die Kleider überall beschmiert mit Erbrochenem.

»Ich habe ihm ein Paar alte Schuhe gegeben und zugesehen, wie er morgens losging, in übler Laune, mit den Schuhen in der Hand. Und damit war das erledigt, dachte ich. Aber das ist nun mal ein schwieriges Alter, achtzehn, neunzehn, schwierig für jeden, wenn er voll erwachsen ist, aber aus dem Nest noch nicht heraus kann. Schon gefiedert, kann aber nicht fliegen. Und immer fressen, immer hungrig! Wie die Pelikane, gefräßige Geschöpfe, die unbeholfensten von allen Vögeln, bis sie ihre großen Flügel ausbreiten und vom Boden abheben.

Leider hat Pawel die Erinnerung an diese Nacht anders festgehalten; da steht nichts von Pelikanen oder von Engeln. Auch nichts von väterlicher Fürsorge, oder besser, väterlicher Liebe.«

»Fjodor Michailowitsch, es nützt nichts, daß Sie sich auf diese Weise selbst zerfleischen. Wenn Sie nicht bereit sind, diese Papiere zu verbrennen, dann schließen Sie sie wenigstens für eine Weile weg und nehmen sie später wieder vor, wenn Sie mit Pawel Ihren Frieden gemacht haben. Hören Sie auf mich und tun Sie, was ich Ihnen sage, in Ihrem eigenen Interesse!«

»Danke, meine liebe Anna. Ich höre Ihre Worte und nehme sie mir zu Herzen. Aber wenn ich davon spreche, daß ich mir Kränkungen ersparen will, wenn ich davon spreche, warum ich hier bin, dann meine ich nicht, hier in dieser Wohnung oder in Petersburg. Ich meine, daß ich nicht hier in Rußland bin, und in dieser Zeit, in der wir leben, um Kränkungen zu vermeiden. Ich muß ein – wie soll ich's nennen? – ein russisches Leben leben: ein Leben in Rußland oder mit Rußland in mir, mit allem, was Rußland bedeuten mag. Das ist kein Schicksal, dem ich mich entziehen kann.

Was nicht heißt, daß ich es für irgendwie hochbedeutsam erklären möchte. Es ist ein Leben, das man besser nicht allzu genau kennt. Es ist überhaupt nicht so sehr ein Leben als vielmehr eine Art Preis, der in einer bestimmten Währung entrichtet wird. Es ist etwas, womit ich bezahle, um schreiben zu können. Das ist es, was Pawel nicht verstanden hat: daß auch ich bezahlen muß.«

Sie zieht die Stirn kraus. Er kann nun sehen, wo Matrjona die Angewohnheit her hat. Wenig Geduld mit Leuten, die ihr Innerstes ausbreiten wollen. Nun, das ist ganz ehrenwert; in Rußland wollen nur allzu viele ihre Seele ausschütten.

Trotzdem, *auch ich muß bezahlen*: Er würde es noch mal sagen, wenn sie bereit wäre, es anzuhören. Er würde es noch mal sagen, und er würde noch mehr sagen. Ich bezahle und verkaufe: Das ist mein Leben. Verkaufe mein Leben, verkaufe das Leben der Menschen, die um mich sind. Verkaufe jeden. Ein Krämer wie Jakowlew, handle mit Leben. Die Finnin hatte doch recht: ein Judas, kein Jesus. Verkaufe sie mitsamt ihrer Tochter, verkaufe alle, die ich liebe. Hoffentlich finde ich noch eine Möglichkeit, Sergej Netschajew auch zu verkaufen.

Ein Leben ohne Ehre, Verrat ohne Grenzen, Geständnisse ohne Ende.

Sie zerreißt seine Gedankenketten. »Haben Sie immer noch vor, hier auszuziehen?«

»Ja, natürlich.«

»Ich frage, weil jemand wegen des Zimmers da war. Wo wollen Sie hin?«

»Zunächst mal zu Maikow.«

»Ich dachte, Sie hätten gesagt, Sie könnten nicht zu ihm?«

»Er wird mir Geld leihen, da bin ich sicher. Ich werde ihm sagen, ich brauche es, um nach Dresden zurückzukommen. Dann suche ich mir irgendeine andere Bleibe.«

»Warum fahren Sie dann nicht einfach nach Dresden? Wären damit nicht alle Ihre Probleme gelöst?«

»Die Polizei hat noch meinen Paß. Es gibt auch noch andere Rücksichten.«

»Denn sicher haben Sie doch alles getan, was Sie konnten; sicher verschwenden Sie jetzt in Petersburg nur Ihre Zeit.«

Hat sie nicht gehört, was er gesagt hat? Oder will sie ihn provozieren? Er steht auf, legt die Papiere zusammen, wendet sich zu ihr hin. »Nein, meine liebe Anna, ich verschwende meine Zeit keineswegs. Ich habe allen Grund hierzubleiben. Niemand auf der Welt hat mehr Grund dazu. Ich bin mir sicher, eigentlich müssen Sie das doch wissen.«

Sie schüttelt den Kopf. »Ich weiß nicht«, murmelt sie, aber in einem Ton, wie wenn sie auf Widerspruch gefaßt wäre.

»Es gab eine Zeit, da war ich sicher, daß Sie mich zu Pawel hinleiten würden. Ich habe mir vorgestellt, wir beide säßen in einem Boot und Sie, am Bug, würden uns durch den Nebel lotsen. Das Bild wirkte so echt wie das Leben selbst. Ich habe alles Vertrauen in Sie gesetzt.«

Wieder schüttelt sie den Kopf.

»In den Einzelheiten habe ich mich vielleicht geirrt, aber mein Gefühl hat mich nicht getäuscht. Vom ersten Augenblick an gaben Sie mir dieses Gefühl.«

Wenn sie davon nichts mehr hören wollte, würde sie ihn jetzt unterbrechen. Aber sie unterbricht ihn nicht. Sie scheint seine Worte in sich hineinzutrinken, wie eine Pflanze das Wasser trinkt. Und warum auch nicht?

»Wir machen es uns selbst schwer, wenn wir uns in ... in das, was wir angefangen haben, so Hals über Kopf hineinstürzen«, fährt er fort.

»Es war meine Schuld«, sagt sie. »Aber darüber möchte ich jetzt nicht sprechen.«

»Ich auch nicht. Lassen Sie mich nur soviel sagen, daß mir im Laufe der letzten Woche klargeworden ist, wieviel uns doch die Treue bedeutet, uns beiden. Wir haben beide zur Treue zurückfinden müssen. Habe ich recht oder nicht?«

Er beobachtet sie angespannt; aber sie wartet darauf, daß er mehr sagt; sie will sich erst vergewissern, was er mit Treue meint.

»Ich meine Ihrerseits die Treue zu Ihrer Tochter. Und meinerseits die Treue zu meinem Sohn. Liebe kann es für uns nicht geben ohne ihren Segen. Habe ich nicht recht?«

Er weiß, daß sie ihm zustimmt, aber sie will es noch nicht aussprechen. Gegen diesen sanften Widerstand dringt er weiter in sie. »Ich hätte gern ein Kind von Ihnen.«

Sie wird rot. »Was für ein Unsinn! Sie haben schon Frau und Kind.«

»Sie gehören zu einer anderen Familie. Sie gehören zu Pawels Familie, Sie und Matrjona, beide. Ich gehöre auch zu Pawels Familie.«

»Ich verstehe nicht, was Sie meinen.«

»Im Grunde wissen Sie's doch.«

»Im Grunde weiß ich gar nichts! Was ist das für ein Antrag? Soll ich ein Kind großziehen, dessen Vater im Ausland lebt und mir die Alimente per Post schickt? Lächerlich!«

»Warum? Für Pawel haben Sie doch auch gesorgt.«

»Pawel war ein Untermieter, kein Kind.«

»Sie müssen sich ja nicht gleich entscheiden.«

»Ich *will* mich aber gleich entscheiden! Nein! Das ist meine Entscheidung.«

»Und wenn Sie nun schon schwanger sind?«

Sie wird böse. »Das geht Sie nichts an.«

»Und wenn ich nun nicht nach Dresden zurückfahren würde? Und wenn ich nun hierbliebe und die Alimente statt dessen nach Dresden schickte?«

»Hier? In meinem Gästezimmer? In Petersburg? Ich dachte, Sie können schon aus dem Grund nicht in Petersburg bleiben, weil Ihre Gläubiger Sie sonst ins Gefängnis bringen?«

»Ich kann meine Schulden tilgen. Dazu genügt ein einziger Erfolg.«

Sie lacht. Mag sein, daß sie wütend ist, aber beleidigt ist sie nicht. Zu ihr kann er alles sagen. Welch ein Kontrast zu Anja! Bei Anja gäbe es Tränen und Türenknallen; er müßte eine Woche lang um Verzeihung betteln, bevor sie ihn wieder milder ansähe.

»Fjodor Michailowitsch«, sagt sie, »morgen früh werden Sie aufwachen und sich an all das nicht mehr erinnern. Es war nur so eine Idee, die Ihnen durch den Kopf gespukt ist. Sie haben sich überhaupt nichts dabei gedacht.«

»Sie haben recht. So ist mir die Idee gekommen. Und darum traue ich ihr.«

Sie läßt sich nicht in seine Arme sinken, aber sie wehrt ihn auch nicht ab. »Bigamie!« sagt sie leise und voll Verachtung und bebt wieder vor Lachen. Dann, in sachlicherem Ton: »Möchten Sie gern, daß ich heute nacht zu Ihnen komme?«

»Ich möchte nichts lieber als das.«

»Mal sehn!«

Um Mitternacht ist sie wieder da. »Ich kann nicht bleiben«, sagt sie, aber im gleichen Zuge schließt sie hinter sich die Tür.

Sie lieben sich wie vor einer Hinrichtung, in sich selbst versunken und zielstrebig. Es gibt Momente, wo er nicht sagen kann, wer von ihnen wer ist, wer Mann und wer Frau, wo sie wie Skelette sind, Gebilde aus Knochen und Bändern, die sich ineinander pressen, Mund an Mund, Auge an Auge, Rippen und Schenkelknochen ineinander verschränkt und verschlungen.

Nachher liegt sie an ihn gelehnt auf dem schmalen Bett, den Kopf an seiner Brust, eines ihrer langen Beine lässig über seines geworfen. Der Kopf kreiselt ihm in sanftem Schwindel. »Also das sollte die Geburt des Erlösers bringen?« murmelt sie. Und, als er nicht versteht: »Das war doch ein Strom von Samen! Du wolltest wohl ganz sichergehen. Das Bett ist durchgeweicht.«

Die Lästerung interessiert ihn. Jedes Mal findet er etwas Neues und Überraschendes an ihr. Unvorstellbar, nicht wiederzukommen, auch wenn er doch aus Petersburg abreisen sollte. Unvorstellbar, sie nicht wiederzusehen.

»Warum sagst du Erlöser?«

»Ist das nicht die Absicht dabei: daß er dich erlöst und uns beide?«

»Warum bist du so sicher über das *er*?«

»Oh, eine Frau weiß das.«

»Was würde Matrjoscha denken?«

»Matrjoscha? Ein kleiner Bruder? Nichts wäre ihr lieber. Den könnte sie nach Herzenslust bemuttern.«

Nur scheinbar bezieht sich seine Frage auf Matrjoscha; in Wahrheit ist es die abgebogene Form einer anderen Frage, einer Frage, die er nicht stellt, weil er die Antwort schon kennt. Pawel wäre ein Bruder nicht willkommen. Pawel würde ihn beim Fuß packen und ihm das Hirn an der Wand zerschmettern. Für Pawel wäre er kein Erlöser, sondern ein Erbschleicher, ein Usurpator, ein tückischer, als molliges Baby getarnter kleiner Teufel. Und wer wollte beschwören, daß er nicht recht hätte?

»Weiß eine Frau das immer?«

»Meinst du, ob ich weiß, daß ich schwanger bin? Keine Sorge, soweit kommt's nicht.« Und dann: »Ich schlafe gleich ein, wenn ich noch länger bleibe.« Sie schiebt die Bettücher beiseite und klettert über ihn hinweg. Im Mondlicht findet sie ihre Sachen und beginnt sich anzuziehen.

Er spürt etwas wie einen Stich. Erinnerungen an alte Empfindungen regen sich; der junge Mann in ihm, der noch nicht tot ist, versucht sich Gehör zu verschaffen, der noch unbegrabene Leichnam in ihm. Nur eine Handbreit trennt ihn davon, einer Liebe zu verfallen, vor der keine kluge Zurückhaltung ihn retten kann. Auch wieder die Fallsucht, oder eine Form davon.

Der Impuls ist stark, aber er vergeht. Stark, aber nicht stark genug. Nie wieder wird er stark genug sein, es sei denn, er fände irgendwo eine Krücke.

»Komm einen Moment her!« flüstert er.

Sie setzt sich aufs Bett, er nimmt ihre Hand.

»Kann ich einen Vorschlag machen? Ich finde, es ist keine gute

Idee, daß Matrjoscha mit Sergej Netschajew und seinen Freunden zu tun hat.«

Sie zieht ihre Hand weg. »Natürlich nicht. Aber warum sagst du das jetzt?« Ihr Ton ist kalt und scharf.

»Weil ich meine, sie sollte nicht allein zu Hause sein, wenn er vorbeikommen könnte.«

»Was schlägst du vor?«

»Kann sie nicht tagsüber unten bei Amalia Karlowa bleiben, bis du heimkommst?«

»Das wäre viel verlangt von einer alten Frau, auf ein krankes Kind aufpassen. Besonders, wo sie sich mit Matrjoscha nicht gut verträgt. Warum soll es nicht genügen, wenn ich Matrjoscha sage, daß sie keine Fremden reinlassen darf?«

»Weil dir nicht klar ist, wieviel Macht Netschajew schon über sie hat.«

Sie steht auf. »Das gefällt mir nicht«, sagt sie. »Ich sehe nicht ein, warum wir mitten in der Nacht über meine Tochter reden müssen.«

Plötzlich ist das Klima zwischen ihnen wieder so eisig wie zuvor.

»Kann ich denn nicht mal ihren Namen nennen, ohne daß du böse wirst?« fragt er verzweifelt. »Denkst du, ich würde jetzt davon anfangen, wenn mir ihr Wohl nicht am Herzen läge?«

Sie gibt keine Antwort. Die Tür geht auf und dann zu.

19

Die Brände

Der Absturz aus der erneuten Intimität in die erneute Fremdheit
verstört und verärgert ihn. Er schwankt zwischen dem Wunsch,
mit dieser schwierigen, empfindlichen Frau ins reine zu kommen, und einem erbitterten Drang, sich loszureißen, nicht nur
von dieser unergiebigen Affäre, sondern auch von dieser Stadt
der Trauer und der Intrigen, in der er sich nicht mehr zu Hause
fühlt.

Er taumelt. *Pawel!* flüstert er und versucht das Gleichgewicht
wiederzufinden. Aber Pawel hat seine Hand losgelassen, Pawel
wird ihn nicht retten.

Den ganzen Vormittag schließt er sich von allem ab, sitzt da,
die Arme um die Knie verschränkt, den Kopf gebeugt. Er ist
nicht allein. Aber das Wesen, von dem er spürt, daß es bei ihm im
Raum ist, ist nicht sein Sohn. Es ist ein Schwarm von tausend
kleinen Dämonen, die durch die Luft schwirren wie losgelassene
Heuschrecken.

Als er sich schließlich aufrafft, geschieht es, um die zwei Bilder
von Pawel von der Kommode zu nehmen, die Daguerreotypie,
die er aus Dresden mitgebracht hat, und Matrjonas Zeichnung.
Er legt die Bildseiten zusammen, wickelt sie ein und steckt sie in
den Koffer.

Dann geht er zu der täglichen Meldung bei der Polizei. Als er
zurückkommt, ist Anna Sergejewna zu Hause, Stunden früher
als gewöhnlich und in einiger Aufregung. »Wir mußten den
Laden zumachen«, sagt sie. »Den ganzen Tag hat es Straßen-

schlachten zwischen den Studenten und der Polizei gegeben. Hauptsächlich auf der Petrograder Seite, aber auch diesseits des Flusses. Alle Geschäfte haben geschlossen – es ist zu gefährlich, auf die Straße zu gehen. Jakowlews Neffe ist mit dem Wagen vom Markt zurückgekommen, und jemand hat einen Pflasterstein nach ihm geworfen, ohne jeden Grund. Er hat ihn am Handgelenk getroffen. Er hat starke Schmerzen und kann die Finger nicht mehr bewegen; er denkt, es ist ein Knochenbruch. Er sagt, allmählich würden sich auch Arbeiter beteiligen. Und die Studenten legen wieder Brände.«

»Können wir hingehen und es uns anschauen?« ruft Matrjona aus dem Bett.

»Natürlich nicht! Es ist gefährlich. Außerdem weht ein bitterkalter Wind.«

Sie gibt durch nichts zu erkennen, daß sie sich an die letzte Nacht erinnert.

Er geht noch einmal aus dem Haus und kehrt in einer Teestube ein. In den Zeitungen steht nichts von Straßenschlachten. Doch findet er eine Ankündigung, daß wegen »weitverbreiteter Zuchtlosigkeit in der Studentenschaft« die Universität bis auf weiteres geschlossen wurde.

Es ist nach vier Uhr. Trotz des eisigen Windes geht er am Fluß entlang ostwärts. Alle Brücken sind gesperrt; Gendarmen in himmelblauen Uniformen und Federbusch-Helmen stehen Wache mit aufgepflanztem Bajonett. Vom andern Ufer lodern Feuer aus der Dämmerung.

Er folgt dem Flußlauf, bis die ersten geplünderten und schwelenden Lagerhäuser in Sicht kommen. Es hat zu schneien begonnen. Die Schneeflocken werden zunichte, sobald sie die verkohlten Balken berühren.

Er erwartet nicht, daß Anna Sergejewna noch einmal zu ihm kommt. Aber sie kommt, und wie beim vorigen Mal ohne Erklärung. Im Gedanken an Matrjona, die im Nebenzimmer ist, erstaunt ihn ihre Rücksichtslosigkeit im Bett. Ihr Schreien und

236

Stöhnen wird nur halb unterdrückt; dies sind und waren bei ihr niemals, wie er zu begreifen beginnt, Laute animalischer Lust, sondern es sind Mittel, die ihr dazu dienen, sich in eine erotische Trance zu versetzen.

Zuerst überträgt sich ihre Hitze auf ihn. Über eine lange Strecke hin verliert er wieder jeden Sinn dafür, wer von ihnen beiden er und wer sie ist. Um sie beide glüht eine Sphäre der Lust, und in dieser Sphäre schweben sie, Zwillingsgeschöpfe, langsam kreisend.

Er hat noch nie eine Frau gekannt, die sich dem Eros so rückhaltlos ergab. Dennoch, als sie einen Gipfel der Raserei erreicht, beginnt er vor ihr zurückzuweichen. Etwas scheint in ihr ganz anders zu werden. Empfindungen, die in der Nacht, als sie zum ersten Mal beisammen waren, in der Tiefe ihres Körpers stattfanden, scheinen sich zur Oberfläche hin zu verlagern. Sie wird geradezu »elektrisch«, wie schon so viele andere Frauen, die er gekannt hat.

Sie hat darauf bestanden, daß die Kerze auf dem Nachttisch brennen bleibt. Als sie sich dem Höhepunkt nähert, suchen ihre dunklen Augen immer schärfer sein Gesicht ab, auch dann noch, als ihr die Lider flattern und sie am ganzen Leib zu beben beginnt.

Einmal flüstert sie ein Wort, das er nur halb auffängt. »Was?« fragt er. Aber sie wirft nur den Kopf von einer Seite zur andern und knirscht mit den Zähnen.

Nur halb verstanden, aber er weiß, was es ist: *Teufel*. Es ist ein Wort, das er selbst auch benutzt, obwohl er nicht im gleichen Sinn daran glauben kann wie sie. *Der Teufel*: der Augenblick beim Einsetzen des Orgasmus, wenn die Seele aus dem Leib gewrungen wird und in Spiralen ins Vergessen abzusinken beginnt. Und wie sie so den Kopf hin und her schleudert, knurrend, mit zusammengebissenen Zähnen, da fällt es nicht schwer, auch in ihr eine vom Teufel Besessene zu sehen.

Ein zweites Mal, und nun noch wilder, stürzt sie sich in die

Vereinigung mit ihm. Aber der Brunnen ist leer, und bald merken sie es beide. »Ich kann nicht mehr!« keucht sie und liegt still. Die Hände überm Kopf, mit den Innenseiten nach oben, liegt sie da wie hingegossen. »Ich kann nicht mehr weiter!« Tränen beginnen zu fließen, und sie tut nichts, um sie aufzuhalten.

»Was ist denn?«

»Ich hab' nicht mehr die Kraft zum Weitermachen. Ich hab' alles getan, was ich kann, ich bin kaputt. Bitte laß uns allein!«

»Uns?«

»Ja, wir, uns, uns beide. Du erdrückst uns unter deinem Gewicht. Wir kriegen keine Luft mehr.«

»Das hättest du früher sagen sollen. Ich hatte alles ganz anders verstanden.«

»Ich geb' dir keine Schuld. Ich hab' versucht, alles auf mich zu nehmen, aber ich kann nicht mehr. Ich bin den ganzen Tag auf den Beinen gewesen, ich hab' letzte Nacht nicht geschlafen, ich bin kaputt.«

»Denkst du, ich hab' dich ausgenutzt?«

»Nicht, wie du meinst. Aber du benutzt mich, um an mein Kind heranzukommen.«

»An Matrjona? Was für ein Unsinn! Das kannst du doch nicht glauben!«

»Das ist die Wahrheit, das sieht doch jeder! Du benutzt mich als Zugang zu ihr, und ich kann's nicht ertragen.« Sie setzt sich im Bett auf, kreuzt die Arme vor den nackten Brüsten und wiegt sich kläglich hin und her. »Dich hat etwas gepackt, was ich nicht begreife. Du scheinst hier zu sein, aber du bist nicht wirklich hier. Ich war bereit, dir zu helfen, wegen...« Sie zieht hilflos die Schultern hoch. »Aber jetzt kann ich nicht mehr.«

»Wegen Pawel?«

»Ja, wegen Pawel, wegen dem, was du gesagt hast. Ich wollte es versuchen. Aber jetzt kostet es mich zuviel. Es macht mich ganz mürbe. Ich wäre nie so weit gegangen, wenn ich nicht befürchtet hätte, du würdest sonst Matrjoscha ebenso benutzen.«

Er legt eine Hand auf ihre Lippen. »Jetzt sei bitte still! Das ist eine gräßliche Beschuldigung. Was hat sie zu dir gesagt. Mit keinem Finger würde ich sie anrühren, das schwör' ich.«

»Schwörst du bei wem? Oder bei was? An was glaubst du denn, wobei du schwören könntest? Und *ums Anrühren mit dem Finger* geht's sowieso nicht, wie du genau weißt. Und sag du mir nicht, ich soll still sein!« Sie stößt die Bettücher weg und sucht nach ihrem Morgenrock. »Ich muß für mich sein oder ich werd' verrückt.«

Eine Stunde später, als er eben am Einschlafen ist, kommt sie wieder in sein Bett, mit glühender Haut, klammert sich an ihn, schlingt ihre Beine um ihn. »Kümmere dich nicht drum, was ich gesagt hab'«, sagt sie. »Manchmal bin ich nicht ganz bei mir; daran mußt du dich gewöhnen.«

Einmal in der Nacht wird er noch wach. Obwohl die Vorhänge zugezogen sind, ist es im Zimmer hell wie bei Vollmond. Er steht auf und sieht aus dem Fenster. Weniger als eine Meile entfernt lodern Flammen zum Nachthimmel auf. Auf dem andern Ufer tobt das Feuer so gewaltig, daß er schwören könnte, die Hitze zu spüren.

Er geht wieder zu Bett und zu Anna. Und so findet sie Matrjona am Morgen: ihre Mutter mit zerwühltem Haar, in seine Armbeuge geschmiegt, leise schnarchend in festem Schlaf; er, wie er eben die Augen aufschlägt und das Kind mit ernstem Gesicht in der Tür stehen sieht.

Eine Erscheinung – es könnte sehr wohl ein Traum sein. Aber er weiß, es ist keiner. Sie sieht alles, sie weiß alles.

20

Stawrogin

Eine Rauchwolke hängt über der Stadt. Asche fällt vom Himmel; an manchen Stellen ist sogar der Schnee grau.

Den ganzen Vormittag sitzt er allein im Zimmer. Er weiß nun, warum er nicht noch mal zur Jelagin-Insel gefahren ist. Weil er befürchtet, den Boden aufgerissen zu sehen, das Grab gähnend leer, die Leiche verschwunden. Sie war ungebührlich bestattet; nun ist sie in ihm begraben, in seiner Brust, sie wehklagt nicht mehr, sondern predigt zischelnd den Wahnsinn, rät ihm flüsternd, sich fallen zu lassen.

Er ist krank und kennt den Namen seiner Krankheit. Netschajew, die Stimme seiner Epoche, nennt sie die Rachlust, aber ein wahrhaftigerer, weniger großspuriger Name wäre Bitterkeit.

Er hat eine Wahl zu treffen. Er kann mitten in diesem schändlichen Sturz aufschreien, mit den Armen wie mit Flügeln schlagen, Gott anrufen oder seine Frau, daß sie ihn erretten. Oder er kann sich dem Sturz hingeben, das Chloroform des Entsetzens oder der Bewußtslosigkeit zurückweisen und statt dessen warten und horchen auf den Moment, der kommen wird oder nicht – ihn herbeizuzwingen, steht nicht in seiner Macht –, den Moment, wenn er aus einem Körper, der ins Dunkel stürzt, zu einem Körper wird, in dessen Innerem ein Sturz ins Dunkel geschieht, ein Körper, der seinen Fall und seine Dunkelheit in sich enthält.

Wenn es irgendwem vorbestimmt sei, den Wahnsinn unserer Zeit durchleben zu müssen, hat er Anna Sergejewna erklärt, dann ihm. Nicht unversehrt aus dem Sturz hervorzugehen, sondern zu erreichen, was seinem Sohn nicht gelungen ist: mit der heulenden Finsternis zu ringen, sie aufzusaugen, sie sich zum Medium zu machen; den Fall in einen Flug zu verwandeln, wenn auch nur in einen so langsamen, greisenhaften und schwerfälligen Flug wie den einer Taube. Am Leben zu bleiben, wo Pawel gestorben ist. In Rußland zu bleiben und Rußlands Stimmen in seinem Innern murmeln zu hören. Es alles in sich zu behalten: Rußland, Pawel, den Tod.

Das hatte er gesagt. Doch war es die Wahrheit oder nur Prahlerei? Die Antwort ist nicht wichtig, solange er nur nicht zurückschreckt. Es schadet auch nichts, daß er in Bildern spricht und das eigene erbärmliche Leiden zur emblematischen Krankheit der Epoche erhebt. Der Wahnsinn steckt in ihm, und er ist im Wahnsinn; sie denken einer den anderen; wie sie einander nun nennen, ob Wahnsinn, Epilepsie, Rache oder Geist der Epoche, darauf kommt es nicht an. Dieses Mietshaus, in dem er wohnt, ist nicht wahnsinnig, und auch Petersburg ist keine wahnsinnige Stadt. Der Wahnsinnige ist er; und wer zugibt, der Wahnsinnige zu sein, ist gleichfalls wahnsinnig. Nichts, was er sagt, ist wahr, nichts falsch, nichts vertrauenswürdig, nichts unbedeutend. An nichts kann man sich halten, nichts kann man tun als fallen.

Er packt seine Schreibmappe aus und legt sich die Utensilien zurecht. Nun geht es nicht mehr darum, auf den Ruf des verlorenen Kindes aus dem dunklen Fluß zu lauschen; es geht nicht mehr darum, Pawel die Treue zu halten, wenn alle ihn aufgegeben haben – überhaupt nicht mehr um Treue. Im Gegenteil, es geht um Verrat – den Verrat an der Liebe zuallererst, dann an Pawel, an Mutter und Tochter und an jedermann. *Perversion*: alle und alles einem fremden Zweck zuführen, es an sich reißen und mitnehmen in den Fall.

Er erinnert sich an Maximows Assistenten und die Frage, die der ihm gestellt hatte: »Welche Art Bücher schreiben Sie?« Nun weiß er, was er ihm hätte antworten sollen: »Ich schreibe Perversionen der Wahrheit. Ich habe mich für den krummen Weg entschieden und locke Kinder an dunkle Orte. Ich richte mich nach dem Tanz der Feder. «

Im Spiegel auf der Kommode sieht er kurz sich selbst, wie er über den Tisch gebeugt dasitzt. In dem grauen Licht, ohne seine Brille könnte er sich für einen Fremden halten; der dunkle Bart könnte ein Schleier oder Vorhang von krabbelnden Bienen sein.

Er rückt sich den Stuhl so zurecht, daß er nicht in den Spiegel sieht. Aber das Gefühl, daß außer ihm noch jemand im Raum ist, hält an: wenn schon keine richtige Person, dann eine aus Holz, eine Vogelscheuche in einem alten Anzug, mit einem ausgestopften Zuckerbeutel als Kopf und einem Halstuch vor dem Mund.

Er ist zerstreut und ärgert sich, daß er so zerstreut ist. Gerade sein Ärger hält die Vogelscheuche perverserweise am Leben; ihre stumme Unempfindlichkeit gegen seinen Ärger verdoppelt den Ärger.

Er läuft im Zimmer auf und ab, stellt den Tisch zum zweiten Mal um. Er beugt sich zum Spiegel hin, mustert sein Gesicht, bis in die Poren der Haut hinein. Er kann nicht schreiben, er kann nicht denken.

Er kann nicht denken, *also was*? Er hat den Dieb in der Nacht nicht vergessen. Wenn er gerettet wird, dann von dem Dieb in der Nacht, um dessentwillen er standhaft auf seinem Posten bleiben muß. Der Dieb aber kommt erst, wenn der Hüter des Hauses ihn vergessen hat und eingeschlafen ist. Er darf also nicht unaufhörlich wachsam sein, sonst kann sich die Parabel nicht erfüllen. Er muß schlafen; und wenn er nun einmal schlafen muß, wie kann Gott dann seinen Schlaf verdammen? Gott muß ihn retten, Gott kann gar nicht anders. Aber Gott in einem solchen Netz von Vernunftgründen fangen zu wollen ist Herausforderung und Blasphemie.

Er steckt wieder in dem alten Labyrinth. Es ist dieselbe Geschichte wie bei seinen Spielbankbesuchen, nur in anderer Einkleidung. Er spielt, weil Gott nicht zu ihm spricht. Er spielt, damit Gott sprechen muß. Aber Gott zum Sprechen zu zwingen, indem man eine Karte zieht, ist Blasphemie. Nur wenn Gott stumm bleibt, spricht Gott. Wenn Gott zu sprechen scheint, spricht Gott nicht.

Stundenlang sitzt er an dem Tisch. Die Feder macht keinen Strich. Von Zeit zu Zeit kommt ihm die Vogelscheuche wieder in den Sinn, der Tattergreis, die Travestie seiner selbst. Er ist eingesperrt, er ist im Gefängnis.

Also? Also was?

Er schließt die Augen, zwingt sich, der Figur gegenüberzutreten, läßt das Bild klarer werden. Vor dem Gesicht hat sie immer noch den Schleier, den zu entfernen anscheinend nicht in seiner Macht liegt. Nur die Figur selbst kann das tun, und sie wird es nicht tun, wenn er sie nicht darum bittet. Um sie darum bitten zu können, muß er ihren Namen wissen. Wie ist ihr Name? Iwanow? Ist das der wiedergekehrte Iwanow, der obskure, vergessene Iwanow? Wie war Iwanows wirklicher Name? Oder ist es Pawel? Wer ist der Untermieter, der vor ihm in diesem Zimmer gewohnt hat? Wer war P. A. I., der Besitzer des Koffers? Stand das P. für Pawel? War Pawel Pawels richtiger Name? Wenn man Pawel bei einem falschen Namen ruft, ob er dann je kommt?

Erst war Pawel der Verlorene. Jetzt ist er selbst verloren, so verloren, daß er nicht mal mehr weiß, wie er um Hilfe rufen könnte.

Wenn er den Federhalter jetzt fallen ließe, ob die Figur hinter dem Tisch ihn dann zur Hand nehmen und schreiben würde?

Er denkt daran, was Anna Sergejewna zu ihm gesagt hat: *Sie trauern um sich selbst.*

Die Tränen, die ihm die Wangen hinablaufen, sind von höchster Reinheit, nahezu salzlos im Geschmack. Wenn da eine Läuterung stattfindet, dann muß das Geläuterte schon sonderbar rein sein.

Letztlich wird es ihm nicht gestattet sein, den toten Jungen ins Leben zurückzuholen. Letztlich, wenn er ihn wiedersehen will, wird er ihn im Tode wiedersehen müssen.

Da ist der Koffer. Da ist der weiße Anzug. Irgendwo existiert der weiße Anzug doch immer noch. Gibt es eine Möglichkeit, den Körper, von den Füßen angefangen, innerhalb des Anzugs wieder aufzubauen, bis sich ganz zuletzt das Gesicht zeigt, auch wenn es das Ochsengesicht des Baal ist?

Der Kopf der Figur hinter dem Tisch ist ein bißchen zu groß, größer, als ein menschlicher Kopf sein dürfte. Tatsächlich hat die Figur in allen Proportionen etwas raffiniert Falsches, Übermäßiges.

Er fragt sich, ob er nicht seinerseits von einem Fieber befallen ist. Schade, daß er Matrjona nicht von nebenan hereinrufen kann, damit sie ihm die Stirn fühlt.

Von der Figur, so fühlt er, geht nichts aus, überhaupt nichts. Oder richtiger, er fühlt um sie her ein mächtiges Kraftfeld der Gleichgültigkeit, wie einen Mantel von Finsternis. Ist das der Grund, warum er den Namen nicht finden kann – nicht weil der Name geheim wäre, sondern weil der Figur alle Namen, alle Worte, alles, was man über sie sagen könnte, gleichgültig ist?

Die Kraft ist so stark, daß er sie auf sich eindringen spürt, eine stumme Welle nach der anderen.

Die dritte Probe. Was hatte er zu Anna Sergejewna gesagt? Ich wurde hergeschickt, um in Rußland zu leben. Zeigt Rußland sich nun darin – in dieser Kraft, dieser Dunkelheit, dieser Gleichgültigkeit gegen Namen?

Oder ist der Name, der ihm dunkel bleibt, der Name des anderen Jungen, den er ablehnt: Netschajew? Ist es das, was er noch lernen muß: daß vor Gottes Angesicht kein Unterschied zwischen den beiden ist, zwischen Pawel Issajew und Sergej Netschajew, daß sie einander gleich sind wie ein Spatz dem andern? Wird er das letzte bißchen Glauben an Pawels Unschuld aufgeben und zugestehen müssen, daß er in Wahrheit ein Kamerad und Anhänger Netschajews gewesen ist, ein unruhiger junger Mann, der rückhaltlos auf alles einging, was Netschajew ihm bot: nicht nur das Abenteuer einer Verschwörung, sondern auch die seelenerweiternden Ekstasen des Tötens? Darin wie Netschajew die Väter haßt und sie unerbittlich bekriegt, müßte Pawel ihm folgen dürfen?

Indem er sich die Frage stellt, indem er Pawel gestattet, die ersten Regungen von Haß und Blutdurst zu kosten, spürt er, wie auch in ihm selbst sich etwas regt: die ersten Regungen einer Wut, die Pawel, Netschajew und ihnen allen die Antwort gibt. Väter und Söhne sind Feinde, Feinde bis in den Tod.

So sitzt er da wie gelähmt. Entweder Pawel bleibt in ihm, ein Kind, eingemauert in die Krypta seines Kummers, ohne Unterlaß weinend, oder er läßt Pawel los, in aller seiner Raserei gegen die Herrschaft der Väter. Läßt dann auch seine eigene Wut los wie einen Geist aus der Flasche, gegen die Gottlosigkeit und den Undank der Söhne.

Das ist alles, was er sehen kann: eine Wahl, die keine ist. Er kann nicht denken, er kann nicht schreiben, er kann nicht trauern, außer für sich und um sich selbst. Wenn nicht Pawel, der wahre Pawel ihm ungerufen und aus freien Stücken erscheint, bleibt er ein Gefangener in der eigenen Brust. Und er hat keine Gewißheit, daß Pawel nicht schon bei Nacht gekommen ist und zu ihm gesprochen hat.

Pawel ist nur einmal zu sprechen erlaubt. Dennoch, er kann nicht glauben, daß ihm nicht vergeben würde, sollte er aus Taubheit, Dummheit oder im Schlaf das Wort nicht gehört haben, als es gesprochen wurde. Worauf er daher lauscht, ist Pawels zweites Wort. Er ist vollkommen überzeugt, daß er kein zweites Wort verdient und daß er keines hören wird. Aber ebenso vollkommen ist er überzeugt, daß ein zweites Wort folgen wird.

Er weiß, er ist in Gefahr, auf die zweite Chance zu setzen. Sobald er seinen Einsatz auf die zweite Chance wagt, hat er verloren. Er muß tun, was er nicht kann: nehmen, was kommt, ob Worte oder Schweigen.

Er befürchtet, daß Pawel schon zu ihm gesprochen hat. Er glaubt, daß Pawel zu ihm sprechen wird. Kalk und Käse.

Dies ist die Verfassung, in der er an Pawels Tisch sitzt, die Augen auf die Erscheinung vor ihm gerichtet, deren Aufmerksamkeit ebenso unerbittlich ist wie die seine, die Erscheinung, die zu erschaffen ihm gegeben worden ist.

Nicht Netschajew – soviel weiß er nun. Größer als Netschajew. Auch nicht Pawel. Vielleicht Pawel, so wie er eines Tages hätte werden können, nachdem er der Jugend ganz entwachsen wäre: ein schöner Mann mit kaltem Gesicht, den keine Liebe zu berühren vermag, auch nicht das Angebetetwerden von einem kindlichen Mädchen, das bereit ist, *alles für ihn zu tun*.

Das ist eine Wendung, die ihn stört. Es ist nicht die Wahrheit, oder noch nicht die Wahrheit. Doch von dieser Erscheinung her, dem über Kindheit und Liebe hinausgewachsenen Pawel – gewachsen nicht nach Menschenart, sondern nach Art eines Insekts, das in jedem Entwicklungsstadium eine ganz andere Gestalt annimmt –, fühlt er eine Kälte auf sich zukommen. Ihr standzuhalten ist wie ins Wasser des Nils zu steigen und sich Auge in Auge etwas Riesenhaftem, Kaltem und Grauem gegenüberzusehen, das vielleicht einst aus dem Schoß eines Weibes geboren sein mag, sich aber im Hingang der Zeiten in Stein zurückverwandelt hat, etwas, das nicht in diese Welt gehört, das all seine Erfindungs- und Erzeugungskraft lahmlegen und überwältigen wird.

Christus auf dem Kalvarienberg überwältigt ihn auch. Aber die Figur vor ihm ist nicht Christus. In ihr entdeckt er nichts von Liebe, nur die kalte, massige Gleichgültigkeit des Steins.

Diese Erscheinung, so grau und gesichtslos – ist es das, was er zeugen, mit Fleisch und Blut und Leben begaben muß? Oder mißversteht er sie und hat vielleicht von Anfang an alles mißverstanden? Wird von ihm vielmehr verlangt, daß er alles von sich abstreift, was er selbst ist, was er geworden ist, bis hin zu den Gesichtszügen, und wieder wie ein Neugeborenes wird? Ist es das Ding da vor ihm, das die Zeugung besorgt, während er sich darein fügen muß, von dem Ding gezeugt zu werden?

Wenn das so sein muß, wenn das die Wahrheit ist und der Weg

zur Auferstehung, dann wird er es tun. Er wird alles abstreifen. Diesem Schatten folgend, wird er nackt wie ein Säugling in den Rachen der Hölle eintreten.

Ein Bild kommt ihm in den Sinn, vor dem er im letzten Monat zurückgeschreckt ist: Pawel, nackt, blutig und mit zerbrochenen Gliedern in der Morgue; auch der Samen in seinem Leib tot oder im Absterben.

Nichts Intimes mehr! So unverwandt wie möglich blickt er auf diejenigen Körperteile, ohne die von Vaterschaft keine Rede sein kann. Und seine Gedanken schweifen wieder in jenes Berliner Museum ab, zu der Gott-Teufelin, die dem Leichnam den Samen abzapft, den Samen rettet.

So kommt endlich die Zeit, und die Hand mit dem Federhalter beginnt sich zu regen, doch die Worte, die sie bilden, sind keine erlösenden Worte, vielmehr erzählen sie von Fliegen oder von einer einzigen schwarzen Fliege, die brummend gegen ein geschlossenes Fenster stößt. Hochsommer in Petersburg, heiß und schwül; von der Straße unten dringen Lärm und Musik herauf. Im Zimmer ein Mädchen mit braunen Augen und glattem blonden Haar, das nackt neben einem Mann liegt; ihre schlanken Füße reichen ihm kaum bis zu den Knöcheln, ihr Gesicht drückt sich in die Biegung seiner Schulter, wo sie sich einkuschelt und schmust wie ein Baby.

Wer ist der Mann? Der Körper ist vollkommen gebildet wie der eines Gottes. Doch er strahlt eine solche Marmorkälte aus, daß es unvorstellbar scheint, wie ein Kind unter seinem Griff nicht bis ins Mark hinein frieren sollte.

Er sitzt da, den Federhalter in der Hand, hält sich zurück von einem Abstieg in Vorstellungen, für die in der Welt kein Platz ist, im Begriff zu fallen, eingeschlossen in einen Moment, in dem ihm die ganze Schöpfung offen zu Füßen liegt, den Moment, bevor er sich losläßt und zu fallen beginnt.

Es ist ein Moment, für den er allmählich zum wollüstigen Kenner und Genießer wird. Für den er verdammt werden wird.

Rastlos steht er auf. Aus dem Koffer nimmt er Pawels Tagebuch und blättert bis zur ersten leeren Seite, der Seite, auf der das Kind nicht mehr geschrieben hat, weil es inzwischen tot war. Auf dieser Seite fängt er zum zweiten Mal an zu schreiben.

In dem, was er schreibt, befindet er sich im gleichen Zimmer und sitzt ganz so am Tisch wie jetzt. Aber das Zimmer ist Pawels Zimmer und nur seines. Und er ist nicht mehr er selbst, nicht mehr ein Mann im neunundvierzigsten Lebensjahr. Sondern er ist wieder jung, in der vollen, anmaßenden Kraft seiner Jugend. Er trägt einen weißen Anzug von vollendetem Schnitt. Bis zu einem gewissen Grad ist er Pawel Issajew, obwohl er sich nicht so nennen wird.

Im Blut dieses jungen Mannes, dieser Version von Pawel, kreist ein Triumphgefühl. Er hat die Pforten des Todes durchschritten und ist wiedergekehrt; nichts kann ihn mehr berühren. Er ist kein Gott, aber er ist auch nicht länger menschlich. In gewissem Sinne ist er übermenschlich, er hat den Menschen hinter sich gelassen. Es gibt nichts, dessen er nicht fähig wäre.

Um diesen jungen Mann herum beginnt das Gebäude mit seinen muffigen Korridoren und toten Winkeln sich wie von selbst zu schreiben, ein Haus in Petersburg, in Rußland.

In säuberlichen Versalien schreibt er DIE WOHNUNG über die Seite und fängt an:

Er schläft lange und steht selten vor Mittag auf, wenn es in der Wohnung so heiß geworden ist, daß die Laken von seinem Schweiß durchnäßt sind. Dann geht er taumelig zu dem kleinen Waschraum an der Treppe, spritzt sich Wasser ins Gesicht, bürstet sich die Zähne mit dem Finger und torkelt wieder zurück in die Wohnung. Unrasiert und mit wirrem Haar verzehrt er dort das Frühstück, das seine Wirtin ihm bereitgestellt hat (die Butter mittlerweile geschmolzen, Mücken in der Milch); und dann rasiert er sich, zieht die Unterwäsche von gestern wieder an, das Hemd von gestern und den weißen Anzug (mit den messerscharfen Bügelfalten, weil die Hose die ganze Nacht unter der Matratze gelegen hat), befeuchtet sich das Haar und kämmt es glatt zurück; und nun, bereit für den Tag, verliert er das Interesse, verliert den Antrieb. Er setzt sich wieder an den Tisch, auf dem noch das Geschirr vom Frühstück herumsteht, oder räkelt sich, säubert sich mit einem Messer die Fingernägel und wartet darauf, daß etwas passiert, daß das Kind von der Schule heimkommt.

Oder aber er streift in der Wohnung umher, macht Schubladen auf, betastet Sachen.

Er findet ein Medaillon mit Bildern seiner Wirtin und ihres verstorbenen Mannes. Er spuckt auf das Glas und reibt es mit dem Taschentuch blank. Strahlend schauen die beiden sich in ihrem kleinen Gefängnis an.

Er vergräbt das Gesicht in ihrer Unterwäsche, die leicht nach Lavendel riecht.

Er ist als Student an der Universität eingeschrieben, besucht aber keine Vorlesungen. Er schließt sich einem *kruschok* an, einem Kreis, dessen Mitglieder mit der freien Liebe experimentieren. Eines Nachmittags bringt er ein Mädchen mit auf sein Zimmer. Er denkt daran, daß er eigentlich die Tür abschließen müßte, unterläßt es aber. Er liebt sich mit dem Mädchen; sie schlafen ein.

Ein Geräusch weckt ihn. Er weiß, daß sie beobachtet werden.

Er berührt seine Freundin, und sie ist wach. Beide sind sie nackt und schön, in der vollen Pracht ihrer Jugend. Sie lieben sich ein zweites Mal.

Bei all dem ist ihm klar, daß die Tür einen Spalt weit offensteht und daß das Kind von draußen zusieht. Um so heftiger ist seine Lust, und sie überträgt sich auf das Mädchen; nie zuvor haben sie solch dunkle Wonnen erlebt.

Als er das Mädchen später nach Hause bringt, läßt er das Bett ungemacht, damit das Kind bei seinen Erkundungen sich mit den Gerüchen der Liebe vertraut machen kann.

Von da an bringt er bis zum Ende des Sommers jeden Mittwochnachmittag das Mädchen mit aufs Zimmer, immer dasselbe Mädchen. Jedesmal scheint die Wohnung, wenn sie wieder fortgehen, leer zu sein; jedesmal weiß er, daß das Kind sich hereingeschlichen, sie beobachtet oder belauscht hat und sich nun irgendwo versteckt.

»Mach das noch mal!« sagt das Mädchen, meistens flüsternd.

»Mach was noch mal?«

»Das!« flüstert sie, rot vor Verlangen.

»Sag erst die Worte!« sagt er. Sie muß sie sagen. »Lauter!« befiehlt er. Die Worte auszusprechen erregt das Mädchen bis zur Grenze des Erträglichen.

Er erinnert sich an den Satz von Swidrigailow: »Frauen wollen gedemütigt werden.«

Er denkt sich, daß all dies in dem Kind *einen Geschmack wekken* könnte, so wie der Geschmack an unnatürlichen Speisen, an Austern oder manchen Innereien, erst geweckt werden muß.

Er fragt sich, warum er das tut. Die Antwort, die er sich gibt, lautet: Die Geschichte geht zu Ende, und bald werden die alten Geschäftsbücher ins Feuer geworfen; in dieser toten Zeit zwischen dem Alten und dem Neuen ist alles erlaubt. Er ist von dieser Antwort nicht sonderlich überzeugt, aber er findet sie auch nicht schlechter als eine andere. Sie erfüllt ihren Zweck.

Oder er sagt sich: Der Petersburger Sommer ist schuld – diese langen, heißen, stickigen Nachmittage, wenn die Fliegen an den Fensterscheiben brummen, diese Abende voller Mückengesumm. Laß uns nur erst den Sommer überstehen und den Winter auch; dann fahr' ich im Frühjahr in die Schweiz, ins Gebirge, und werde ein anderer Mensch.

Die Mahlzeiten nimmt er zusammen mit seiner Wirtin und ihrer Tochter ein. An einem Mittwochabend, übermütige

Laune vorschützend, beugt er sich über den Tisch und zaust der Kleinen das Haar. Sie rückt von ihm weg. Ihm fällt ein, daß er sich die Hände nicht gewaschen hat; sie hat die Geruchsspuren des Geschlechtsverkehrs erkannt. Errötend und beherrscht in ihrer Verwirrung beugt sie sich über ihren Teller; sie will seinem Blick nicht begegnen.

Dies alles schreibt er in einer klaren, sorgfältigen Schrift, ohne ein Wort zu streichen. Das Schreiben bereitet ihm heute ein ungewöhnlich sinnliches Vergnügen – daran, wie sich der Federhalter in die Biegung zwischen Daumen und Hand schmiegt, aber mehr noch an dem Gefühl, wie seine Hand, auf ihrem Weg über die Seite leicht hin und her gezupft, der unwandelbaren Gestalt der Buchstaben folgt, der strengen Disziplin des Alphabets.

Anja, Anna Snitkina war seine Sekretärin, bevor sie seine Frau wurde. Erst hatte er sie angestellt, damit sie seine Manuskripte in Ordnung brachte, dann heiratete er sie. Eine Art Fee, die er gerufen hatte, um sie aus den Knäueln seiner Schriftzüge den einen goldenen Faden herausspinnen zu lassen. Wenn seine Handschrift heute so klar ist, dann deshalb, weil er nun nicht mehr für ihre Augen schreibt. Er schreibt für sich. Er schreibt für die Ewigkeit. Er schreibt für die Toten.

Doch zur gleichen Zeit, in der er so ruhig am Tisch sitzt, wird er von einem Wirbelwind erfaßt. Wolken von Papier, Fetzen, aus seinem früheren Leben herausgerissen und in brausender Spirale aufwärts getragen, fliegen um ihn her. Hoch hebt es ihn über die Erde, Luftströme schütteln ihn durch, bis der Wind seinen Griff lockert. Für einen Moment, bevor er zu fallen beginnt, ist ihm die reine Stille und Klarheit vergönnt, und die Welt tut sich unter ihm auf wie eine Landkarte ihrer selbst.

Buchstaben aus dem Wirbelwind. Verstreute Blätter, die er aufliest; ein zerstückelter Körper, den er wieder zusammensetzt.

Es klopft an die Tür. Matrjona im Nachthemd, für einen

Augenblick ihrer Mutter verblüffend ähnlich. »Kann ich reinkommen?« sagt sie mit belegter Stimme.

»Kratzt es immer noch im Hals?«

»Mm.«

Sie setzt sich aufs Bett. Sogar aus diesem Abstand kann er sehen, wie unregelmäßig sie atmet.

Warum ist sie gekommen? Will sie mit ihm Frieden schließen? Ist sie auch kaputt?

»So hat Pawel auch immer dagesessen beim Schreiben«, sagt sie. »Ich dachte, Sie sind Pawel, als ich hereinkam.«

»Ich bin mitten in einer Sache«, sagt er. »Macht es dir was aus, wenn ich weitermache?«

Sie bleibt still hinter ihm sitzen und sieht zu, wie er schreibt. Die Luft im Raum ist elektrisch geladen; sogar die Staubkörnchen scheinen in der Schwebe zu verharren.

»Magst du deinen Namen?« fragt er nach einer Weile.

»Meinen Vornamen?«

»Ja. Matrjona.«

»Nein, ich find ihn abscheulich. Mein Vater hat ihn ausgesucht. Ich weiß nicht, warum ich so heißen muß. Es war der Name meiner Großmutter. Sie ist gestorben, bevor ich geboren bin.«

»Ich habe einen anderen Namen für dich. Duscha.« Er schreibt den Namen über die nächste Seite und zeigt ihn ihr. »Gefällt er dir?«

Sie gibt keine Antwort.

»Was ist mit Pawel nun wirklich passiert?« sagt er. »Weißt du es?«

»Ich glaube... ich glaube, er hat sich aufgegeben.«

»Sich aufgegeben wegen was?«

»Für die Zukunft. Damit er einer von den Märtyrern werden kann.«

»Märtyrer? Was ist ein Märtyrer?«

Sie zögert. »Jemand, der sich aufgibt. Für die Zukunft.«

»War dieses finnische Mädchen auch eine Märtyrerin?«

Sie nickt.

Er fragt sich, ob sich wohl Pawel am Ende auch schon daran gewöhnt hatte, in solchen Formeln zu reden. Zum ersten Mal kommt ihm der Gedanke, daß es vielleicht besser ist, daß Pawel tot ist. Jetzt, wo ihm der Gedanke nicht mehr fremd ist, zieht er ihn offen in Erwägung, ohne ihn zu verleugnen.

Es ist Krieg: ein Krieg der Alten gegen die Jungen, der Jungen gegen die Alten.

»Du mußt jetzt gehen«, sagt er. »Ich habe zu tun.«

Die nächste Seite bekommt die Überschrift DAS KIND. Er schreibt:

Eines Tages kommt ein Brief für ihn an; sein Name und die Adresse stehen in langsamer, sauberer Blockschrift auf dem Umschlag. Das Kind bringt ihn vom Pförtner mit und lehnt ihn in seinem Zimmer an den Spiegel.

»Dieser Brief – möchtest du wissen, wer ihn mir geschrieben hat?« bemerkt er leichthin, als er das nächste Mal mit ihr allein ist. Und er erzählt ihr die Geschichte von Marja Lebjadkina: Wie Marja ihren Bruder, den Hauptmann Lebjadkin in Verlegenheit brachte und zum Gespött von ganz Twer wurde, als sie behauptete, daß ein Verehrer, dessen Namen sie schamhaft verschwieg, um ihre Hand anhalten wolle.

»Ist der Brief von Marja?« fragt das Kind.

»Warte nur, du wirst schon hören!«

»Aber warum haben alle über sie gelacht? Warum sollte denn nicht jemand sie heiraten wollen?«

»Weil Marja einfältig war, und einfältige Menschen sollten nicht heiraten, weil zu befürchten steht, daß sie dann einfältige Kinder kriegen, und die einfältigen Kinder kriegen auch wieder einfältige Kinder – und so weiter, bis das ganze Land voller einfältiger Menschen ist. Das ist wie eine Epidemie.«

»Eine Epidemie?«

»Ja. Läßt du mich nun weitererzählen? Es geschah alles im letzten Sommer, als ich bei meiner Tante zu Besuch war. Ich hörte die Geschichte über Marja und ihren Phantomfreier und beschloß, etwas daraus zu machen. Zunächst einmal ließ ich mir einen weißen Anzug schneidern, damit ich wie ein richtig stattlicher Freier aussah.«

»Diesen Anzug?«

»Ja, den. Bis er fertig war, wußten schon alle Leute Bescheid – in Twer machen Neuigkeiten rasch die Runde. Ich zog den Anzug an und ging mit einem Blumenstrauß zu den Lebjadkins. Der Hauptmann wußte nicht, was er davon halten sollte, aber seiner Schwester war alles klar. Sie hatte den Glauben nie verloren. Von da an besuchte ich sie jeden Tag. Einmal machte ich mit ihr einen Spaziergang in den Wald – wir zwei ganz allein. Das war an dem Tag vor meiner Abreise nach Petersburg.«

»Also waren Sie schon die ganze Zeit ihr Verehrer?«

»Nein, so war es nicht. Der Verehrer war ein Traum, den sie gehabt hatte. Einfältige Menschen kennen den Unterschied zwischen den erträumten und den wirklichen Dingen nicht. Sie glauben an Träume. Marja dachte, ich sei ihr Traum. Denn, mußt du wissen, ich benahm mich auch ganz wie ein Traum.«

»Und werden Sie wieder hinfahren und sie besuchen?«

»Ich glaube nicht. Genau gesagt, mit Sicherheit nicht. Und wenn sie herkommt und nach mir sucht, dann darfst du sie auf keinen Fall hereinlassen. Sag ihr, ich bin umgezogen. Sag, du weißt meine neue Adresse nicht. Oder gib ihr eine falsche. Denk dir eine aus. Du erkennst sie sofort. Sie ist groß und dürr und hat vorstehende Zähne, sie lächelt immerzu. Eigentlich ist sie so was wie eine Hexe.«

»Hat sie das in dem Brief geschrieben – daß sie herkommt?«

»Ja.«

»Aber warum –?«

»Warum ich das getan habe? Zum Spaß. Der Sommer auf dem Lande ist langweilig – du kannst dir nicht vorstellen, wie langweilig!«

In nur zehn Minuten hat er die ganze Szene geschrieben, ohne eine einzige Verbesserung. In einer endgültigen Fassung müßte manches ergänzt werden, aber für den jetzigen Zweck reicht das. Er steht auf und läßt die beiden Seiten offen auf dem Tisch liegen.

Es ist ein Anschlag auf die Unschuld eines Kindes. Es ist eine Tat, für die er keine Vergebung erwarten darf. Damit hat er eine Schwelle überschritten. Nun muß Gott sprechen, nun darf Gott nicht länger schweigen. Ein Kind verderben heißt Gott herbeizwingen. Die Vorrichtung, die er geschaffen hat, spannt sich und schnappt zu wie eine Falle, eine Falle, um Gott darin zu fangen.

Er weiß, was er tut. Aber zugleich steht er außer sich bei diesem Überlistungsduell mit Gott, vielleicht sogar außerhalb seiner Seele. Er steht irgendwo daneben und schaut zu, wie er und Gott einander umkreisen. Und die Zeit bleibt stehen und schaut auch zu. Die Zeit ist in der Schwebe, alles ist in der Schwebe vor dem Fall.

Ich habe meinen Platz in meiner Seele verloren, denkt er.

Er nimmt seinen Hut und geht aus dem Haus. Er erkennt den Hut nicht, er hat auch keine Ahnung, wessen Schuhe er trägt. Eigentlich ist nichts an ihm, woran er sich wiedererkennt. Würde er jetzt in einen Spiegel sehen, wäre er nicht überrascht, wenn ein anderes Gesicht darin auftauchte, das seinen Blick blindlings erwiderte.

Er hat alle Welt verraten; er sieht auch nicht, daß ein Verrat noch tiefer gehen könnte. Wenn er je erfahren will, ob Verrat mehr wie Essig oder wie Galle schmeckt, dann ist jetzt die Zeit dazu.

Aber er hat überhaupt keinen Geschmack im Munde, ebenso

wie er auch keine Last auf seinem Herzen spürt. Sein Herz kommt ihm ganz leer vor. Daß es so sein würde, hat er nicht vorher gewußt. Aber wie hätte er es wissen können? Keine Qual, sondern dumpfes Ausbleiben der Qual. Wie ein angeschossener Soldat, der blutend auf dem Schlachtfeld liegt, sein Blut fließen sieht, keinen Schmerz spürt und sich fragt: Bin ich schon tot?

Ihm scheint, er zahlt einen hohen Preis. *Sie zahlen ihm Tausende für seine Bücher*, sagte das Kind, das nur wiederholte, was das tote Kind gesagt hatte. Was sie nicht sagten, war, daß er dafür seine Seele mit dreingeben mußte.

Allmählich kommt ihm der Geschmack. Es schmeckt wie Galle.